牧马河之夏

邹世奇 著

中国言实出版社

图书在版编目（CIP）数据

牧马河之夏 / 邹世奇著. -- 北京：中国言实出版社，
2022.1
ISBN 978-7-5171-3875-4

Ⅰ.①牧… Ⅱ.①邹… Ⅲ.①中篇小说－小说集－中
国－当代②短篇小说－小说集－中国－当代 Ⅳ.
①I247.7

中国版本图书馆CIP数据核字（2021）第189116号

牧马河之夏

责任编辑：宫媛媛
责任校对：郭江妮

中国言实出版社出版发行
地址：北京市朝阳区北苑路180号加利大厦5号楼105室（100101）
编辑部：北京市海淀区花园路6号院B座6层（100088）
电话：010-64924853（总编室）　　010-64924716（发行部）
网址：www.zgyscbs.cn
E-mail：zgyscbs@263.net

经销：新华书店
印刷：北京温林源印刷有限公司
版次：2022年6月第1版　　2022年6月第1次印刷
规格：880毫米×1230毫米　1/32　8.5印张
字数：165千字

定价：58.00元
书号：ISBN 978-7-5171-3875-4

"她只能自己成为理想中的人"

——读邹世奇小说集《牧马河之夏》

文 / 张莉

邹世奇是新晋小说作者，来自江苏南京。她的小说处女作《犹恐相逢是梦中》发表在《边疆文学》2018 年第 4 期上，据说是她在博士论文完成之际写就的。这部小说集《牧马河之夏》收录了她近几年创作的十一部短篇小说，除了《雕栏玉砌应犹在》《犹恐相逢是梦中》描写古代生活，其他九部作品都描写当下女性的日常生活，整体而言，小说集的主人公职业是中学女教师。这意味着小说集内在里拥有一个共同的主题，从基层女教师的困扰、疼痛、迷茫，勾勒我们时代普通知识女性的精神成长轨迹。

读这些作品，会首先想到这位写作者的文学素养，而从叶兆言老师的推荐语中也可以得知，邹世奇"出身古典文学专业，有着熟读唐诗、宋词、《红楼梦》的玲珑心思和悲悯视角，其小说显示出不俗的智识视野、审美品格"。熟读唐诗宋词使得这位作者的小说意境颇为典雅、含蓄，带有某种不属于这个时代的矜持。

我对小说集同名作品《牧马河之夏》印象深刻。女主人公竹青生活在县城，是位中师毕业的女教师，通过参加成人自考的方式完成了本科学历，一心向往远方。带大学生实习的年轻老师沈岩闯入了她的生活，并且，与二十岁的竹青产生了暧昧之情。之后沈岩对情感开始敷衍。故事并不复杂，很像"落花有意流水无情"之类故事的重现，但这部作品在表现手法上也有一定新意，新意在于小说在讲述伤心故事时，使用了"诗情画意"的笔法。因此，女主人公伤心也是伤心，痛苦也是痛苦，但几乎没有控诉和哭号。相反，小说中显露了一种清醒，她清醒地分析自我和他人，以至于疼痛和失望也变得不那么激烈了："在痛苦的汪洋中载沉载浮，她必须抓住点东西。慢慢地，一个念头越来越清晰、放大、闪烁如星辰——李竹青没资格期待一个理想中的爱人，她只能自己成为理想中的人。是的，这念头就是她抓住的东西。""她只能自己成为理想中的人。"这是失恋女人的醒悟。在这一段落中，叙述人使用了理想这个词，关于理想中的爱人和理想中的自己。理想一词照亮了这一文本，使小说气质卓然，也使女主人公气质不凡。

这位女教师，在不同的小说里名字并不相同。在《牧马河之夏》和《晚点》里，她叫竹青，在《看见彩虹》里她叫小晗，在《阳光绿萝》里她叫书雯，在《原点》里她叫清如……不同小说的主题互相呼应，完整勾勒出了这个女性的生活轨迹：中师毕业，努力完成本科及研究生阶段的学习，从而完成了身份和阶层的飞升。一篇篇作品读来，最终会被书中女主人公某种不屈不挠、渴望远方的精神所打动。这种对远方的渴望使读者无暇挑剔小说技术的瑕疵而被女主人公的精神追求所打动。——这位不断渴望逃离平庸的女人，如此与众不同：即使有机会调到县委宣传部，也依然选择回到中学教书；即使身边有个帅气的对她一往情深的男人胡大勇想和她结婚，但大龄的她依然要说"不"。

许子东教授在推荐语中提到邹世奇让他想到张爱玲的面影，的确，尤其是那篇《让我住在裙子里》，让人不得不想到《第一炉香》。但是，虽然说一些处理很有张氏笔法，但这种处理与其说来自作者的天性，不如说来自作者的后天习得，换言之，邹世奇的写作是温柔敦厚、哀而不伤的写作，因为她对生活、对世界抱有善意和温度；她虽然知晓世界的恶与阴暗，但并未尝试表现在她的作品里。

换句话说，邹世奇的小说是温良的，让人感到温暖和治愈。一如《晚点》里，《牧马河之夏》的男女主角沈岩和竹青再次出现。辜负了爱情的沈岩并没有活得幸福，他遭遇了背叛和抛弃，再次想念竹青。他读到《牧马河之夏》那篇小说后主动给竹青拨打电话，却发现她已研究生毕业，成了大学老师，并且组建了美满的家庭。这样的结尾再次让人意识到，邹世奇是心中有"信"的写作者。她相信爱情，并且相信心中有爱的人最终能得到幸福。在这里，爱情被邹世奇提纯了，爱情之于她笔下的女人来讲有如光的存在，远方的有神性的爱情在照耀"她"的生活。从表象上看来，爱情在这里面并不美满，但却是拯救"她"脱离平庸的方式。说到底，这是古典主义视角，这种古典主义视角不仅使作品中有了某种古典意味，更有了古典意义上对于爱情的理解。

世俗意义上的物质困窘没有真正困扰邹世奇笔下的女主人公，而只有生活的单调、周围人物的平庸以及爱情的不完满让她笔下的人物惆怅。当然，惆怅也只是暂时的，这位女性会依靠写作或者考试改变命运。《牧马河之夏》使我们看到了这个时代女性摆脱情感泥泞的一种方式，使我们看到基层知识女性如何依靠知识和考试获得成长和自由。

这些年来，因为编选《中国女性文学年选》、主持"女性文学好书榜"，有机会阅读大量当代女性写作者的作品。慢慢会发现一种现象，在那些刚刚起步的女作者笔下，有着我们时代最朴素的女性生活、女性心路历程，也许看起来没有那么戏剧性和惨烈、没有那么强烈的女性意识，但却是真实的存在。正是这样的女性生活、女性声音及其对爱情的理解，构成了我们时代女性生活的底色和质感。

邹世奇的博士研究生导师、南京大学文学院教授吴俊先生在推荐语中说："这样的写作在当下是独特且有价值的。"的确如此。这些小说让我想到，虽然邹博士的小说作者身份是突然而至的，但关于情感、关于理想的故事应该一直在她的心底埋藏，直到有一天被某种无法言喻的东西所召唤，才有了这一系列作品问世。我的意思是，邹世奇她写下的是基层知识女性的情感密码，以及她们关于远方与自我的想象。

2022 年 1 月 7 日，北京

目 录
CONTENTS

牧马河之夏

多年以后，竹青又回到了南山镇。

小镇变化不算大，无非是当年的砖瓦房变成了一水的楼房，从一个世外桃源一样的地方，变得有了一些商业气息，街还是原来的"之"字形三条街。竹青在"之"字一点的结束处下了车，用几分钟就走过"之"字的半横和一撇，来到镇子西头的中心小学旧址。

穿过小镇的时候，她还有点担心会被熟人认出来，近十年未见的寒暄，想想都可怕，她可一点也不想享受所谓衣锦还乡的感觉，何况也够不上衣锦还乡，她没有发财也没有做官，不过是拿到博士学位后成了首都一所大学的老师而已。还真看到不少熟面孔，都是一些中年人，是当年的学生家长，至于当年的同事和学生却一个也没遇到，大约学生都离开小镇了，而同事们这个时候都在镇东头、"之"字结尾处的新校园里。没有人认出她。她的变化这样大吗？还是仅仅因为这遮阳帽、墨镜的严实打扮？无论如何，认不出最好，竹青想。

竹青在这里教书时，校园就已经是一所老房子了。老校园的格局很特别，四进房子，三个院落，当年前院和中院是教室，后院是会议室和教师宿舍。竹青绕着学校走了小半圈，发现三个大门都锁着。透过后院锈迹斑斑的大铁门门缝往里看，整个校园都淹没在荒草中，倾颓得不成样子。竹青看到自己当年住过的宿舍，荒草几乎已经掩住了窗台。宿舍斜对面的大会议室连门窗都倾斜了，已然成了危房。突然，距离大门很近的一丛野草摇动，一只灰色的野兔探出头来，用一侧的眼睛看了看竹青，丝毫没有害怕的意思。竹青不禁轻叹：当此景，谁能想象，这里还曾发生过那样的青春往事。

那天是中心小学给学生发成绩通知书的日子。发完通知书，学生们散去，因为第二天要开始政治学习、业务培训，老师们全都没有离校。山里的夏天比县城要凉快得多，可再凉快的夏天也还是夏天，门外热浪袭人，老师们各自在自己的宿舍里闭门不出。竹青照例学英语，做考研阅读，一个安静的下午倏忽而过。

到了黄昏，突然下了一场雷阵雨，雨雾腾起，对面不见人。大雨滂沱中，中心小学迎来一大批客人，是下乡开展暑期社会实践活动的大学生，由一辆大巴从省会送来，校长安排老师们去教室里和他们见面。老师们极不情愿地打着伞、穿过大雨去前院见面。

　　大学生们有二十多人，男生和女生大约各占一半，全是生气勃勃的青春面孔，热情地和老师们打招呼，而老师们大多保持微笑，礼貌地回应，但也不主动交谈。竹青不同，她对这些大学生们十分有兴趣，会主动问他们的院系、专业、年级、籍贯，很快就弄清他们每一个人都是大学学生会骨干，来自不同的院系，年级分布从大一到大三。竹青对他们当中的好几位都留下了印象。

　　见面会结束，雨歇风住，暑气降下去，天空仍飘着牛毛细雨。学生们被安排住在后院的大小会议室里，男生住大会议室，在竹青宿舍斜对面；女生住小会议室，就在竹青对面。小会议室旁边是校长室，校长是本地人，平时基本不住校。大学生们把凳子集中堆在会议室一角，桌子拼一拼，铺上大学发给每人的一床草席，就算床铺了，可是大学生们都既新鲜又兴奋。竹青应邀去参观了一下，感觉颇像自己住过的中学大通铺宿舍。

　　夜幕降临，大学生们集中在大会议室，开始排练一支歌，有领唱有合唱，唱的是：

你曾对我说

相逢是首歌

眼睛是春天的海，青春是绿色的河

相逢是首歌

同行是你和我

心儿是年轻的太阳，真诚也活泼

你曾对我说

相逢是首歌

分别是明天的路，思念是生命的火

相逢是首歌

歌手是你和我

心儿是永远的琴弦，坚定也执着

  他们一遍一遍地唱，那歌声在宁静的乡村夏夜里辽阔而悠远，低沉而飞扬，别有一种动人心魄的力量。此时白天的暑热已被大雨逼退，空气是如水的温凉，竹青一边看英语书，一边忍不住跟着这歌声小声地和。她觉得，此刻如在这歌声中睡着，一定能做一枕遥远而清新的梦吧。

  第二天，竹青们开始暑期政治学习，全镇的老师集中到中心小学的一间教室，共有四十多人。冗长而枯燥地念文件，头顶的吊扇吱吱呀呀地转，老师们大都挥汗如雨、没精打采，也许只有谈恋爱而坐一起的年轻老师才不感觉时间难挨。竹青带着一本包了书皮的考研词汇，在纸上懒洋洋地记着单词。对竹青学英语，本校老师们早就见怪不怪了，同桌村小来的小徐老师却很惊讶，问竹青学英语做什么，竹青难为情地笑笑说："学着玩，万一可能的话想考个四级。"话一出口就后悔了，因为对方的眼睛和嘴立刻都张成了"O"形，还连声说："太厉害了，太厉害了，有志青年啊。"竹青尴尬地笑，心想连正规师范学校毕业的小徐老师尚且这么看，就更别提其他人了，以后还要更低调才是。

大学生们一部分实践任务是支教，有人给四年级学生上课，主要上音体美。他们才是真正的科班出身，专业上比"全面发展"、却全都只懂皮毛的中师生教师——竹青和同事们强太多了，竹青听着对面教室里，他们用自带的手风琴和长笛伴奏，教学生们唱《雪绒花》，心想山里孩子哪见过这阵势，肯定兴奋疯了，这学校连一架破风琴都没有。想当年读中师时，看到有同学报了钢琴兴趣班，竹青心里羡慕得紧，苦于囊中羞涩才没有学。现在她终于可以自嘲了：幸亏没学，屠龙之技嘛。

终于，一天的政治学习结束，热气退下后村小的老师们各自骑着摩托车、自行车回去了，大学生们却刚刚回到学校，校园里换了一种热闹。他们把堆在会议室角落里的长凳搬到院子里，三三两两、或坐或卧，有一种收工后的闲散和轻松。看见竹青都热情地招呼，作为昨天的见面会上与他们聊得最多的老师，大学生们大都对竹青怀有亲切感。竹青也很乐意加入他们的聊天，一时都忘了今天的英语学习任务了。

竹青问他们，今天都是什么活动，一位男生，竹青记得他昨天自我介绍叫陶光，说："我们物理系的，负责到街上摆摊，帮附近的村民修理电器。他们艺术系、体育系的，在给孩子们上课。其他系的，就去村里访贫问苦，能做什么做什么呗。"竹青说："看得出你们做了不少事情，一天下来挺累的吧。"另一位叫陈鹏远的男生说："累倒还好，关键这个地方太穷了，看到孩子们过得苦，心里难受。"

正说着，两个大学生各捧着一个大西瓜从校外走进来，大家欢呼一声围上去。西瓜很快切开来，竹青手里不知何时也被塞了一块，大家嘻嘻哈哈吃起来，人群中有人高声说："一线的同学，请支援下二线、三线的同学。"又有人说："沈老师，您可早说啊。我们三线的脖子都抻老长了。"原来最里边靠近西瓜的同学就是一线的，中间和后面的就是二线和三线的，竹青被他们逗乐了。被叫作"沈老师"的人极年轻斯文，高高瘦瘦，戴着细黑框眼镜，一脸阳光，看着也不像老师，竹青于是猜他们是开他玩笑的。

吃完西瓜，大家海阔天空乱聊了一阵，"沈老师"站起来招呼一声："大伙儿该练歌了。"于是大家开始往会议室里收凳子，纷纷请竹青来听他们练歌，竹青这会儿终于想起自己的英语词汇书，于是笑着说："不了，我不打扰你们，还是在自己宿舍听吧，反正就一步之遥，听得很清。"

还是昨夜那支歌，反反复复地清唱，听久了就有种缠绵忧伤的感觉。这一夜，竹青梦里仍在和大学生们聊天。

政治学习的每一天都是一样的，但因了这些大学生们的存在，竹青的日子有了一点意料之外的小欣喜、小盼头。第三天傍晚收了工，大学生们围坐在后院的石榴树下聊天。山里的花开得晚，这个季节，晚石榴仍然花事未了，碧绿的树冠中时不时探出如火如荼的花来。大家仍叫那个男生"沈老师"，竹青忍不住问："你们为什么叫他老师呢？"好几个声音同时回答："因为他就是我们老师啊。"竹青有点尴尬，看着沈老师说："对不起，您看着年纪实在跟他们差不多……我以为'沈老师'是外号呢。"沈老师一笑，露出一口整齐的好牙齿："很荣幸，说明我面嫩。"一旁的陈鹏远突然说："怪不得李老师一个人坐一条凳子，原来是给沈老师留着位呢。"沈老师笑得灿烂："这学生，你咋净说实话呢？"说着，老实不客气地往竹青旁边坐下。于是哄堂大笑。

从那以后，竹青坐哪里，总会有人对她旁边的人说："你坐在沈老师位子上了。"与此同时，沈老师就会不知从哪儿冒出来，假装生气地大声对竹青旁边的人说："让开！"那人就会笑着忙不迭起身，而沈老师也就趁势坐在竹青旁边。竹青也笑，内心有喜悦闪烁跳动，像小时候过年的夜晚，拿在手里的一种小小的烟花。在大家的玩笑中，沈老师和李老师俨然是一对了，沈老师特别配合大家的玩笑，不管是吃西瓜，还是聊天、做游戏，都很护着竹青，如同护着女朋友。

　　合唱的歌已经练得很好了，他们现在晚上的时间都用来聊天、玩，玩得最多的是"击鼓传花"这种古老的游戏。为了不影响小学的老师们，大家离后院的生活区远远的，在前院空地上围坐成一个圈子，陈鹏远坐在圈子中心拨弄吉他，吉他声时缓时急，嘈嘈切切错杂弹，大家在吉他声中飞快地传一枝树上掉下来的石榴花。琴声停下来的时候，花在谁手里，女生的话要唱一支歌或者跳一支舞；男生的话要么讲笑话，要保证全场有人笑出声才算数，不然就要在现场女生中选一位当场求爱，并被严肃拒绝。

　　一圈玩下来，有两位女生分别唱了歌、跳了舞，然后两位男生讲了笑话，后一位讲得不成功，被迫表演求爱，男生跪在女生卢晶的面前，用夸张的语言、表情和动作演绎了求爱，被卢晶作势抡起胳膊左右开弓扇了两个耳光，当然是扇在空气中，又笑着骂了一句："呸，滚！"那个男生在众人的哄笑中做痛不欲生状爬回到自己的位置。这个过程中，沈老师的提醒不时在竹青右手边响起："笑话不要伤大雅。""求爱只需要单膝跪。"声音不大却自有一种师长之尊。

　　每次当花传到竹青手里的时候，竹青都飞快地把它传给右边的沈老师或左边的人，但是轮到沈老师传给竹青时，他总是小心地、稳稳地把花递给她，神情中都是"拿好，别急"。又轮到竹青传给他时，她一回头正对上沈老师凝视自己的眼睛，那眼睛里似有星光。竹青动作不觉一滞，就在那一瞬间，吉他声停了，沈老师已经伸出手要接，而花却还在竹青手上。一片欢呼声中，竹青站起来说："我唱一支歌吧，就唱你们每天晚上唱的那支歌。"大家纷纷鼓掌、叫好。竹青于是轻轻地唱起来：

"你曾对我说，相逢是首歌。眼睛是春天的海，青春是绿色的河。相逢是首歌，同行是你和我，心儿是年轻的太阳，真诚也活泼。"

明亮的月色中，周围这圈年轻的面孔显得分外生动。竹青想到在自己困顿的年轻时代，在这个南山深处的小镇，某种奇妙的机缘，让自己遇到这样一群青春、可爱的人，听他们弹吉他、弹手风琴，一起吃西瓜、谈天、欢笑，一起在星光下做游戏，尤其是他们中的某一人，给自己留下了星光般美好的印象；而这一切，在自己的生命中也许永远不会再有了。一种惆怅、忧伤的情绪弥漫开来，把她的心涨得满满的。

"你曾对我说，相逢是首歌，分别是明天的路，思念是生命的火。相逢是首歌，歌手是你和我，心儿是永远的琴弦，坚定也执着。"

竹青还沉浸在自己的情绪中，周围已是掌声四起。学音乐的陈鹏远郑重地说："感情表达很到位，很有感染力。"竹青笑着说："你们天天唱，我听着听着就学会了。"沈老师深深地看着她说："未成曲调先有情。"竹青有些难为情，她很知道自己没什么唱歌的天赋，可是不知为何，今晚对着他们，却很想唱歌。也许潜意识里，怕是自己有意没有把石榴花传给沈老师吧。

每天晚上，竹青都和大学生们一起，玩到很晚才睡去。第二天，竹青照常去政治学习。回到自己本来的环境中，才发现和大学生们打成一片的中心校老师只有自己一个。傍晚大学生们在院子里围坐着聊天、吃西瓜的时候，老师们不是关着门在宿舍里，便是远远绕开去河边散步，受到前者热情招呼，也总是很客气地谢绝，他们以这种沉默的姿态划清和对方的界限。大学生和本地老师就像是水和油，同处在中心小学这只杯子里，却层次分明，绝不相融。竹青也有些了解了，也许大学生们那么欢迎自己，并非因为自己多有亲和力，而是因为自己是唯一一个对他们的到来表示真诚欢迎的人。这点十分珍贵。毕竟，一般的客人总是希望获得主人的好感。

老师们不仅不和大学生来往，还对他们颇有微词，比如培训的间隙，一位四十多岁的女老师便讪笑着说："别的我都没意见，就是不能接受男生穿红T恤、穿花衬衫。搞不懂现在的大学生为什么都这种审美观……"另一位竹青的师范同级同学、一起分配来学校的女老师也说："女生才更有个性呢。当着一圈男生的面，大喇喇往长凳上一躺，上衣又短，白生生的肚脐和腰都露在外面，'男不露脐女不露皮'……"

竹青听得心惊，年轻女老师说的场景她也看见了，那是傍晚在院子里乘凉的时候，大学生们大热天工作了一整天有些累了，美术系的关栩栩就仰面躺在一条长凳上，一头长发几乎垂地，她一腿蜷曲一腿平伸，一手枕在脑后，一手放在肚脐上，白色短 T 恤和靛蓝色低腰牛仔裤之间露出一节小巧柔韧的腰肢，头顶的石榴树把红色花瓣洒落在她的身上。她微闭着眼睛，表情是疲劳过后的放松和享受，那场景像一幅题为"休憩"的画，美得令人震动。同一个场景，竹青看见青春、看见美，别人却看见风化，看见卖弄风情，也是没办法的事。

时间在这个暑期过得飞快，老师们的政治学习早已结束，换成了新教育理念培训。大学生们半个月的社会实践也已近尾声，竹青心里惆怅，想起初中和师范毕业时，大家都有一个专用的笔记本，请每位同学写上临别赠言，叫作"同学录"；于是她找出一本封面是莫奈画作的硬壳笔记本，自己先在扉页上写一段话，然后把本子交给陈鹏远，托他代为在同学们中流传，请每个人为她写几句留言。竹青自己写的是：

昔尔来斯，雨雪霏霏。今尔往兮，杨柳依依。

本子交出去，三四天都没有回来。晚上乘凉的时候，所有人都笑着向竹青"告状"：都是因为沈老师，给李老师写离别留言对他来说实在太难了，几次三番提起笔又放下，还对着本子叹气，几天写不出一个字。竹青脑子里重现那一幕，跟着大伙儿笑，一抬头看见沈老师也正看着自己笑呢，一向伶牙俐齿的他这一刻却腼腆得像个孩子，令她心头一颤。

在这里的倒数第二个晚上，大学生们在镇政府大院献上一台告别晚会。所有的大学生，以及很多中心小学的学生都参演了，原来这些天他们排练了那么多节目。这是偏僻小镇上的一件盛事，轰动程度可以用"万人空巷"来形容，虽然镇上远没有万人那样多。演出也不负众望地成功，大学生们的表演不用说，小学生们的表现也令人惊艳。孩子们真是璞玉啊，经中师生老师们的手褪去了粗糙的石皮，初步显现出玉的质地和形状；又在大学生老师们手中真正琢磨成器，折射出玉的淡淡光彩。陈鹏远的独唱作为压轴节目，将一首《朋友》唱得荡气回肠，霎时掌声雷动，在观众的强烈要求下他一共唱了四首。

最后的最后，手风琴和长笛奏起熟悉的旋律，晚会以合唱《相逢是首歌》收尾。沈老师带着部分学生演员出来谢幕，坐在第一排的镇领导和校领导站起来鼓掌，沈老师走下舞台，与他们一一握手。竹青没有座位，站在前排最边上，沈老师很自然地朝竹青伸出了手，竹青把手放进他手里，被他紧紧一握，电光石火间，他的眸子那样近那样幽深，让竹青的心跳都乱了节拍。

从前面的节目中退下来、站在竹青身后的陶光见此情景，一脸坏笑地踮起脚、越过前排人肩膀朝沈老师伸出手去，沈老师却根本没看见他，松开竹青的手后，和一旁的中心小学校长攀谈起来。看见这一幕的大学生们都捂嘴大笑。卢晶碰碰竹青胳膊，附在她耳边说："沈老师和一圈人握手，其实就是为了握李老师一人的手。"竹青微笑。如一滴甘霖落入心湖，波纹渐渐漾开，一圈一圈都是喜悦。

当天晚上，卢晶把留言本送回竹青宿舍，所有人都写了留言。竹青迅速把本子翻一遍，果然，沈老师的留言在最后：

李老师：

　　提起笔不知从何说起。来这里，认识你，是值得我记忆的事。你勤奋、博学、大方、通透，很多我学习的优点。留下我的手机号码，希望能有机会继续学习。

沈岩

2003 年 7 月

竹青看得莞尔：谦虚、质朴、稳妥，不愧是酝酿了好几天的文字。字是隽秀而飘逸的字，细腻之处甚至有些像女性的手笔。还有，原来他的名字是沈岩。掩卷默然而笑，良久，开始看其他人的，写在首页的是陈鹏远：

　　终于还是到了这一刻，我要回去了。我想，我不会忘记你，就像你能记住我一样，对吗？想说的太多，岂是这张纸可以容纳的，不如留白……若有缘，当有再见时。

率真而热血，也很像他。其他人写的可就五花八门了，有真挚的，当然也有不太熟、满纸画笑脸打哈哈的。无论如何，将来都是一本特别的记忆。

大学生们在这里停留的最后一个傍晚，竹青结束一天的培训回自己宿舍，大学生和他们的老师就像往常一样，长凳随意摆放，大家在院子里或站或坐。看见竹青，打招呼的语调和神情中都有了即将离别的味道。沈岩高喊一声："大家集合，请李老师给我们讲几句话！"大家居然真的嘻嘻哈哈开始列队，竹青骇笑。

这天的晚霞特别美，竹青突然有了一个主意，她对沈岩说："牧马河的水很清凉，我们不如一起去玩水、看落日，如何？"学生们一片叫好，沈岩大声说："听李老师的，出发！"

学校在镇西头，再往西是村子，往北是山，南边是大片水田，再往南，几百米外会看见一条河，宽的地方有几十米，整个镇子便是依河而建，镇子最热闹处有桥，没有桥的地方隔几百米就有散落在水里的大石块可以过人。河有名字，叫作"牧马河"。经过这些天白天的跋山涉水、访贫问苦，傍晚的散步，大学生们对牧马河早就不陌生了。于是一大群年轻人欢快地朝牧马河进发。

牧马河两岸远处的群山碧青。落日熔金，天边晚霞红如火、烂如锦，映得近处雪白的沙滩上似乎落了一层胭脂。河水清如琉璃，却也红得透亮。乍见此景，大学生们有片刻愣神，随后一片雀跃、欢呼。陈鹏远在人群中，默默朝竹青竖了个大拇指。

大家很快都跳进水里，河水是极细腻的微凉，浅的地方没过脚踝，深的地方及膝，可以清晰看见河底黄的砂石、白的鹅卵石、红的石英石。年轻人一下子就开启了泼水节的狂欢模式，互相往身上浇水。男生们湿了衣服，大都脱了上衣，裸露着青春的、线条紧致的身体。女生被浇得更惨，卢晶和关栩栩全身湿透，印着"三下乡社会实践活动"字样的白色文化衫紧紧贴在身上。陶光们几个男生还作势要捉住几个浅水里的女生扔进深水里，女生们逃跑躲避，牧马河一片欢声笑语。

竹青站在不深不浅的水里正乐呵呵看热闹呢，陈鹏远突然大喊一声："李老师！"竹青循声望去，却是一大捧水迎面浇来，竹青头发上、脸上、衬衫前襟瞬间全湿了，水还在顺着头发、眉毛往下滴，眼睛里也进了水、睁不开了。

周围男生一片起哄，大概刚刚发现原来竹青也是可以被当作开玩笑对象的。混乱中，一个关切的声音说"赶紧擦擦"，紧接着是谁的手用一块淡淡烟草味的布，温柔地帮竹青拂拭脸上和头上的水。眼睛终于能睁开了，眼前是年轻男性柔韧而有力量的胸肌，深灰色棉布短裤上黑色软牛皮针扣皮带合宜地束着腰。仰头往上看，居然是他的脸——沈岩，他正用他的文化衫，细致而专注地帮自己抹去脸上头上的水。

轰然一声，世界安静了，所有的一切都落在了原本应该的位置。竹青像一只最温驯的小猫，安静仰头看着他，保持着那个站着不动的姿势，任凭他帮自己收拾。等脸上、头上的水擦干后，他就再也没有离开过竹青身边。当然，有了刚才那温柔一幕，也绝不会再有胆大的学生敢朝竹青泼水了。

被这群年轻人扰乱的河水在下游不远处恢复了平静，映着夕阳，一河碎金。沈岩和竹青不约而同朝那个方向走了一小段，和众人拉开一点距离。斜阳无限，晚霞如醉，牧马河水清得沁人。两人互相看了一眼，继续朝下游走，身后的人语喧哗渐渐远了。到了水流略急而深的地方，沈岩牵起了竹青的手，她的手柔若无骨，乖乖地任他握着。

夕阳终于隐在远山背后，天色渐渐暗了，牧马河水更多了一分爽意。他再也没有放开她的手，两人一直朝下游走，走过窄而略深的激流河段，走过长着薄荷草与小蓼花的沙洲，走过宽阔清浅的河段。赤脚踩在细砂石上，沙沙的、足底按摩一般；踩在鹅卵石上，触感是细腻的滑；踩在棱角分明的粗糙石头上，微疼。暮色四合，只偶尔有归巢鸟儿的啁啾，牧马河流淌的声音是"哗哗"的，如果仔细听，某些地方却又是"汩汩"的。被那人牵在手中，竹青的世界一片宁静欢喜。

月亮出来了，只有半边脸，可是很亮，照见四周丝丝缕缕的云。竹青终于有些踟蹰。这一段的牧马河很美，可是如果再往下走，前面的牧马河却是满目疮痍、面貌狰狞的。那些采砂留下的洞，大的能开进去一辆卡车，小的也比井口大。从两岸的高处看去，深不见底，像河流溃烂的伤口；碧幽幽，像一只只撒旦之眼，怕水的人看了是会打个寒噤的。当然，现在那些洞周围都有木栅栏围着，但不排除有较小的洞没来得及围，如果夜里不慎滑进去，就太可怕了。何况即使不会掉进去，那些水中的栅栏在暗夜里也会像黑黢黢的奇怪墓碑，提醒人们那下面是什么。如此良夜，她会愿意让他知道牧马河这凶险阴森的一面吗？当然不。

可巧这时路过一片沙洲，洁白、平整。沈岩说："累不累？歇歇？"竹青赶紧点头，两人走过去，全是最细的沙，柔软极了，沈岩立刻躺下去，满足地叹息。竹青就坐在他身边，"躺下。"沈岩的手微一用力，竹青就躺在他身旁了。

躺在沙洲上，头顶是皓月星空，耳边是流水的淙淙声。良久，竹青喃喃说："还是做现代人好，比古人好。""为什么？""古人要执子之手，与子偕老啊。"沈岩说："怎么，你不想和我偕老啊。"竹青轻笑："你要和我偕老？""要啊。""我不信。""你摸摸我的心。"竹青伸出一只手，搭在他赤裸的胸口上，触手温热细腻，"感觉不到你的心。""心脏在左边。""我摸的是左边。"沈岩忍俊不禁："你摸的是哪边？"竹青抬起身子一看，自己的右手正抚在他右胸上，怪不得感觉不到心跳。沈岩再一拉她双臂，她整个人倒在他怀里。他的唇轻触她额头，在那里停留了一刻，终于吻上她的唇。

过了很久很久，竹青才深深透一口气。睁开眼，就那么伏在他身上，下巴抵在他胸口，他的心跳沉实有力。"这回听见了。"竹青笑。

夜色更浓，空气中有草木的清香。河滩上全是萤火虫，一闪一闪，像落入凡尘的星星。起风了，两岸草木簌簌而动，竹青从沈岩胸前抬起脸，看见远处镇上的灯光都稀疏了，这才极不情愿地说："我们是不是要回去了？你的学生呢？"沈岩笑："他们又不傻，当然已经回去了。"话是这么说，他却把竹青轻轻放在一旁，自己先坐起来，又拉了竹青一起站起来。两人仍然牵着手，借着月光往回走。

沈岩牵着竹青走得欢快。月亮很亮，竹青仰头见他眼底眉梢全是快乐，和平时在学生中那个老成持重的沈老师判若两人。看见学校大门了，竹青扬一扬两人十指相扣的手，轻笑道："你确定我们要这样出现在你学生面前吗，沈老师？"沈岩似乎还没考虑到这个问题，踌躇之下，竹青已经轻轻抽回了自己的手。

沈岩和竹青并肩出现在后院的时候，大学生们全都坐在院子里，二十几双眼睛齐刷刷地看着他俩。沈老师淡然说："大家早点回宿舍休息吧。我送送李老师。"竹青听得汗颜，自己宿舍就在大学生宿舍对面，不足十米的距离，他却跟学生说送自己，还说得那么坦然。学生们知趣地开始往宿舍里收长凳、准备休息的样子。

进了竹青宿舍，沈岩坐在床边，双臂圈住竹青的腰，将脸埋在她胸前。竹青站着，轻抚他漆黑的头发，这一刻，觉得他真像一个孩子。过了一会儿，他仰起头看她，那神情越发像个孩子，依恋地、天真地。他担心地说："你才二十岁，我比你大六岁呢，你父母会不会反对？"竹青没有回答，反问道："你一个大学讲师，硕士毕业，到深山里扶贫给自己扶出个小学教师的女朋友，你父母会不会反对？你同事会不会奇怪？"他露出孩子般单纯柔软的笑容："不会。我的父母是世界上最好的父母，只要我开心他们就开心。至于同事怎么看，我哪管得了那么多。"竹青说："我不是普通的中师生，我的本科自学考试已经全部考完了，就等拿毕业证了。拿到毕业证，我就报名考研。""我知道你不是一般的乡村小学老师。我都想好了，等你拿到本科毕业证，就想办法把你调到省会的中学。""要是调不了呢？""那只好算了。"他的声音十分平静，竹青心里一凉，直到看见他眼睛里的笑意，才在他肩上轻轻捶了两拳。

他突然想起什么，说："站了这么久，一定累了。你简单洗漱一下，到床上躺下来，我在这里陪你，等你睡着了我再离开。"竹青听话地洗漱，然后拿起床尾的睡衣，略窘地看着他，他见状笑着转过身去，竹青换好睡衣，告诉他"好了"，他才又转回来。

竹青躺下来，沈岩侧着身子半躺着，一只手臂环住她，亲吻，然后四目相对，喃喃地说着话。小屋里唯一一盏日光灯散发着柔和的光线，照在竹青心爱的吊兰、字画上，淡绿色窗帘严实地垂着，小小台扇静静转动，小屋从未如此温柔美好。然而夜真的很深了，渐渐地，竹青吐字越来越困难，虽然她是如此依恋眼前这个男人，但不得不承认，巨大的快乐原来也这样耗力，自己此刻是真的困倦了。渐渐地，就坠入了梦乡。沈岩何时关了灯带上门离开的，她竟完全不知道。

梦里全是牧马河，春水初涨，春林初盛，草尖带着露珠，在晨曦中摇曳。透过露珠看初升的太阳，世界一片金色的光晕。河岸上是花海，春天的花海，一直烂漫到天边。

第二天早上醒来，竹青整个人像喝足了雨水的花儿。出门去参加培训的时候，对面的临时宿舍静悄悄的，只有两个男生在院子里水龙头处洗漱，看见竹青都客气地打招呼。应该说，他们对竹青一向客气，此刻那客气里更多了点什么，某种恭敬？敬而远之？某种难以置信之后的观望？

竹青没有细想下去。此刻她关心的是，大学校园习惯晚起，这段日子难为他们了，今天只剩下返程，可以多睡一会儿。他昨夜睡得更晚，这会儿一定还在梦里，今天看来是见不到了。这么有些怅然地又看了一眼大会议室，却猝然发现那间屋子暗沉的玻璃窗后有一双眼睛正凝视着自己，把竹青给惊到了。那是一双只看一眼就知道它的主人刚经历通宵失眠的眼睛，疲惫而憔悴，伤痛而深挚，是陈鹏远。竹青吓得赶紧收回目光，十分无情地、装作什么也没看见地走了过去。

坐在教室里，竹青不无愧疚地想，人性真是自私啊，对于陈鹏远，她甚至没有太多时间去抱歉，她脑海中全是昨天傍晚后的一幕幕。夕阳依依，晚霞满天，牧马河水清如琉璃；青春躁动的年轻人；努力睁开眼，看见他目光专注，用一件白T恤小心为自己拭去脸上的水珠；激流中他牵起自己的手；洁白平整的沙洲，淙淙的流水声……竹青的心中喜悦又酸楚。午饭时候回到后院，两个会议室已经空了，桌凳摆回了原样，整整齐齐的，就像他们从来没有来过。只有竹青知道，一切都不同了。

当天学习结束，掌灯时分，校长站在竹青宿舍斜对面的走廊上，招手让李老师来一下。竹青一脸蒙然地走过去，想着校长怎么突然住校了？他是从哪天开始住校的？校长是个长着鹰钩鼻的中年人，此刻背着光，一张脸更显得阴晴不定。竹青越发莫名其妙了。

竹青直觉校长是不喜欢她的，可能达不到讨厌的程度，只是一种，怎么说呢，戒备。如果从学生成绩来看，竹青已经是全县山区小学中最好的语文老师了，来学校两年，她的班级历次期末考试语文成绩都是全县山区组第一名。唯其如此，校长对她的这份不信任就更值得玩味了。他们同一批分配来中心小学的八九个年轻人，大家都在弄自考、函授大专，校长也是大体支持的；唯独对竹青，她中师时已经拿到了自考大专学历，工作后就开始考本科，校长在不同场合说过：小学老师大专学历就够了，本科学历无法和职称挂钩，考来没什么意义，还不如把心思花在教学上，早日成为教学能手。可是这些话，哪能进得了竹青的耳朵。后面她考完了本科，开始夜以继日地学英语，校长冷冷的目光更时常落在她身上。在这方面，竹青极钝感，可能也是因为内心深处从没想在这个地方长久待下去。

进了校长室，校长自己坐下，却没让竹青坐。他脸上堆着笑，讲话声音也不大："李老师，你昨天带着大学生们去河里玩水了？"竹青自认为乖巧地微笑答应。校长突然提高了声调："你知道这么做的后果吗？"竹青愣住。"牧马河什么情况你不清楚吗？黑灯瞎火的，万一有人掉进采砂洞怎么办？"收到三个反问句，竹青报以一个翻在心里的白眼：牧马河那么长，我会带他们去有采砂洞的河段？你就没事找事、借题发挥吧。但面上还是唯唯。校长又说什么"为人师表要有为人师表的样子，要守好本分……"竹青的思绪已经飘走了。

校长今晚有点喋喋不休，好像终于找到了竹青的破绽，要趁机把许久以来积压的不满一齐发泄出来，当他说到"谈恋爱是没有问题的，但是要脚踏实地，要量力而行，不要太好高骛远，不冲着结婚去的恋爱那是流氓行为，我是为你好啊——等你吃了亏、坏了名声、耽误了青春就迟了。"竹青才终于觉得不对了，她收敛了心神，静静地看着校长，仿佛没十分懂、需要进一步解释。校长被她看得不自在，可能也意识到扯远了、说重了，忙把话锋往回拉了拉："当然，你们这批年轻人来了以后，工作都很上进，成绩是有目共睹的。但可能也有个别人心里嫌我们的庙小了，对此我一贯主张去留随意，但是只要一天还在中心校领工资，就要遵守师德，安心工作，绝对不允许身在曹营心在汉，把我这里的风气带坏了。今天说得可能有点多了，不到之处，请李老师多体量。"说到最后一句话，笑容又堆在了他那张有点阴鸷的脸上。

直到这一刻，竹青的心情也没受多大影响。从前一天傍晚开始，她整个人就处在一个蔷薇色的梦幻里，有这梦幻护体，一个校长伤不了她。但是，从校长室出来，竹青看见整个后院每间宿舍都亮着灯，几乎每个窗玻璃后面的书桌前都坐着一个同事，平时这时候他们可远没这么整齐。那么显然所有人都听到了校长刚刚对她的这场训诫，看见了她"不自量力"的恋爱，知道了她"不安分"的心，并随时准备静观那不堪的后续。在这无声的场景形成的无物之阵里，瑰丽的梦幻暂时消退，她有种被裸体示众还人人喊打的羞耻感和压抑感，虽然她并不觉得自己做错了什么。

又过了两天，培训终于结束了。傍晚，全校老师们坐上从县城来的班车，星散在全县的各个角落。竹青回到了县城自己的出租屋。

第二天一大早，竹青坐车来到市里。她先去手机专卖店里买了一部手机，试着发了一条短信。然后，她走进喜欢得落泪却从来没买过的某品牌店，试了一条纯白色连衣裙。整条裙子上全是一种错落有致的镂空缠枝花纹，镂空边缘用白色线细细地锁着边，淡极始知花更艳的感觉。竹青看见镜中被一袭白裙轻柔包裹的自己，那些缠枝花卉温柔繁复得如同她恋爱中的心思。虽然身形略显纤瘦，但眼眸是有光的，年华是正好的。趁导购小姐不备悄悄翻看了吊牌，虽然早有心理准备，但那个数字还是让她小小吃惊。原指望买两条裙子的，现在最多只能买这一条。半分钟后，她付了款，拎着白裙出了店门。

天色还早，路过新华书店，竹青就进去看书，三个小时过去了，看完一本《胭脂扣》。揉揉酸痛的眼，这里是三楼，从窗户看出去是一个公园的游乐区。这个大暑天，电动游乐设施们多是静悄悄趴在地上，只有一个像高空旋转木马的设施，与地面成四十五度角在空中转动，几十条粗壮的钢管呈辐射状延伸出去，末端是一个个双人座位的小仓。绝大部分小仓都空着，唯一的玩家是一个白裙女孩，她一个人坐在双人座位上随着设施旋转、上上下下，像一个人偶娃娃。隔着这么远，也能清楚地看到她脸上一丝笑容也没有，忧郁得能滴下水来了。竹青一下想到《红楼梦》里的句子："外头是这么个情形，不知内里又是怎样的煎熬。"

她打了一个电话，不长，然后下楼出了书店，慢慢地走向汽车站，坐上了回县城的车。她装着新买的白裙的包里，还装着她的随身行李。只等沈岩一句话，立刻就可以从市火车站买票，去洗手间换上最美的裙子，连夜坐火车去到省会他的身边。孤女竹青，第一次体会到没有父母的好处。

然而，自从沈岩他们离开南山镇，他就再也没有与她联系过。就像牧马河之夜只是竹青的一场梦。就像整个大学生"三下乡"活动都只是竹青的一场梦。就像他从这个世界上消失了，抑或是竹青自己消失了，再也接收不到来自原来那个世界的任何信息。

万一，万一他弄丢了中心小学的座机电话号码呢，自己又没有手机。生活和小说中不是没有这样的事。竹青打起精神战战兢兢地宽慰自己。今天，买了手机后立即给沈岩的号码发了短信，告知他这是李竹青的号码。之后竹青买了裙子，又等了看完一本小说的时间，却没有等到电话或短信进来。

小说看到一半的时候，三天来被强力压抑下去的种种惊疑不定、恐惧不安的念头逐渐失去掌控，它们探出头来，原地打个滚、遛个弯、试试嗓子。最后，它们集结成一支庞大的队伍，在竹青的脑子里游行，挥舞着旗子、高喊着口号。

这时，小说也到了结尾。竹青一抬头，便看到了那个独自玩电动玩具、脸上写着哀莫大于心死的白裙女孩。如一片落叶飘掷在眼前，令她瞬间置身整个凛冽的深秋。强烈的不祥预感穿透迷雾，她几乎已经清楚地看到了结局。她决定不再等了，既然注定要面对，那么越早越好。

她拨了沈岩的手机。

响了几声，对方接了，竹青"喂"一声，那边略顿了顿，沈岩的声音，以一种十分轻松的语调："是你啊，李老师。"李老师，这个久违的称呼，瞬间把竹青冰冻在原地。

那边继续着轻松的聊天："我正要给你打电话呢。是这样的，回来后事情比较多，要准备评职称，又要准备读博。思前想后，这阶段我本人还是不适合恋爱。"竹青大脑空白，出声不得。

沈岩以无比温和的语调说："所以，如果下乡的时候，我做了什么让您误会的事，这里真心地说一声'对不起'。"您，敬辞都用上了。误会，好的。

"李老师，您在听吗？"竹青被动地"嗯"。"我祝您有一个开心的人生。"沈岩的措辞越发圆熟，"感谢那段时间您对我和我学生们的照顾，以后来省城的话，欢迎来我们学校玩。再见。""再见。"竹青听见自己空洞的声音。

一通电话的工夫，窗外的白裙女孩已经不见了，游乐场彻底空了，水泥地面在强烈的阳光下反射着一片刺目的白光。

竹青在床上躺了一个星期。这一星期没有白天和黑夜，她几乎不吃、不睡。理智上她理解他的突然转变，但是感情上，她却还需要很多时间来接受。她知道，闭塞、枯寂的深山如一张雪白的背景板，把她身上的些许微光衬托得耀眼，让他产生了爱情的感觉；然而一回到省会，回到他现代人拥挤、坚硬的日常，在新的琳琅满目的背景下回想她，便显出了她的寒酸和卑微，爱情随之失去了依据，变得荒谬，甚至可笑起来。说到底，她和他不是同一个世界的人，是她自己生了妄念。他们本不应有交集的，牧马河的夏天是一个意外，一个美丽的错误。现在，到了改正错误、回归常轨的时刻了。说服自己接受这些，于竹青是脱胎换骨般的痛苦。

更糟糕的是，沈岩选了一种极其轻佻的方式来结束。竹青宁愿他用冰冷的声音对自己说："我不爱你了。我们后会无期。"那样她虽痛倒也痛快，会觉得自己没有爱错人——他始终真诚不矫饰。但沈岩过于聪明，自以为选了一种社会人的体面告别方式，可在竹青眼里，这恰是最不体面、最近于无耻的方式，它侮辱了竹青的人格和智商，给她带来严重的二次伤害。他当李竹青是谁？她岂是会纠缠不清的女子，需要他用这样的手段打发？

误会？——他竟能如此举重若轻？这让竹青被迫重新检视自己曾经热恋的人——她还清晰地记得他孩子般柔软天真的神情，到头来他却在她面前展示出如此市侩油滑的一面，难道是自己以己度人、从一开始就错看了他？她觉得，或者自己的初恋从头到尾是个误会，当然不是他说辞中那个意义上的"误会"，而是她对他品质的误会；或者，她的初恋至少也是被荼毒了、被狗尾续貂了——好好的爱情悲剧，临谢幕时他却用夸张拙劣的表演，给加了个滑稽剧的尾巴，恶心到了她；抑或者，沈岩那根本不是表演，他真的就是用了省会的三天时间就完成了翻篇？竹青就又成了李老师了？天哪。

在痛苦的汪洋中载沉载浮，她必须抓住点东西。慢慢地，一个念头越来越清晰、放大、闪烁如星辰——李竹青没资格期待一个理想中的爱人，她只能自己成为理想中的人。是的，这念头就是她抓住的东西。

现在，二十八岁的竹青就站在牧马河边。烈日之下，岸边的毛竹林一动不动，方圆几里阒寂无人。这个季节是丰水期，那河却比从前收窄了好些，水也变浅了，再不是多年前碧波荡漾的样子，不知是否与持续的采砂有关。但至少眼前的牧马河是平静的，没有那些丑陋的伤口。站在宽了一倍的河滩上，穿着鞋子也能感觉鹅卵石烫人。只要脱掉鞋、走过一小片沙滩，前面就是牧马河水，然而竹青却并不想下河了。

她不知道是不是只有自己一个人会缅怀多年前那个夏天，即使今天的她清楚地知道，假如当年上天允诺了那个痛不欲生的二十岁姑娘的祈求，让她能与沈岩走下去，她的人生也并不会比现在更广阔。对于那段往事，她也决不会像浅薄而矫情的文人那样，轻飘地说一句"感谢"，因为伤痛就是伤痛，即使那伤痛是她后来人生起色的催化剂，也仍然还是伤痛。但她是无悔的，因为她曾那么不留退路地爱过、快乐过、痛彻心扉过，那就是她的二十岁、她的初恋。

这一刻，她知道哪怕沈岩的面孔鲜明如在眼前，陈鹏远们一群的笑闹、追逐声还回响在这片沙滩上，但那个夏天也早已像流水一样地过去了，一点泡沫也不剩。这世界以及竹青自己都如同这牧马河，在不舍昼夜的流逝中，其实早已不再是原来的那一个。

那么，她就要拥抱新的旅程了。

琉　璃

一

出生年月、籍贯、个人简历、社会关系……一项一项，晓苏终于填完了所有的表格，吁一口气，存在 U 盘里，拿到校门口王娟的店里打印。王娟正教店里新来的女孩用绘图软件呢，看见晓苏来了，让女孩给伍老师打印，她自己一边轮流在另外两台电脑上忙活，一边跟晓苏寒暄。她腿细脚小，臀部以上却突然圆润，把一件小西服撑得炸开来，西服上五颜六色的印花似乎就要尖叫着、四散逃离那艳粉的底色。晓苏为这联想觉得对不起王娟，虽然多年没有交集，但毕竟是小时候的玩伴。

她把目光从王娟身上移开，开始漫无目的地上下左右打量这间文印店。突然，她的注意力被脚下废纸箱里的一张照片吸引了。这张照片明显是一张打印表格的一部分，表格在纸箱底部，可是偏偏就从两摞废纸的缝隙中露出这张照片来。这种头发紧贴头皮全部掠到脑后的免冠照片对女人特别不友好，一般人照出来要么表情僵硬，要么骨相奇突，要么就双耳招风，可是这张照片上的人却出奇地漂亮。晓苏忍不住费力地扒开山一样的废纸，从两山之间的峡谷中起出那张表格仔细端详。

那真是一张美人的脸，整体看起来与年轻时的胡茵梦有三分像，但比胡茵梦美得更浓烈、更令人过目难忘。中英文双语的表格，中文是繁体字，内容好像是申请婚姻移民，名字是"黄琉璃"。晓苏忍不住赞叹出声："世上居然有这么漂亮的人啊。这个黄琉璃，她是谁呀？"王娟回头，见晓苏拿着那张表格，笑道："哈哈，认不出来了吧？你再仔细看看。""难道我认识？不可能。"晓苏再看，这人美得太出挑了，实在无法与自己记忆中任何一张熟悉面孔对上号。但当她看到曾用名一栏里"黄柳丽"三个字时，记忆被瞬间唤起："小学同学里有个人叫这个名字来着，但是……""就是她呀。""啊？"晓苏太震惊了，怎么也无法把眼前这张照片和记忆中那个黄柳丽联系起来。王娟有些兴奋："吓坏了吧？没想到她后来长成这样了吧？老实说她第一次走进我的店，我也完全没把她认出来。"

晓苏自认为智商一般，唯一值得骄傲的是记性好，她记得学龄前所有玩伴的名字、长相，幼儿园、小学同学就更不在话下。当她大学毕业回到这个厂办中学教书，第一次在校门口遇见王娟，就准确地叫出了她的名字，要知道她们最后的见面是在近乎十五年前，小学一年级。可是这个黄柳丽——如果真是同一个人，这变化也太大了吧。

　　晓苏记忆中的小学同学，准确地说是学龄前玩伴黄柳丽，是个衣衫褴褛的小女孩。她一头狗啃过一般的短发，一看就不是出自哪怕最便宜的理发店之手。饶是头发短得像小男孩，晓苏仍然记得不止一次，王娟或者别的小伙伴从她颈后摸出雪白、肥胖的虱子，而黄柳丽也只是尴尬地笑笑。

　　这样的黄柳丽，小伙伴们之所以还愿意跟她玩，是因为她有几样"绝活"，一个是愿意做小伏低，跳大绳愿意甩绳子，打沙包主动扔沙包，拍皮球愿意捡球；别人挤对她，故意当着大伙儿的面说她身上有味道，她也憨厚地不计较。另一个现在看来是某种天赋：小女孩们喜欢自编自演一些"剧"，内容有时候是妈妈和孩子，有时候是医生和病人，有时候是老师和学生。无论分给黄柳丽什么样的角色，她都能演得惟妙惟肖。晓苏清楚地记得，有段时间大家总让她演一个生孩子的女人，小姑娘们已经朦胧地有点懂事了，都羞于演这个角色，可是黄柳丽就很大方。她往那巷子深处、不知谁家堆在路边的水泥预制板上一躺，捂着肚子、分开腿，压抑地低声呻吟、惨叫，痛苦地翻身，那表情、那语调，看在小女孩们眼里，真是绝了，电视上生孩子就是这样的啊。让她演一个瞎子，她就睁着眼睛一眨不眨，眼珠子不动，眼神也没有焦点，一只手拄个棍子在前面探路，另一只手在空气中无助地摸索，脚下步子迟缓而沉滞，活脱脱一个盲人，把大家都看呆了。那时候大家都不说普通话，连老师上课都不怎么说，但是不知为什么，大家演戏玩的时候却要说普通话，自己也知道说得不好，自嘲为"彩色普通话"；只有黄柳丽，也不知她怎么弄的，说一口字正腔圆的普通话，就像电视里的人一样。因为这些，大家虽然有些嫌弃，但始终没有抛弃"丑小鸭"的她。

现在回想起来，黄柳丽即使穿戴如同乞丐，那眉眼，那轮廓，也仍然是不难看的。但那时候，大家认为长得漂亮的是那种穿粉色公主裙、白袜白鞋、五彩皮筋扎小辫的小女孩，谁会把邋里邋遢的黄柳丽和"漂亮"联系在一起呢？那时候，谁会想到黄柳丽将来会长成一个绝色美人呢？晓苏盯着那张证件照看，和记忆中黄柳丽的脸反复比对，最后只能承认："没错，就是她，而且是天然的，没有整过容。天哪，她怎么能长得这么漂亮呢。""大头照就算漂亮了？那是因为你没见过她现在的真人！"王娟突然想起什么，"等着，我好像还有她别的照片。"她站起来走到店里唯一的文件柜前，蹲下来在最下面一层抽屉里一通翻找，找出三张放大的艺术照递给晓苏，"她说照得不好，让我帮她放进碎纸机碎掉。我觉得太好看了，比明星照都好看，没舍得全碎，偷偷留下几张。"

一张穿着棉布旗袍、拿着折扇的民国风写真；两张结婚照，西服、婚纱的一张，状元袍、凤冠霞帔的一张。晓苏的注意力全在黄柳丽，不，现在应该说黄琉璃身上，只感觉她的先生好像是位中年人。那是一种太过耀眼的美，完全令人移不开眼睛；不是因为艺术照，不是因为化妆。晓苏是语文老师，随着目光在照片上一寸寸移动，她脑海里净是"巧笑倩兮，美目盼兮""腰若流纨素""清辉玉臂寒"这类句子。过了很久，晓苏才回过神来，又想起小时候的黄柳丽。造物太过神奇，那对总是眼神闪烁、神情讨好的眼睛，是怎么变得这样顾盼生辉、眼波欲流的？那总是仿佛结着一层黑垢的脸色，是怎么长成这白得发光、吹弹得破的皮肤的？最关键的是，美人儿全身上下那种自信、舒展，仿佛天生就是万人宠爱的公主，哪有一点小时候的影子？这点石成金的一切是怎么发生的呢？

黄琉璃小时候的境遇不是一般的糟糕。她和晓苏、王娟都是国营大厂的子弟，住在同一个厂区的家属院。当时家属院里年龄相当、经常一起玩的女孩子有六七个，其中她们三个同年，一起上了厂里的小学，是同班同学。从晓苏认识黄柳丽的第一天起，她就形如流浪儿。厂区是一个熟人社会，黄柳丽的故事，这里每一个人都知道：她的母亲去世了，后妈十分凶悍，又生了个弟弟；在后妈的挑唆下，亲参看见她就想揍她。黄柳丽睡在家里的狗棚里，与狗为伴，吃饭也有一顿没一顿的，还好有个出嫁不久的小姑，许她三天两头去蹭饭。因为街道办事处三令五申，厂办学校又免她学费，才勉强没有失学。一年级上了一半，晓苏的爸爸调去另外一个厂区，与这一个隔着大半个城，妈妈本来就是家庭妇女，家里就退了原来的筒子楼房子，到爸爸的新工作地点重新申请房子，全家搬过去，晓苏也转学了。所以黄柳丽也好、王娟也好，所有那一群女孩子后来怎么样，晓苏就不知道了。

当晓苏今年毕业回来进了厂里的中学，当年的小伙伴早已风流云散，在校门口遇见开文印店的王娟已属意外；至于黄柳丽，如果不是机缘巧合，大家可能根本不会想起她来。

晓苏的惊艳完全在王娟意料之中："要不是亲眼见过，我也不相信。去年的事了，她回来办结婚，在我这里打印了好多材料。她认出我这个发小，还送我东西，请我吃饭。真是三十年河东、三十年河西，谁知道小时候那样一个人，后来能长得那么漂亮呢？又有谁知道她能嫁得那么好呢？"晓苏问："之前你和她也没有联系吗？""能有什么联系？她初中上了一年就退学了，然后就去南方打工了。什么地方敢雇用童工，还能挣到钱寄给家里……不敢想象。"晓苏很不习惯王娟说这话时那种暧昧的、意有所指的调调，微微皱了下眉。王娟没察觉，继续压低声音说："那个男的我也见到了，比她总要大上三十岁吧。据说，早几年就住一起了，去年琉璃到了结婚年龄才结婚的。"晓苏笑笑，一式三份的材料早就打好了，她拿了材料，借口学校有事，付了钱离开了。

二

　　晓苏作为新人，工作紧张，日子过得飞快，黄琉璃给她带来的最初的震动很快便淡化了。直到有一天在教师集体办公室，有学生家长跟她打招呼，她一抬头便认出是熟人——黄柳丽的小姑，没错，虽然她看上去老了一些。黄柳丽的姑姑说："伍老师，还记得我们黄柳丽吗？我是她姑姑。"晓苏说："姑姑你好。我当然记得了，我和琉璃是发小嘛。琉璃什么时候回来，你让她来找我玩啊。"姑姑没想到她这么热情，连忙说："好啊好啊。她一般两年回来一次。明年回来我让她来找你。我孩子现在上初一，在葛老师班上……"

　　黄琉璃的姑姑走了，晓苏想，她差不多算是黄琉璃唯一的亲人了，虽然她年轻时脾气不好，对柳丽态度很差。晓苏记得，她嫁给了厂外的个体户，就住在和厂区一墙之隔的巷子里。那时候女孩子们在巷子里玩，有时候会遇到她，柳丽喊"姑姑"，她一般是不耐烦地瞪柳丽一眼。有时候不知是她心情不好还是怎么的，会朝侄女粗暴地喊："滚回去！就知道在外面疯！怪不得你妈天天揍你！"这时候柳丽就飞快地朝家的方向跑，不过是跑开躲在暗处看，等她姑姑走远了再笑嘻嘻地回来。于是女孩子们都有点怕这个姑姑，觉得黄柳丽家的人除了她本人全都好凶。

但是有天下午，晓苏路过这个姑姑家，看见她坐在门口的小板凳上，把半支粉笔横过来，细细地往柳丽的旧运动鞋上抹，地上还有几根白粉笔头，柳丽光着脚坐在旁边乐呵呵地看着。第二天学校开春季运动会，要求所有的学生都穿白色运动鞋；白色帆布鞋一旧就黄，需要刷一种叫"鞋粉"的东西，让鞋子看上去白一些，和大人们往脸上擦粉一个道理。看到这个场景，晓苏无端想起不知从哪里听来的小调："人家的闺女有花戴，爹爹钱少不能买，扯上了二尺红头绳，给我喜儿扎起来。"那一刻晓苏就想，这个姑姑只是看起来凶，其实心里还是疼黄柳丽的嘛。

晓苏回来当了老师后，父母仍然住半城之外另一个厂区的家属楼，她平时住在教师宿舍，只周末回家。这个周日下午，晓苏从家回学校，她习惯走小时候经常玩耍的巷子，从巷子里的厂区侧门进。巷子原来的城中村已经拆迁，原址上建起了一片别墅，透过黑色雕花栅栏看过去，里面都是独门独院的二层小洋楼，整个小区花木葱茏，俨然高档住宅区。突然听见有人叫"伍老师"，原来是黄琉璃的姑姑在栅栏那边，热情招呼她来家里坐。晓苏有点意外，没想到她家经济条件已经这样好了。看到对方真诚地迎出来，怀着对黄琉璃的浓厚兴趣，晓苏对自己说："就进去坐一刻。"

晓苏跟着黄姑姑走过小区里一段石子路，走进主人家的院子，穿过小花园，进了客厅。黄姑姑殷勤地沏了龙井茶，摆出水果、零食招呼晓苏。晓苏心里清楚，人家是因为孩子在自己的学校读书，出于对教师的尊重，也防备哪天自己成了她孩子的老师，预先"做功课"的意思。晓苏配合地问了几句关于对方的孩子，然后就问琉璃现在怎么样？什么时候回来？姑姑说："她在广东打了很多年工。去年结婚了，丈夫是香港人，开着公司，对她很好。她现在怀着孕，下个月就要生了。下次回来，总要等孩子大一点吧。"晓苏就问："家里有她的照片吗？我们多年没见了，想看看她。"姑姑想了想说："照片应该是没有。去年回来照了很多婚纱照、写真照，后来都带走了。但是聊天的时候她传过一个视频过来，伍老师要不要看？"

于是就打开电脑看视频。是一个大公司的年会，满场节日的狂欢、浮夸气氛，女人们都打扮得十分卖力，花红柳绿，有的袒胸露背，现场乍一看像个巨大的盘丝洞。然后，她出场了，挽着比自己略矮的夫君，款款走来。所有的光线瞬间集中到她的身上，世界突然安静了，男人们肃然，女人们在心里叹息，她们的姿色，在那一瞬间斑驳、皲裂，掉落在地上摔成碎片。

她头发全梳在脑后，绾成一个低低的髻，着一袭黑色缎面及地礼服，白玉雕成一般的面孔旁，两只流苏状钻石耳坠摇曳、明灭不定，有时像两条明亮的瀑布，有时又像两团闪烁的星云。此外全身上下再无半点装饰，已然贵气逼人、不可方物。她的夫君致辞，用广东普通话简短说了两句，然后就隆重地介绍了自己的夫人——黄琉璃女士。

掌声响起，黄琉璃女士含笑点头，目光巡视全场，那气场，比一位王后巡视自己的王国也毫不逊色。然后她开口了，居然说一口流利的粤语，晓苏立刻想起她从小就能毫不费力地说一口标准普通话，连猜带蒙听了个大概，黄琉璃说的是，感谢大家一年来对公司的贡献，对她先生、也就是对她的支持和关爱。她先生和她也一直致力于为大家创造美好的工作和生活环境，她本人愿意做大家的知心姐姐。新的一年，希望每一个人共同努力，共同创造越来越美好的未来。

造物太不公平，美丽高贵的人，连声线都美丽高贵。在她发言的时候，她丈夫始终含笑看着她，眼神里全是骄傲。这一刻，谁能想到这个女子曾经住在狗棚里、初中只上过一年呢？

这个视频带给晓苏的震撼持续了那么久。等到出了黄琉璃姑姑的别墅，一直走回宿舍，她才又能思考了：也许，应付任何场合、任何人和事对黄琉璃都是容易的吧，就像她小时候就能在游戏中轻松扮演一名产妇、一个盲人，如今的她当然更知道怎么扮演好一位总裁夫人。也许，人生中更多的重要场合，于她都只是做戏，所以她才能那样游刃有余。

三

日子沙沙流逝，晓苏的工作早已入了正轨，越来越驾轻就熟了。在老爸老妈的安排下，她几乎每半个月就要相一次亲，大多数时候她没看上对方；少数时候双方互相没有感觉；只有一次，对方没看上晓苏，这件事除了让晓苏有点小小地伤自尊以外，几乎没在她的心上留下任何痕迹。无聊的相亲生活结束于姚志浩。姚志浩比晓苏大三岁，本市人，家境小康，本科学历，银行小主管。晓苏父母很喜欢，晓苏自己不讨厌，于是就波澜不惊地谈起了恋爱。

一眨眼，晓苏已经工作一年了。某个傍晚，学生放了学，晓苏像往常一样在宿舍批改着作业，想着姚志浩出差了，今晚是否该给他打个电话关心一下，他总是抱怨自己太不黏他了。有人在门口喊"报告"，晓苏抬起头，是一位穿着本校校服的女生。小女生说，她是黄琉璃的妹妹，她姐姐昨天回来了，请伍老师去她家玩。晓苏精神一振，答应一声，抓起小包就跟着小女生出了门——她对这个黄琉璃实在是太好奇、太有兴趣了。

走进别墅区，晓苏发现琉璃的妹妹领她走的不是上次她来过的路，仔细一想，是了，琉璃回来一定是住父母家，不该住姑姑家呀。到了主人家，空间比琉璃姑姑家越发开阔，院子里居然有一泓蓝莹莹的泳池。晓苏心里感叹：真是富人啊。然后，琉璃迎出来，如同一道光照过来，什么富丽的房子，在她的美面前都不值一提。晓苏才知道，无论照片还是视频，都无法完整地传达琉璃的美。当她的真人站在你面前，那种震动是难以言传的。晓苏原本已经做了心理准备，这一刻还是有点发蒙。

还是琉璃笑着先说话了："我本来要去学校找你的，但你看我这身打扮，没法出门。"她的语气温柔而密切，就像她们一直是童年玩伴，只分开过至多一个月。被琉璃这么一说，晓苏才凝神细打量她的装扮：她脸上一点妆都没有，一头天然长卷发随意地披泻两肩，穿着丝质白衬衫、白色阔腿裤，外罩着一件黑色斜纹软呢外套；虽然穿着拖鞋，仍然比自己高出小半个头，身姿难以形容的潇洒挺秀。晓苏忍不住喃喃："这身打扮有毛病吗？""没毛病吗？哈哈哈，"琉璃笑起来，眼睛弯成两弯明月，"你仔细看看，我穿的是我姑姑的睡裤啊，哈哈。"晓苏再细看，可不真是睡裤，纯棉针织的，还是松紧腰呢，可穿在她身上怎么就那么妥帖高贵呢。

琉璃牵着晓苏的手往里走，进到客厅里，琉璃的爸爸、后妈都出来打招呼。晓苏童年记忆里，这一对都是满脸横肉、极其凶悍的人，此刻却都笑容满面，特别是那个后妈，看琉璃的眼神简直散发着慈母的光辉。琉璃姑姑也在，和伍老师打过招呼又坐回角落里，右手拿着一卷透明宽胶带，低头忙着什么。见晓苏看她，歉意地说："琉璃今天上午出门坐了个出租车，回来裙子就粘上条口香糖。早知道让她姑父送她去。"晓苏这才看见她在用胶带清理膝上铺着的一条黑裙子。

琉璃扬扬手："不过是一条裙子，本来也没打算穿到下一季。粘上东西就扔掉，非不听，非要拿个胶带粘，都粘了一下午了，看得头晕。"姑姑嗔怪地看了她一眼："一身衣服顶老百姓家一台车了，穿一次就扔，造孽呀。"琉璃一脸无谓。后妈满脸堆笑地接口说："不然就别粘了，反正琉璃也不差那一条裙子。说不定你粘半天也还是不能穿呢，白费工夫。"姑姑不应，也不抬头，继续一点点地用胶带清理黑裙子上若有若无的灰白印子。这场景，令晓苏又想起多年前，她往柳丽运动鞋上涂白粉笔的那一幕。

晓苏决不是口拙的人，但在琉璃面前就相形见绌了，琉璃一路引领着聊天节奏，聊的都是关于晓苏，晓苏的大学生活、工作环境、父母健康状况，当着琉璃家人的面，不会令晓苏感到尴尬的话题。直到琉璃姑姑说"裙子好了"，琉璃拿过来看过，完全看不到脏的痕迹，回房间去换裙子，晓苏才想起，琉璃好像基本没有说自己；与来这里之前相比，她对琉璃增加的了解，仅限于坐什么航班回来，几点到家。

琉璃换了和外套成套的裙子出来，越发高贵得不可逼视。晓苏发现，她好像很喜欢穿黑色——可是她即使穿家庭妇女的睡裤都那么美！琉璃手捧一条米驼色织物："送给你，晓苏，指环披肩，回家找个戒指试试，有点好玩。"晓苏略难为情："哎呀，这怎么好意思，我都忘了带礼物给你！""这有什么，咱们之间不讲究这些。"琉璃一眼看见晓苏放在沙发上的坤包，就把披肩给她系在包上，系得像只半边委在泥里、半边振翅欲飞的大蝴蝶，然后对晓苏说："咱们出去走走吧，我每次回来都没时间看看长大的地方。"晓苏当然不反对。琉璃爸妈和姑姑、表妹一齐把她俩送出大门，晓苏觉得，琉璃现在在这个家里，简直就是贵妃省亲的待遇。

琉璃带着晓苏，熟门熟路地穿过厂区，从一扇偏僻的小门出来，外面就是护城河。两人沿着河堤走了一段，到更僻静处，琉璃就往地上一坐，晓苏下意识看看她那十几万的套装，又看看下过雨、仍有潮意的地，只好在她旁边也坐下来。河对岸是一片新城，间或有几幢高楼孤独耸立，天空混沌空蒙，看不清天际线。琉璃一改在父母家活泼欢快的样子，沉默下来，整个人仿佛笼进一团薄薄的、忧郁的雾里。

护城河的水幽幽的，水静流深的样子。从她们小时候起，河边就遍植着柳树，现在每一棵都有碗口粗了。正是落叶的季节，河面、地上都是半枯的柳树叶子，像无数人老珠黄的细长眼睛。见琉璃看着河水出神，晓苏慢慢地说："你对亲人真好，给他们买那样大的房子，其实我知道，他们当年对你并不好。"琉璃淡淡笑："你都看在眼里的，我爸和后妈对我，真的很不好；我姑姑……比他们强一些。小时候，我是真的想做些什么让我爸还有我后妈喜欢我，可是一直没有能够。现在我终于可以了，你看，他们现在对我多好、多满意。"她笑得有一丝伤痛，一丝嘲讽，"他们对我不够好，可是其他人更不好，人活在世上总要有几个真心在意的人吧，现在他们就是我最在意的人，无论如何我都希望他们过得好。"要过很久，晓苏才想起来说："你的丈夫、孩子，那才应该是你在这世界上最在意的人。"琉璃笑得空茫："丈夫，他那么强大，不需要我照顾；孩子，他有那么强大的父亲，照顾他的人那么多，也不需要我特别照顾。"晓苏又不知该说什么了。

琉璃说："姑姑家的老房子拆迁了，原址上建别墅卖，安置房非常远。后妈说，姑姑姑父祖祖辈辈都在这里住习惯了，怎么能让他们搬到城外乡下去。还好内地小城市房价不高，就给他们都买了。然后后妈希望我能把全家搬到香港，说主要是为了弟弟。我也正在做，应该说，已经做得差不多了。等他们都去了香港，我也就不会回来了。如果你去香港玩，记得要找我。"轮到晓苏不说话了，她总不能说："也许你不值得。因为他们不配。你后妈像《渔夫和金鱼的故事》里那个老太婆。"

沉默了一会儿，晓苏说："那么早出去工作，一定吃了不少苦吧？""太苦了，比挨后妈和爸爸的打苦多了，苦得我都麻木了。晓苏，你永远想象不到有多苦。"琉璃仍然不看晓苏，晓苏却看见她眼中有水雾升起。晓苏瞬间知道了什么叫"我见犹怜"，她赶紧说："好在都过去了。你身上可一点都看不出吃过苦的痕迹。"琉璃苍凉地笑，不说话。

晓苏开始找话说："你的宝宝还不到一岁吧，你走这么远，不会想宝宝吗？"琉璃仍然看着那河水，眼神空茫："还好吧。反正就算我在家里，也不太带他，都是保姆们带。""不带宝宝，那你每天都忙些什么？"晓苏半开玩笑地问。"每天起床就超过十二点了，吃了早中饭，由司机开着车，去购物，或者做美容、做 SPA、做瘦身按摩、做美甲……有时候别的太太约喝下午茶，有时候晚上有 Party，就这样啰。"晓苏又问："你先生的生意你完全不过问的吗？这样不怕有一天他把钱给别人花吗？"

琉璃嘴角浮起一个极浅的微笑："你如果认识他你就会知道，他这人只关心两件事：第一，赚钱；第二，赚的钱给太太花。如果离婚，也只有两个可能，一个是我坚决要离开；另一个是他发现我有了外遇。"晓苏点点头："我小时候就知道，你其实是一个特别聪明、特别清醒的人。"

琉璃仍然不说话，看着水面慢慢移动着的"眼睛"，像要一直目送它们到河水的尽头。她真是美呀，全身一层淡淡光晕，简直不像真人；或坐或立，无论何种姿势、何种角度，都是一首诗、一幅画。河两边偶有人经过，晓苏留意观察过，没有一个不是回头两次以上看琉璃的。琉璃一直看着眼前的护城河，晓苏觉得，连河水都该为她停留，或者打个漩儿。晓苏本来自诩中上等容貌，但是在琉璃面前，甘愿做一粒尘埃。所谓"女人间的嫉妒"，在琉璃面前，都是笑话。

晓苏迟疑地说："为什么，我觉得，你看上去没有很快乐？"琉璃忽然展颜一笑，说："也许我并非不快乐，只不过，我的快乐在别处，不在他们认为应该在的地方。"晓苏想，天哪，那一笑简直倾城。琉璃问："晓苏，你有喜欢的人吗？"晓苏笑了笑："有男朋友，我想，我们应该是相爱的吧。"琉璃点点头："那真好。不像我，结婚以后才遇到喜欢的人，那人不是我的丈夫。"

琉璃会对自己说出这样的话，晓苏一点都不吃惊。毕竟，她俩的世界相距那么远，琉璃告诉自己，跟告诉一个陌生人、告诉树洞，有多大区别呢？晓苏轻轻问："你有多喜欢他？"琉璃凝神想了想，字斟句酌地说："就好比，你一直活在黑白默片里，没有声音，没有颜色；然后，他出现了，世界一下子变成现代电影，五光十色，鸟儿在枝头唱歌。你说，你要怎么才能退回默片时代？"她说这些话的时候，眼中光彩流转，整个人都在发光，像是沉浸在一个无比美妙的梦境中，就像——童话里那个在圣诞夜街头划亮了火柴的小女孩。晓苏叹息，知道已经无法、也无须给她任何意见了。

　　起风了，整条河堤的柳树飒飒作响，柳条在风中狂舞，柳叶儿簌簌落下，拍在脸上像小手指头。晓苏看见琉璃抱紧了膝盖，她打开坤包，取出琉璃送的披肩，展开来盖在琉璃裸露在短裙外面的光洁修长的小腿上，琉璃立刻裹紧了，嘻嘻笑着说："回头再送你一条。"

　　几天后，琉璃的表妹来晓苏办公室，带着一条米灰色披肩，说她姐姐已经走了，走之前来不及来学校看伍老师，让她送来这条披肩。晓苏暗笑：不来也好，她要来了，会影响师生正常教学秩序的。小女生走了，晓苏抚着一灰一驼两条披肩，触手细腻温润的开司米，顶级的牌子，又想起琉璃父母、姑姑的别墅；想起王娟说的，琉璃送她很多东西，晓苏想，其实琉璃有一点没有变，就是希望她小时候遇到的人都能喜欢她。琉璃的家人很快就要走了，那么，很有可能自己和琉璃此生都不会再见了。

四

新的学期，晓苏当了班主任，工作量一下子大了一倍。姚志浩和双方父母催着结婚，晓苏也觉得，自己越来越离不开姚志浩了，于是婚事正式提上议事日程。结婚是个大工程，看房子、买房子、买材料装修、选家具，加起来少说有一千件事要办，晓苏和姚志浩工作之余全都在弄这些事，全城跑，忙得脚不沾地。

有一天，晓苏走在厂区旁的巷子里，听到有人唤"伍老师"，一回头，是琉璃的姑姑。很久没见，现在晓苏是她孩子的语文老师、班主任了。琉璃的姑姑还保留着厂区老街坊的习惯，热情招呼伍老师去她家里坐坐。天知道，晓苏完全是因为琉璃的缘故，才破例答应去学生家的。

到了琉璃姑姑家，说了几句关于她女儿，晓苏就问："小娅应该很快会转学吧。上次听琉璃说，你们去香港已经办得差不多了。"姑姑露出一个勉强的微笑："不去了。琉璃离婚了，她现在连自己都顾不了了。"晓苏一惊。

这时琉璃的后妈来了，来借吸尘器，站在客厅门口说她家的吸尘器坏了，"这个破房子，那么大，自己打扫能累死个人。"琉璃姑姑找出来递给她，一边对晓苏说："琉璃没成算，基本上一个净人被赶出来了，现在漂在香港呢，说要进演艺圈、拍电影，哪那么容易啊。反正现在就是她也顾不了我们，我们也顾不了她了。"一听到谈论琉璃，那个后妈突然激动起来："贱货生的小贱货、小野种！打从她小时候我就说，老黄家根本没有这条贱根！放着好好的阔太太不当，非要跟个司机乱搞，还让人捉奸在床！自己被休出门不说，还连累我们，手续都办了一大半了！"那个姑姑也不说话，晓苏有点坐不住了。门口的女人扭曲着一张脸："拍电影？说梦话吧，都生过孩子的女人了！我看她还是当回婊子靠得住！她身上流着当婊子的血呢。"晓苏吃惊地看着她，她从未从一个人的眼里看到那样多的怨毒。

从那家出来，晓苏有些难过，为了琉璃跌宕的命运。琉璃的亲生母亲姓柳，曾是老城区有名的"杂货西施"。晓苏记事的时候，她已经去世了，她的故事很长一段时间都是这一带的谈资。她跟一个常来她杂货店买东西的中学老师好了，对，就是晓苏现在工作的中学，那人还没退休，教历史的，扔在人堆里找不见的一老头。那历史老师当年也是有妇之夫，婚外情暴露后，两人一度私奔，被琉璃爸爸带着人抓回来，"奸夫"很快就悔过自新，与媳妇重修旧好了；"淫妇"本来熬过了很多折磨和羞辱，但在确知这个消息后，趁家人看守不严，在一个漆黑的夜晚逃出来，跳进了护城河。尸体流进了江里，流到下游几十里外的地方，抬回来的时候，整具尸身涨得有两个那么大，婆家、娘家都不肯收葬，在外面摆了很多天，蛆虫爬进爬出。人们掩鼻而过的时候都说："当年风头那么足的'杂货西施'哦，这就是破鞋的下场。"那时候，琉璃还不满三岁，可身上却从此背负了来自母亲的"原罪"。奶奶不情不愿地照顾了她两年，这中间琉璃的后妈进门，辖制丈夫，辱骂婆婆，霸道泼辣得神鬼都怕，各种加在一起，老太太也很快撒手西去了。然后，琉璃就成了晓苏小时候认识的黄柳丽。可怜不久前琉璃还把血缘上的亲人当作这世上最在乎的人。

本以为琉璃终于否极泰来了呢，谁知前方仍不是坦途。唯一值得替她高兴的是，她已经完成了某种蜕变，终于要走一条适合自己的路了，也许这才是真正重要的。

晓苏的婚房装修得差不多了，于是开始筹备婚礼，准备年底结婚。周日中午他俩跟父母一起吃饭，父母突然感叹他们办了护照，却还没出过国，下午姚志浩就给他们报了一个去俄罗斯的旅行团。周一下午，晓苏去王娟的店里复印父母的身份证，预备办手续用。王娟背过她的店员，神神秘秘地对晓苏说："你知道吗？黄琉璃离婚了。她出轨司机，被老公抓了现行，净身出户。"作为语文老师，晓苏简直要表扬王娟的表达能力——用最凝练的语言准确概括了一桩八卦。但她只是说："为什么我觉得你看起来对这事很兴奋呢？""嘿，你没看她得意的时候狂得那样。""她不是还送你好多东西的吗？怎么狂了？怎么就得罪你了呢？"

王娟显得有点犹豫，但终于还是扭捏地说："她上次回来的时候，我请她吃饭，她开始还挺感动的。然后我就跟她说，能不能，能不能给我介绍个香港男朋友，我也想婚姻移民，结果你知道她怎么说？她说：'这不可能，香港人又不缺老婆，不会接受婚姻介绍的。'你听听，说得好像我多差似的，凭什么她一个小学毕业生就能嫁给有钱人，我好歹还是高中毕业吧。"晓苏听了这话，简直震惊得无以复加——原来在她心目中，她的条件比琉璃好，只因为她的高中学历！一个人的自我评价究竟可以荒谬到何种程度！还有，你永远不知道你会在什么地方得罪一个人。

王娟将晓苏的沉默理解为认同，继续絮絮叨叨："从小活得比狗还贱，仗着长得好，就能乌鸦变凤凰吗？现在打回原形、重操旧业也是活该！"晓苏要到这时才说："你知道吗，有位美国第一夫人，她的总统丈夫遇刺死了，人人都以为她的人生完结了，结果她中年再婚，嫁给了希腊船王。历史上这样的例子很多。有的女人天生不平凡，她们想要什么，总是能得到。"说完这话，晓苏放下钱，拿起身份证和复印件就走，一秒钟也没有停留。

走在校园里，晓苏想，琉璃今年才二十二岁，却已经结过婚、有了儿子，后面的日子全是属于她自己的了。也许人生如一幅长卷，之前不过是长长的引首，画心要到此刻才在她面前徐徐展开，此后山山水水都将鲜明生动起来。

看见彩虹

一

　　暑期自考辅导的第二天下午，小晗正要进教室听课，被组织辅导的董老师叫住了。在董老师的临时办公室，他一开口就让小晗愣住："程教授在找你。"董老师有些惊讶又有些探究地看着小晗，缓缓地说："程教授昨天就开始打听你。又不要我把你介绍给他，只问我你长什么样子、穿什么样的衣服，说要自己把你认出来。"小晗一听，下意识地就想逃，可是已经来不及了，身后一个低而磁性的声音传来："原来是你。"一回头，正好迎上程教授微笑的目光。

上课铃响了，几百号同学已在楼上阶梯教室坐好，只剩小晗与程教授并肩上楼。楼梯窄而长，程教授走得很慢，他轻轻问："你还好吗？"小晗答"好"，心里觉得，这场景，怎么好像他们已经认识很多年了。快到教室门口了，程教授看着小晗，再叮嘱一句："下课来找我。"进了教室，小晗使劲往中后排走，找了一个最不显眼的位子坐下来，这才尽情地看着讲台上的人。

小晗以中考全县第四的成绩上了本县的中等师范学校。中师的校园氛围十分特别，每个人看上去都充实而忙碌，甚至比普通高中还要忙碌。全校性的活动每月有，年级性的活动每周有，演讲比赛、合唱比赛、文艺表演比赛、黑板报比赛，以至跳绳比赛、拔河比赛、粉笔字比赛……学生们不是在进行比赛，就是在准备比赛。妙的是这种锣鼓喧天、红旗招展的氛围，也与学生形成了某种奇妙的共谋：中师生们需要一种充实而向上的自我感觉，用来抵御心头的失落与茫然——毕竟马上就要跨世纪了，再闭目塞听、夜郎自大的农村学子，也知道现代社会的主流是读高中、考大学，学历的标准配置是大专、本科，而他们也许是最后一批被包分配政策吸引来的中师生了。他们都曾是初中生中的翘楚，一贯上进、优秀的人，更加不能忍受被抛在后面。于是人人都想多学一门特长：乐器、舞蹈、国画、演讲……好歹抓住点什么，总比彻底空虚强。在小晗看来，整个中师校园弥漫着一种既乐观积极又自我放逐、既骄傲又颓废、既热闹又凄凉的气息，而自己是这气息中的一缕，只是也许更加低沉。

入学后的一段时间，几乎每天晚自习，都有本校的音乐、美术老师来推介自己办的兴趣班，前途有着落的乡村才子们，开始节衣缩食地追慕风雅。小晗也未能免俗，虽然她并非乡村才子。她对钢琴很有兴趣，就在跟爸爸领生活费时说了，爸爸果然板起脸来说："学钢琴？学了干吗？你知道一架钢琴多少钱吗？即使是练习型的，最便宜也要三四万，县城有钢琴的人家数都数得过来。以你将来的收入，也未必会买钢琴吧。"在小晗看来，爸爸很多时候能一眼看穿事情的本质，在他不虚伪不矫饰的时候，就显出一种冷酷的睿智。小晗就喜欢这种时刻的爸爸，而不是婉言"建议"她放弃上高中的那一个。"何况，"爸爸顿了顿说，"你的天分又不在那上面。"这句话越发说到了小晗的心里，她这些天跟着老师试学钢琴，确实不像读书那样处处游刃有余，在音乐方面自己也就是个平庸笨拙的学生。她心悦诚服地接受了爸爸的意见，回去就停了钢琴课。与其在自己的弱项上浪费时间，不如放弃。自己的天分不在这里，可是在哪里呢？

就在这个冬天，小晗喜爱的作家钱锺书去世了，偶然从学校阅览室的报纸上看到这个消息已经是几天后。小晗十分怅然，学问和才华这样了不起的一个人去世了，在自己所在的环境却连一点涟漪都没有激起，连语文老师都不曾在课堂上提一句。一切都和三年前张爱玲在美国西海岸去世时一模一样。似乎无论世界正在发生怎样的大事件，都和这个县城没有一丝一毫关系，这里永远闭塞、落后如混沌初开。小晗独自向着北方、钱锺书居住和离世的城市默哀了很久。

二

这天晚自习，教小晗教育学的董老师来推介一个自学考试辅导班，位于省会的师大派老师来辅导，如果报了这个班，只要按部就班地上课，每次四科地通过考试，中师毕业时就能取得大专学历。自考学历含金量逊于普通高校，但高于其他一切函授、成人教育学历。当然任何事都是有代价的，辅导班是要收辅导费的。当下一石激起千层浪，同学们都纷纷议论起来，场面之热烈，之前任何兴趣班的推介都不可与之同日而语。董老师请大家慎重考虑一下，多向报了班的高年级学生了解，最后决定报名的，下周一晚自习他会再到各教室登记。

董老师走了，教室里更热闹了，有的考虑费用问题，有的质疑性价比问题——归根结底还是在考虑费用问题。一片乱哄哄中小晗显得置身事外，并非钱对她不是问题，而是——读了中师，很大程度上她是自暴自弃的，对于以自考、函授这类方式取得学历也是看不上的；小晗想要的是读名校、去远方，一切与这个梦想无关的事她都提不起劲来。

周四下午，好友芳汀趁着高中老师开例会来师范学校看小晗，县城小，两人一不小心就散步到郊外，看见小晗这样颓，芳汀说："我知道你不甘心，放谁都不甘心。但郁闷有用吗？不如做点什么去改变，比如通过一些渠道提高学历，我知道的像成人高考、自学考试之类，当然可能文凭比不上正常上大学的，但总比你什么都不做的强。有句话叫：如果你为失去月亮而哭泣，那么你还将失去星星。"小晗笑说："嗯嗯嗯，再说下去，你就会说：一切杀不死你的，最终都会使你更强大。你的这些经历，说不定会以另一种方式成就你。"芳汀娇嗔地打了她一下。

周五小晗再去爸爸单位领生活费的时候，跟爸爸说了那个自考大专的事。爸爸听前面还点着头，听到后来的辅导、辅导费就冷静下来了，拧着眉头想了想，最后下决心地说："学习、进修肯定是个好事。你们这个年纪，弄个大专文凭也是必须的，不然将来可能面临下岗。也罢，花点钱就花点钱吧。"慷慨得令人意外，小晗差点脱口而出"谢谢"。就这样，小晗在周一下午报了自考辅导班的名。

当然，这些都是两年前的事了。两年前的第一次辅导，寒假，就在这个阶梯教室，董老师做了简短的开班动员，然后隆重介绍了将要给大家上课的师大副教授程老师。程教授三十出一点点头的年纪，一身潇洒的休闲装，眉目蔚然而深秀，随着董老师的介绍微微欠身。那沉静淡然的气质，令小晗暗喝一声彩，脑海中自动跳出《红楼梦》里的句子："天下竟有这样标致的人物。"

程教授开始上课了，他是教育学博士，却被派来讲授英语，那发音，闭上眼就像在听中央电视台的外语频道。更让同学们惊喜的是，他的口才真是好啊，讲课旁征博引，各种中英文典故、八卦纷至沓来，在偌大的阶梯教室里掀起一个又一个小高潮。中师是不开英语课的，也就是说大家英语都只学到初中，哪怕再坚实的底子也只是初中底子。这种情况下，按说直接学大学英语应该是非常吃力的，事实上英语科目的难度远高于其他各科是自考界公认的，但是听程教授的课，令大家普遍对英语产生了亲切感、产生了强烈的兴趣，也就不觉得难了。小晗完全被震住了。从小到大，她从来没有打心底里佩服过自己的哪一位老师，以为所有的老师都是差不多的；今天，她才算见识了真正的大学教授是怎么回事。带着小说来的小晗，绝无仅有的一次连书都没有打开，整整一天，就靠在椅子上细细听程教授讲课，大部分时间，嘴角带一个上翘的弧度。

寒假期间师范学校关门，辅导地点是董老师联系的县招待所，同学们都住在县招待所的四人间客房，只有小晗住在初中时的好友晓秋家。不仅仅是为了省钱，更重要的是，同学们都知道小晗家就在县城，平时回家少也就罢了，放寒假还和大家一起花钱住宾馆，实在说不过去。晓秋的高中课业紧张，吃完晓秋妈妈做的晚饭，两个女孩子关上书房门开始学习，小晗迫不及待地告诉晓秋，辅导班教英语课的程教授非常帅、非常帅，以及是怎么个帅法，不只是脸帅，是有风度有气质，以及智慧通透、才华横溢、幽默……晓秋静静地听着，末了说："有这么厉害的老师？那你们挺幸运，值回辅导班票价了。"小晗有点失望，想着如果是芳汀就好了，她一定能脱口说出精辟有趣的见解，反过来激发小晗的思路，然后两人碰撞出许多精彩的火花，像她们过去的每一次聊天。

三天时间很快过去，英语辅导结束，程教授在同学们如潮的掌声中致谢、鞠躬，然后离开了。对小晗来说，辅导班一下从现代电影转为黑白默片。第二天辅导的好像是什么教育心理学，上课的是个五十多岁的女教授，小晗觉得她与自己大部分中学、中师老师区别不明显，都是照本宣科，她又开启了课堂看小说模式。于是后面几天的辅导就结束于达夫妮·杜穆里埃的《蝴蝶梦》。

中师的生活刻板而缓慢。终于等来了暑假，小晗为即将开始的自考辅导而暗暗激动，因为听说程教授会来。到了那一天，小晗穿上自己最喜欢的白色连衣裙去上课。董老师领着一位"陈教授"出场，是一个戴眼镜、微胖的中年教授，周围一片低低的叹息，小晗知道失望的绝不仅仅是自己，但她还是觉得自己的失望是最失望的。

课间十分钟，热情溢出来的同学们已经向董老师证实了：这次整个辅导都没有"那个程教授"的课。也是，那么大的师大教育学院，同一个老师来讲两次课的概率很小呢，小晗的心情真是一落千丈。

三

程教授再来已经是一年后的暑假，一年两次的自考考过了三次，小晗通过了十二科、正好是全部课程的一半。这天的天空碧蓝，空气热得爽脆，很像北方的夏天。程教授讲授教育伦理学，他自己的专业，讲得更加纵横捭阖、手挥目送。他在这所师范学校是大明星，一下课就被同学们里三层外三层地包围着，求签名的、请教问题的，直到下一堂课开始，大家才不情不愿地回到座位上。

这次程教授的课只有两天。从第一天下午开始，他每堂课开讲前都要说一句：之前收到过我回信的同学，请来找我面谈啊。小晗心想：难不成还有别人也像我一样写了信、收到回信却不去当面交流、索要签名的？

程教授第一次来的那个寒假，要等到他离开之后，他带给小晗的震动才真正开始。小晗的生活是这样的，透过曹雪芹、莎士比亚、托尔斯泰、雨果、福楼拜、勃朗特姐妹、大小仲马、钱锺书、张爱玲、王小波……有时是金庸、古龙、三毛、亦舒，她拥有一个广袤无垠的自由世界，那世界生动鲜明、无所不有；而现实中她的世界就是这个小小的县城，县城的世界和前一个没有多少相似和关联。程教授这样的人是属于前一个世界的。当前一个世界的人物走进后一个，走进现实世界，走到小晗的眼前，那种震撼真是无以言表啊，令她好似在周遭的一团混沌中看到了光。

在奶奶家过年，奶奶家在农村，小晗每天一开门面对的是冬天的山，整体呈一种灰褐色，局部苍翠的是松树，白色是未消的余雪，看在眼里一派冷寂，然而她的心中却有盛夏的繁盛。她写了一封信给程教授。小山村里没有邮局，一直到半个月之后的开学，小晗才把这封信寄出。信是这样写的：

程教授：

我猜你离去之前写在黑板上的那个通讯地址虽然随即就被擦掉了，但已然印在许多同学的心中，接下来你会收到许多封信，而来自我的这一封，不过是无数雪片中的一片。然而我并不想以"偶像""崇拜"这类肤浅的词来定义你之于我的意义，就像我不想以"您"来称呼你。虽然你之于我周围的世界，显得那么的不同。

张爱玲说过：如果你了解我的过去，就会原谅我的现在。每一个人成为他目前的样子，都有着显在或潜在的理由。就像你，带着一身书卷气来到这个小城，惊艳我的世界，也许在这之前，你也曾经历一个化蛹成蝶的过程。而我，也许也有着还不错的天分，比如可以基本不学习、不听课，靠考前临时抱佛脚考上这所中师，我并不是说这样有多了不起，我很知道人外有人、天外有天的道理；我只是想说，这样的我，当我想成为更好的自己时，我面临的问题是：第一，究竟怎样的"更好"才是我想要的？第二，怎样成为那样的人？

好吧，教授先生，其实我是想跟你说说我的故事，希望你有耐心听我说完。我的亲生母亲在我还在襁褓中时就离我而去了，继母又给我父亲生了一个聪明可爱的女儿。处在这样的家庭环境中，本来想要读大学的我被迫读了中师，如果不出所料，我会在两年半之后成为一名乡村小学教师，然后是可以预见的、生活范围不会超出本县的一生。我很知道这不是我想要的。我也深觉年轻的自己身体内有一股力量，足以支持我做一些事情来改变被安排的命运；可是现在的我很茫然，有一种想飞却找不到方向的感觉。

有时候，我觉得长久以来我很羡慕那些有一橱美丽衣裙的女人，这样看来是否将来当个服装店老板就是最适合我的呢？有时候，我觉得自己从小酷爱读书，在任何阶段作文总是遥遥领先，那么我是应该以写作、投稿为生，当一个乡土作家吗？基于第二条路听上去是那么不靠谱，那么我是该像大多数人一样，及早开始以赚钱、以财富积累为目标的人生吗？当我第一次看到你，程老师，我开始羡慕一个学者的儒雅风度，以及他们所代表的一整个我在阅读经验中熟悉、在现实经验中陌生的精神世界。所以，你能否告诉我，我应该选择哪一条路呢？或者说，如果我想成为你，我要怎么做呢？

写到这里，我掩上稿纸笑了——如果一个人自己都不知道要选择什么样的路，又怎能指望别人来告诉她呢。所以，也许就像我前面说的那样，我是想借着这样的话题，给你讲一讲我自己的故事吧。我的故事一点也不有趣，我也不是一个爱给别人讲这故事的人。这一切也许只是因为，你的确给了我惊鸿一瞥的感觉。

你来的时候是冬天，我们的辅导班下一次开课是夏天。夏天是我喜欢的季节，希望到那时，你能再和我喜欢的夏天一起来。

××县师范学校 张小晗

1999 年 2 月 19 日

信寄出去了，小晗的心愿也了了，并不指望着回信。过了不久，辅导班的同学有人收到了程教授的回信，是电脑打印、只有最后的签名是手写的。内容大同小异，是预料之中的鼓励的话，可以拿到报纸上发表，题为"寄语"或"致辞"的那种。就是这样的信，也在全校传疯了。小晗想，这就是中专和大学的区别。在大学生眼里，程教授也许只是一个讲课好、有魅力的教授；而在小县城的中专生看来，大学教授已然是大人物，像程教授这样学识与风度俱佳的，那真的就是惊为天人啊。

两个月过去了，小晗越发觉得自己大概不会收到回信了，即使收到，大概也和被疯传的那些差不多，没什么意思。

突然有一天，传达室通知小晗去取信。小晗往校门口走的时候心里很疑惑，这不是收取自考成绩的季节，她也并没有任何在本县之外的朋友，会给自己写信的那种。看到那封信的一瞬，小晗听见自己的心狂跳了一下。那封信安静地躺在传达室的桌子上，和许多别人的信一起散乱着。×师大的牛皮纸信封，上面明明白白写着本师范学校校名以及小晗的姓名，落款处题着程教授的名字。信封捏在手里薄薄的，里面大概是两页信纸。小晗深吸了一口气，攥紧那信封，慢慢走到校园僻静处。

那是小花园中一处不太长的花廊。小花园的一边是一条路、另一边紧靠着一栋楼，楼的另一面是操场。春天，花廊上垂下无数穗紫藤；夏天，花廊则成了一个浓荫蔽日的葡萄架。只有在冬天，花叶落尽，阳光从顶上的枝条间细细地筛下来，在地上投下线条交错、疏疏落落的淡影。在县城，师范是最高学府，校园也是最好看的。小晗的初中离师范很近，初中时她和芳汀经常溜进来玩。整个校园里，她俩最爱的就是这个花廊。此刻是下午的活动课时间，中师生们大多在操场上排练各种比赛，时不时远远传来一阵人声鼎沸。初夏，荼蘼花在头顶自顾自地开着，许多枝条伸出了花架，小朵的白花这里一蓬那里一蓬，如同消融了一半的余雪。小晗坐下来，拆开了信封，展开页眉处印着×师大全称的深蓝色格子信笺。

小晗同学：

你好！收到你的信很久了，一直不想仓促回复，中间历经各种学术会议，硕士生、博士生论文答辩，所以一直拖到了现在，希望你能谅解。

从来信的文字看，你是个聪明、敏感而骄傲的女孩子，虽然目前也许正处在人生的一段低谷期，却仍能令人感觉到你在学习乃至人生中的无限潜力与可能。

正如你说的那样，每一个人的现在都是他的过去的结果；同样，每个人的现在也正在形成他的未来。关于未来，你问我你该选择什么样的路，对于我来说，要回答这个问题就像一个医生凭着一封来函就要给人处方一样。但是，凭着你的信给我留下的强烈印象，我可以给你一些笼统的建议，如同医生（姑且假装我是吧）给人健康方面的建议及提醒，供你参考：建议你首选继续学业，向作家或者学者方向努力，而不是一毕业就去做服装店老板或其他仅仅是为了赚钱的职业，至于如何继续学业，现代社会，渠道畅达，我相信聪明的你一定能找到办法。

为什么建议你继续学业，主要基于以下的理由：一则人的天资宝贵，不该被浪费。人的一生应该尽力发掘自己的潜力、尽可能去做自己适合并擅长的事情。你的阅读经历、文学才华乃至不平凡的个人经历，是你从事文学创作或者研究工作的有利条件。二则有的事情一生中随时可以开始，而另一些事情在一定的时间段错过了，以后就很难补上了。简单地说，如果你学业不顺利，再回头去创业也不迟，且你的知识和阅历很大程度上有助于你创业成功；但如果你到了三十岁又想继续学业了，不是不可以，而是要比现在困难得多。当然，凡事不能一概而论，如果商业、财富上的成功对你的吸引远胜于学业上的，那么你大可以中师毕业就开始创业。毕竟，张爱玲说过"成名要趁早"，其他任何事，道理大抵如此。

天行健，君子以自强不息。听从你的内心，尽快明确人生方向，然后就开始为之行动吧。祝你有一个充实、快乐的人生。

又及，为了你和你的同学对我的热情和喜爱，有

机会我一定再来你们学校做自考辅导。谢谢你。谢谢
他们。

程××

1999 年 5 月 29 日

小花园从未像这一刻这样安静，外面的喧嚣仿佛离小晗很
远很远。短短两页纸的信，她看了一遍又一遍，看着笑着，直
到笑出了眼泪。小小的荼蘼花瓣飘落在信笺上，像眼泪瞬间凝
固了。什么"商业上的成功"，自己只是随便一说逗逗他，他却
回答得那么认真；为了和自己的信对应，居然也煞有介事地引
用了张爱玲的名言，也够顽皮了。并且，这封信是手写的，从
信笺到信封，蓝黑墨水，隽逸流转的字体，内容也不是按照模
板复制的，这让小晗笑了又笑。

四

这个暑假，程教授第二次来辅导班，面对同学们对他的众
星拱月，小晗始终远远地看着，不是故作清高，她想，那心情
大概类似于"近乡情怯"。所有想说的话都在信里了，那之后再
面对面会有多尴尬呀。如果不是程教授请董老师帮忙找她，甚
至在董老师办公室"围堵"她，她是一定不会在他面前现身的。

程教授的课，时间总是飞快流逝。下课了，毫不意外地，

同学们簇拥着他，从二楼跟到一楼，从教室追到程教授住的房间门口。小晗仍然不远不近地瞧着热闹。阴了一整天的天空飘起了蒙蒙细雨，县招待所的大院里种着大丛大丛的结香，香气在雨雾中氤氲着。程教授一边回应同学们，一边与大家一一握手，有几位同学依然热情高涨、还欲就某问题与程教授进一步交流，程教授再次与他们握手、道别，他们这才意犹未尽地散去了。

程教授看向不远处的小晗，小晗一步步走近他。程教授说："你陪我在这周围散个步？"小晗点点头，没想到他这样好兴致。程教授迅速进屋拿了一把黑色大伞。小晗微微尴尬，这样的小雨里她没有伞。忽然头顶一暗，程教授的黑色大伞遮住了她。两人共撑一把伞朝招待所大门外走去。

小晗带程教授走的，是她常和芳汀一起散步的那条路，十几分钟后已经走上车少人稀的省道。铅灰色的天空下，四周是一望无际的碧绿田野，是那种看久了眼睛要流泪的绿。细雨给这过于纯净的绿色笼罩上一层云雾光泽，使它看上去更像一匹流动的巨幅缎子。绿缎子被从中间裁开，黑色、边界清晰的裂痕一直延展到天边，那是省道。

"家人仍然难以相处？"

"是。辅导班这段时间就住同学家。"

"想好将来要做什么了吗？"

"想好了，开服装店。"

"我觉得你还是做乡村女教师吧。法国有部叫'乡村教师'

的电影，意境特别美。"

小晗有些吃惊地歪头看他的脸，发现他也正一脸促狭地看着自己。原来他识破她的调皮，正"以毒攻毒"呢。两人一同笑了起来。

信步在雨中，一路走一路聊天，他说他那些可敬可亲的师长、可爱可恨的学生，说他有苦有乐的科研经历、令人厌烦的行政事务，小晗认真听着，时不时俏皮地插两句话。小晗说自己看的那些书、自己与好友关于书的讨论。她的思路如此清澈，她的谈吐如此慧黠，这一刻，局促而令人气闷的现实世界彻底隐退，阅读带给她的那个自由世界变成了真实。他微笑听着，然后看着她，深深赞叹："我本来好奇，是什么让你这么有内涵、有灵气，现在知道了，那些书是很重要的原因。"

这一刻，离得这样近，小晗看见他的棕黄色软牛皮鞋踩在汪了一层薄薄的水的柏油路面上，一半已经湿了；但是卡其色的休闲裤始终洁净，并无一点水渍。再往上是浅灰色POLO衫，合身、好质地，每一个衣褶都温柔而精致。他打伞的左手匀称有力，腕上十分合宜地戴着一只银色金属腕表。离得这样近，他的身上也没有烟味，只有衣服上清清爽爽的阳光味道。

他俩一直往前走，路边多了一条河，这条河宽而浅，水底全是雪白的鹅卵石，河上有长长的石拱桥，桥下长着大片大片的石菖蒲，在雨中散发出阵阵幽香。两人走上桥，教授闭上眼，大口呼吸这芬芳而湿润的空气。这时雨停了，教授收了伞。阳光从乌云的间隙中射出，巨大的金色光束流泻在大地上。就在河的那一边，云彩烁金的地方，赫然出现了一道彩虹，横跨天地间，流光泛彩，晶芒万丈。远处一望无际的深翠农田、田间的阡陌小径，近处的大河、桥、桥上的两个人，俱笼罩在这天光云影之中。

两人并肩伫立，都不敢说话，耳边唯有流水声。时间既慢又快，短暂得像一瞬，漫长得像永恒。阳光渐渐不如先时强烈，彩虹也随之淡了一点，在神迹般的景象消失、世界变回人境之前，小晗艰涩地开口："我们回去吧，你该回去了。"教授叹口气，和小晗一起折返回去，不时留恋回顾。两人都沉默，一会儿，教授仿佛自语："今夕何夕？"又是沉默。回去的路很短，很快望见县城了，教授这才看着小晗，郑重地说："记得写信。"小晗努力笑得狡黠："再说吧。"看见上课的招待所了，必须说再见了。小晗在心里说：那就再见吧。

小晗没有再给教授写信。有些人就像彩虹一样，原本不是日常的风景。但只一眼，从此便在心中绚烂。小晗知道，有什么被永远地照亮了，自己的混沌时代结束了。她想，有一天自己会去到他所代表的那个世界，再相遇的时候，他很可能已经认不出她；如果那样，就让他当自己是陌生人吧。重要的是，他在一个关键的时间点出现过，令自己的世界一片澄明，他并且永远地留在了那里。

透明女人

小丛又看到了那女人。

她有着清秀的脸庞，这么多年了，她却一点没有变老，看上去还是二十五六岁的样子，头发在脑后松松地绾一个髻，两缕鬓发从脸颊两侧垂下来。她是那么清瘦，白色衬衫、白色长裙穿在她身上都显得宽大。最重要的是，她几乎是透明的，仿佛是周遭空气的一部分。她看着小丛，神色悲悯而哀伤。她不说话，可是她的姿态、眼神却分明在说：孩子，跟我来吧，我领你到没有痛苦的地方去。

她叫小丛"孩子"，可是小丛已经快三十岁了。

小丛已经在江边站了很久了。她来的时候，夕阳还在远处的群山后斜斜地照着，江面上客船、货船来来往往，从这个距离看过去，在江天一色的巨大背景下，它们全都移动得很慢。在离小丛大约八九步远的江里，有块大石头露出水面，一只水鸟停在上面。水鸟歪着头看了小丛一会儿，飞走了。江边很多散步的人，扶老携幼，更多的是情侣，牵着手，搂着腰，好像永远不会分开一样。

　　男友嘉伟刚刚离小丛而去，带走了他俩所有的积蓄。

　　关键不是嘉伟离开，而是他悄无声息地离开，一个交待也没有，甚至一场吵架也没有。关键不是他不打招呼地离开，而是他还带走了小丛所有的钱。嘉伟是个编剧，没有署名权的那种。小丛刚跟他一起的时候，他还是能接到点散活的，后来就逐渐接不到了。有活儿干、有钱拿的时候，他拼命买游戏装备，等到没活儿干的时候，他就在他和小丛的出租屋里没日没夜打游戏。五年多时间，房租、水电、生活费都是小丛在付。那时两人感情还算好，嘉伟有时过意不去，小丛就说："你只管好好写。我只等你编出一部《琅琊榜》来，一朝成名天下知，我好夫贵妻荣呢。"渐渐地，小丛知道，他是不可能成名了，而且他对自己也就那样，甚至算不上体贴。但，小丛想，就像和小猫小狗相处久了，处出感情来了，虽然它偶尔对你龇牙，甚至挠上一爪子，也不能把他扔出去、让它变成流浪猫狗。哪怕就是一块石头，在手心里攥久了，也总还是有点温度吧。可是，一个相处了两千个日日夜夜的活人，他居然就这么自顾自消失了，还带走了小丛辛苦攒的二十万！

工作六年，小丛就只攒了这二十万，这个钱没了，眼看着一夜回到解放前，回到刚工作的时候。这些都不算什么，关键是像嘉伟这样的男人都不要自己。本来，在工作上失意的时候，好歹觉得还有可以相互取暖的人，却原来，那个人早就在盘算着抛弃自己了。这时候小丛再回来审视自己的生活：上班六年，从入职那天起就不喜欢这份工作，不喜欢工作内容，不喜欢公司氛围，多少次想换工作，嘉伟都劝自己再忍忍、再等等。因为嘉伟收入极其不稳定，为了两人的生计，小丛也只好劝自己忍忍。忍的结果是：太多的心力花在抵抗这份不适应、不舒服上，自我消耗得非常厉害。自己觉得非常累、很辛苦，可工作也并没有做好。一起入职，学历、业务能力都不如自己的人，现在发展得最慢的也都是部门副职了，只有自己还是最基层的岗位。现在跳槽的话，人家也还是要看她在前公司的职位，然后只能给她基层的岗位。

嘉伟悄无声息地离开本身是一种伤害，这伤害带来更大的次生伤害。因为他的离开，小丛突然发现，自己快三十岁的人了，没房没车没积蓄没前途没对象。往后看，过去六年唯一增长的似乎只有年龄。往前看，未来也依然看不到好转的希望：升职、攒够房子首付遥遥无期，而行业的三十五岁大限已然在眼前。六年与不喜欢的工作缠斗已经耗去了她的大半心力，和嘉伟的相处耗去了她其余的心力。无论工作还是感情，这一刻，她觉得自己都已无力开启新篇章了。不知不觉间，她的人生竟已残破至此。

夜晚的江面升起一层白色的寒烟。白天那些来来往往的船只，此刻只看见星星点点的灯。灯火在江面缓缓移动，那么遥远。看久了，就有点恍惚。这时，她出现了。

就在白天有水鸟停靠的那块石头上，她坐在上面，看着小丛，悲悯地、哀伤地。她宽大的裙幅飘在水面，随水打着漩儿。

小丛想，已经很久没有看见她了。上一次还是几年前，在城郊的水库。

那是个周末，小丛和嘉伟、嘉伟的两个哥们、哥们的女朋友们一起去水库游泳。这是小丛第一次游野泳。她那在游泳池学的泳技，本来绝对没有这个底气和胆量来挑战野泳，但经不住嘉伟的一再怂恿，后者并且保证会一直在旁边保护她，她才去了。

等看见水库那辽阔的一泓清碧，与游泳池的人头攒动正相反，这一刻居然只属于他们六个人，小丛就有些兴奋，当然，胆寒也是真的。三个女孩在他们开来的车里脱去了外面的衣服，只留下穿在里面的泳衣，嘻嘻哈哈地鱼贯下了水，其中一个女孩还套着游泳圈。水有点凉，但是真的清，味道是微微的清甜。不像在游泳池，小丛总觉得水里有各种人类体液，不小心入口，恨不能呕出来。三个男生都是游泳健将，一下水就像鱼一样自在。小丛和女孩小雅只敢在边上水浅处游，小雅比小丛游得好，渐渐地也跟着男孩子们往水库中间游，浅水处就只剩下了小丛和套着游泳圈扑腾的圆圆。

水库的能见度居然不输泳池。小丛透过泳镜看见一个原生态的水下世界：水草在水里柔软地竖着，飘飘荡荡，像穿着绿罗衣的古代舞女，身姿修长、衣袂飘举，姿态妩媚极了。小鱼小虾们成群游过，有的在水草间流连嬉戏。再往下是黄色的砂石，作为这水晶宫的城垣。

远离了工作的烦琐、同事的面目可憎，小丛心情大好，顺着一段岸边游来游去，时不时潜水到原地折腾的圆圆身边，摸一摸她，弄得圆圆尖叫不已，然后小丛浮出水面，两人一齐大笑。

正纵情享受着水的温柔，突然，小丛感觉右脚被一只冰凉柔软的小手拽住了，拽得极有韧性，使劲蹬腿竟无法前进，她心知必是水草，连忙伸手去解，动作失去平衡，身子就往下沉。然后心一慌，一大口水呛进肺里。难受慌张中，什么动作要领都忘了，完全凭本能瞎扑腾起来，于是更加下沉，更多水草缠上来。小丛眼睁睁看着那些绿衣的古代舞女，这一刻全都姿态摇曳地扑上来，向自己舒展着绿色的衣袖，索命一般。她呼气，晶莹的气泡像无数珍珠，扶摇直上，穿过摇曳的绿色丛林，在水面消失不见。

小丛胸口憋闷得要炸掉，她想喊，一张口，整个水库的水朝她灌，把她的呼救生生堵回去。胸口即将爆炸的感觉迫使她本能吸气，从鼻腔吸入肺的却只有水，窒息加上呛水，痛苦加倍。她凝聚起全身的力量抵御这痛苦，四肢停止了无谓的挥舞、挣扎。她看见圆圆的游泳圈就在不远处的水面漂浮着，像一朵七彩的莲花。圆圆雪白丰满的腰、臀、腿悠闲地浸在水里，时不时晃呀晃、划呀划的，像莲花下面洁净的莲藕。

她多想碰碰那莲藕，让圆圆知道自己溺水了，让圆圆帮她呼救，可是她已经没有了力气挣脱绑缚在自己身上的水草，更别说游到她身边了，三四米的距离，此刻远得以光年计，她怕是永远抵达不了了。隔着厚厚但透明的水墙，她甚至能看见头顶湛蓝的天，天上飘着大团大团白云，棉花糖一般。一只孤雁飞过，雁儿伸长脖子，应该是发出了一声嘶鸣，然而小丛却听不见。原来水下的世界如此寂静。

这时，她出现了。白色的衬衫、白色的裙子在水中鼓荡、飘舞，她的身形几乎是透明的，似乎是以水凝聚成形、又天然地与水融为一体。她的神色悲悯而温柔，她朝她伸出一只手，清瘦的、苍白的手，她的嘴唇似乎动了动，在这无声的水下世界，小丛却清楚地感觉到她在说：来吧，孩子，我带你到没有痛苦的地方去。缠住小丛的水草忽然松开，柔软的森林忽然朝两边倒下，绿衣美人们集体倾颓，小丛的身体自由了。并且，她惊喜地发现，胸腔憋闷得即将爆炸的可怕痛苦全然消失，自己好像突然进化出不需要氧气而生存的特质，抑或是突然掌握了像鱼一样在水中呼吸的技能，全身从未有过的轻松。她跟在那个女人身后，轻盈地、欣悦地朝水的深处走去。

胸口在被人用力按压，一下，又一下，压得十分沉实，按得肋骨几乎要断掉。小丛呻吟一声，慢慢睁开了眼睛，阳光刺眼，周围一片欢呼："醒了！醒了！"嘉伟身子一歪，精疲力竭地从小丛身上一屁股坐在地上。

还是圆圆发现了小丛溺水。她戴着游泳圈原地转圈，水太清，她先是看见小丛身上连体泳衣的橘色，在很深的水里，在一大蓬绿色水草中间，宛如水草开出的艳丽花朵。然后看清小丛仰面躺在水底，四肢摊开，一动不动，像洋娃娃。直觉带来的恐惧，让她确定小丛不是在潜水，于是歇斯底里地喊起来。嘉伟和他的朋友们迅速从远处游回来，三个男生一齐潜下水，合力把小丛从水草丛中拽了出来。

这一刻，小丛站在江边，与十步之外的半透明女人怅然对视。女人哀凉的目光，如一件轻柔的羽衣披在小丛身上。小丛想起多年前自己在郊外水库溺水的那一次，跟着她走向水的深处，居然一点窒息的痛苦也没有，全身上下十分松快。她还想起卖火柴的小女孩和她的奶奶，濒死的小女孩走进奶奶的怀抱，那是世界上最温暖、最安全的所在。

女人向小丛伸出一只手，那水草般纤瘦的手，夜色中显得更加苍白。此刻那手如同塞壬的歌声，具有了无限诱惑的意味：跟随她去吧，你们要去的地方没有不告而别的男友、没有糟心的工作、没有令人生畏的明天……这样想着，周遭的世界开始旋转，江里船上的灯，马路上的路灯、霓虹灯，成了一根根细细的闪亮的线、一条条五颜六色的彩虹、一团团色彩绚丽的光晕，在她的周围旋转飞舞。

眩晕中，小丛朝女人的方向跨出一步，江和岸的高低落差让她有种一步踏空的感觉，等她本能地险险站住时，她整个人都在江里了，水深及大腿，冰凉的一激灵，世界停止了旋转。

岸上有人飞快地朝小丛跑来。近了，是一个穿制服的人。他一探身，一双大手攥住了小丛的胳膊："女士！水深危险，请不要给我们的工作造成麻烦。"是江边夜巡的辅警。小丛大脑空白，像只木偶一样被他抓在手里提上了岸。

水顺着小丛的腿往下流，很快在她站立的地方积成一滩。她这时才听到上下牙打战的声音，感到自己全身都在剧烈地抖。不远处有辆警车停着，警灯闪烁，一个警察和两个辅警正朝自己的方向快速走来。稍远处，城市建筑们华丽高耸，射灯朝无垠夜空打出变幻的光柱。建筑一侧整面的电子屏幕上，无数玉兰花瓣正缓缓飘落，最后消失在大楼的底部，无穷无尽的花瓣，无休无止地飘落，像一个硕大无朋的手机屏保。城市的夜晚，美得如同幻境。而小丛还有很多好东西没享受过，她才二十九岁。随着最后这个念头跳入脑际，小丛被自己刚才的行为惊出一身冷汗。她回首看向江里，辅警以为她要再次往下跳，紧张地一把抓住她的肩膀。其实小丛只是想再看一眼那个女人，她在心里喊了一声："妈妈。"然而那个女人——她的妈妈，已经不见了。

在小丛十岁到十二岁这三年，她多次看见妈妈。那是和后妈、爸爸一起生活的三年。在那之前，她由奶奶带，像个普通孩子一样在爱里长大。在那之后，她就住校了。唯有那三年，是她这一生最黑暗的三年。后来，每当她看到后妈虐待、杀害继女的报道，都会在心里默默庆幸：幸亏自己的后妈不是一个变态，而只是一个普通"坏人"，一个有体制内工作的"体面人"，才没有让那些诸如刀割等酷刑被使用在自己身上，才没有让他们的生活变成报纸上的一则法制新闻。大多数时候，小丛身上的伤都是皮外伤，巴掌扇的、皮鞋踹的、皮带抽的、头被按住在墙上撞的，是可以不经医治而自愈的那种。除了暴力，更多的是冷暴力，很多时候，小丛觉得家里冷得呀，阳台上应该挂满手臂粗的冰棱柱才是。

小丛妈妈自杀的时候，小丛还不满半岁。据说是因为小丛爸爸有了外遇，她接受不了。

在与丈夫的漫长冷战之后，在一个春雨蒙蒙的早晨，小丛妈妈，这个刚结婚两年不到的二十六岁女人抱着小丛出了门。她一直走，走到了江边。她没有打伞，牛毛般的细雨打湿了她的衣服、孩子的襁褓，在她和婴儿的头发、眉毛上聚起一层细细的雨珠。她抱着孩子站在水边，远远近近有一些新鲜的黄绿，那是早春的树色、草色，然而她已经接收不到这颜色中的生命讯息了。在她的世界里，天和地是一种浑然一体的青灰色。连续下过几场雨，江水涨得厉害，满满一江浑黄的水，飞快地向东流去，稍近距离看两眼就令人目眩。

年轻女人最后一次回望了来时的方向，那里一个人影也没有。于是她闭上眼睛，抱紧了怀里的婴儿，往前迈了一步。就在这时，婴儿发出了"嗳嗳"的哭声，不知是不是被江水吓到了。年轻女人站住，想了想，往河堤顶部走去，把婴儿连同襁褓放在了如茵的黄绿色浅草上。然后，她独自走下河堤，走近水边，一跃而下。

当然，这一幕是小丛根据奶奶的讲述想象的。每次经过江边，无论坐车、骑车还是步行，小丛都要出神一番。发展到后来，她看到河、湖、塘都要想入非非，几乎成了一种病。

在小丛的成长过程中，奶奶一次次抚着胸口说："真后怕啊。她把你放在江堤上，你要是打两个滚，就滚下江堤、掉到江里去了呀。"长大点后的小丛觉得奶奶的想法有些奇怪，她是想不到还是不愿去想：也许妈妈的本意就是要带小丛一起走，只是后来一念之差，才把她留下来的。更值得后怕的，难道不应该是这个吗。

小丛很少怨后妈，因为觉得怨不着，她只是个不相干的外人。要怨只能怨亲妈。特别委屈、特别孤单的时候，小丛就会不由得想：亲妈给了自己生命，却把自己扔在世界上受苦。她若有知，应该回来把自己接走才是。

这么想着想着，小丛就真的看见妈妈了。小丛已经记不得那天是为了什么事又被爸爸打了，只记得又是后妈当面挑唆、爸爸打给后妈看的。那是一个明月夜，小丛躺在床上，下意识摸着被爸爸用皮鞋踹过的小腿，那里流血了，小丛黏糊糊地摸了一手。恍惚中，小丛觉得窗外的月光变得远超平常地明亮，不知什么时候起，房间的外墙消失了，一条银子铺成般亮堂的路，从自己床前一直延伸向远方。一个女人站在那条路上，离自己只有十步远的距离。她看上去有二十五六岁，头发在脑后松松地绾一个髻，两绺鬓发从脸颊两侧垂下来。她是那么清瘦，白色衬衫、白色长裙穿在她身上都显得过于宽大、飘飘荡荡。她整个人几乎是透明的，身上散发着细小的、银子般的光芒。她看着小丛，神色悲悯而忧伤。她没有说话，可是她的眼神、表情却在说："孩子，跟我来吧，我领你到没有痛苦的地方去。"小丛坐起来，大喊一声："妈妈！"

小丛飞快地穿好出门的衣服，没有一秒的犹豫，立刻跳下床穿上鞋子，撒腿就跑。她要顺着那条银子铺成的路，跟随妈妈而去。突然重重地撞到什么东西上，当晚被爸爸按着在墙上撞过的额头这下钻心地疼。小丛醒了，是撞在房间的门上，原来墙并没有真的消失，没有什么银子铺成的路，没有透明的、散发着银子光芒的妈妈，什么都没有。小丛顺着门滑坐在地上，无声地哭了起来。

从那以后，小丛便时不时看见妈妈，一年总有两三次吧，被冤枉得特别厉害、被打得特别狠的时候。妈妈总是神色凄婉，总是从不说话，但眼神和表情都在说："孩子，跟我来吧，我领你到没有痛苦的地方去。"到了后来，小丛只是远远地看着她，因为她知道，眼前的美景不过是海市蜃楼，一旦自己朝妈妈奔过去，一切便会消失不见。小丛情愿就这样，安静地，和妈妈待一会儿。盈盈一水间，脉脉不得语。果然，只消过一会儿，也许就五分钟？三分钟？妈妈就会和她周围的幻境一起，变得越来越透明，直至消失不见。

小丛的眼泪，要到这时候才掉下来。

奶奶来看小丛了。晚上就寝时间，小房间里只剩下祖孙两人的时候，奶奶便哭起来："我算看出来了，你在这家里做什么人家都看不上。好吃的好穿的没有你的，还让你伺候小的，连洗脚水都要小的洗剩下才能洗。"小丛不说话，心想这还是有你在这里，他们已经非常克制了；以及你说这些有什么用，能改变什么。冬天天冷，她飞快地脱下毛衣，只穿小背心钻进被窝里，但还是被奶奶看见了大臂上的瘀紫。奶奶盯着问是怎么回事，小丛说"走路不小心撞墙上了"。她只想混过去、赶紧睡觉。奶奶却不依不饶地拉着小丛胳膊："不可能。撞的话只会撞胳膊前边、外边，你这是胳膊里边，胳肢窝下面，怎么可能撞到。"小丛见糊弄不过去，只好说实话："我洗碗倒多了洗洁净，我妈掐的，教育我不能浪费。我以后把家务做好了，她就不打我了。"奶奶的眼泪"唰"一下落下来："没用的，丛儿啊。你没见人家是嫌弃你、挑剔你、折磨你，你做得再好、再多人家都不会满意的。"

暗夜里，耳边始终有老人的啜泣，窸窸窣窣，哭得空气都跟着潮湿起来。小丛就迷迷糊糊地说："奶奶，别哭了。他们对我不好的时候，我妈妈就会来看我。"啜泣声戛然停止："你说啥？谁来看你？""我妈妈。她穿一身白色的衣服，就远远地站在门外面。有好几回差点带我走。"黑夜里再也没有了声音。

过了半年，奶奶再来的时候，趁后妈带着妹妹出去买东西，奶奶神神秘秘地叫过小丛爸爸，当着小丛的面，压低着声音说："我跟你说啊，上次我来的时候，小丛夜里跟我说起，她亲娘时常来纠缠她，吓得我呀。我回去就花钱请了神汉，我那媳妇是好媳妇，可是为了我孙女，我只好对不起她了。现在她应该不能再来纠缠丛儿了……"爸爸听了，不置可否地干笑了几声，就走开了。从小丛记事起，妈妈在爸爸这里就是禁忌话题，因为想象不出会有什么后果，小丛从来不敢在他面前提起妈妈。偶有一两回被奶奶提起，爸爸都是这副置身事外的样子，从不接话，好像奶奶说的是另一个次元的人和事。

寒意从心底升起，小丛全身发凉。她也沉默，让奶奶的话在屋子里自个儿风干。

好在过了不久，在爸爸当着后妈的面，拿竹竿狠抽了小丛一顿之后，她面朝下趴在床上，又一次看到了妈妈。深秋的夜晚，十一点多钟的样子，外面淅淅沥沥地下着雨，不知哪里的灯光映过来，半明半暗的。小丛疼得睡不着，无意间看向窗口，发现墙又消失了，外面出现了一条蜿蜒的河，雨滴是无数条发光的线段，纷纷落进河里消失不见。而半透明的妈妈站在河心，衣裙在风雨中飘摇。小丛觉得特别欣慰，心里一块石头落地的感觉，母女俩凄然地对视着。

小丛在心里对妈妈说："我好害怕，怕你被朱砂封印在里面，再也出不来。"

透明的妈妈同样没有说话，但是小丛清晰地感觉到她"说"了："怎么会呢。我并不在那里，我在你的心里。"

小丛问出了她一直想问的一句话："看见我被后妈、亲爹虐待，你有没有后悔过当初丢下我？"

妈妈原本哀伤的眼睛突然涌出了泪水，像两只泉眼一样汩汩地往外涌，两条泪河沿着面颊滚滚而下，流入她站立其中的河流里，仿佛那条河就是妈妈的眼泪汇成的。这一次，小丛没能感觉到她"说"了什么。在泪水冲刷中，她变得越来越透明，很快和那条河一起，消失了。

小丛知道张爱玲说过：生命是一袭华美的袍子，上面爬满了虱子。小丛觉得，自己的生活生来就是一件千疮百孔的旧袍子，从没华美过，上面虱子、跳蚤格外多，并且有越来越多的趋势。和嘉伟在一起那些年，她无法想象自己能在早上八点之前起床；而现在，她每天五点半起床，做早饭、吃早饭，给明祥和保姆留好早饭。然后她匆匆捯饬下自己，七点整踩着高跟鞋出门，转公交和轮渡去上班。如果运气好、有座位，路上能眯一分钟都是种幸福。终于换了工作，但仍然不是自己喜欢的，她已经把这辈子做不到喜欢的工作当作宿命接受下来。说到底是自己大学的专业就选错了，专业不喜欢，只要是拿毕业证找的、对口的工作，就一直不会喜欢。

对明祥也是，小丛从来没有觉得很喜欢他，就像当初也没有很喜欢嘉伟。小丛上大学的时候，倒有一个很喜欢的学长，比小丛高一级。也许因为是同乡的缘故，他对小丛很是照顾。他穿白衬衫的样子，就是小丛梦中少年的样子。难得的是他做事还那么沉稳、有办法，小丛写论文找不到的资料，学长用上网搜、馆际互借的办法，都帮小丛找到了。走在学长身边，小丛觉得世界从未如此阳光和煦、平静安宁；又像是走在春风和花香里，沉醉着，希望时间停留在这一刻。可是，小丛觉得，学长怎么可能喜欢自己呢，他那么完美、那么耀眼，而自己这么普通，容貌、学业、家世。就这样，多少次，小丛目送学长的背影，直到最后目送他毕业，化为小丛无数几乎不联系的微信联系人中的一个。

还是在嘉伟出走之前，唯一一次去学长的城市出差，学长看到小丛发的朋友圈，主动打电话来约她小聚。傍晚的街灯，陌生城市的咖啡馆，学长与他太太牵着手一起出现了。学长变化不大，仍然是让小丛心跳加快的少年模样。他的太太个子小，微胖，面孔像热门综艺里某个以家长里短为长项的当红女辩手。

和她比，小丛绝对算得上美女了。确认了这一点，小丛的心绞痛不已，像刚刚发现弄丢了极珍贵的宝贝。蓝山、摩卡与卡布奇诺氤氲的香气中，其貌不扬的女人对着学长撒娇，学长微笑着轻抚她头发。小丛已经发现，那女人比自己强在，她的一颦一笑、举手投足都那么从容、舒展，一看就是被爱富养大的女孩，自信让那平凡的面孔焕发着光彩，时间久一点你就会认同她的自我认同——她是个美女、是个优秀的女人。小丛对着他俩笑着，指甲却深深掐入掌心。

恍惚地与这对夫妻道别，恍惚地回到酒店，要过很久，小丛才能从巨大的震撼中慢慢出离。她觉得自己至少应该痛哭一场，却流不出一滴泪。一些事情如显影般渐渐清晰：如果自己不是那么自卑，总觉得美好的东西都没有自己的份，当初也不至于不敢选自己喜欢的专业、不敢去吸引自己喜欢的男人。到如今工作、感情都不忍细看，归根到底，当时觉得自己配不上的人和事，到后来就真的配不上了。

工作日的每一天都是宫斗剧般的一天，小丛还从来不是那个赢的小主。然而下班回到家才发现，真正的战斗还没有开始。保姆只负责带孩子，一天下来孩子换下来的脏衣服、弄乱的家都需要小丛来处理。当然小丛要先做晚饭、洗碗。保姆带了一天孩子，小丛还要小心照顾她的情绪。保姆的工资是明祥父母付的，他们还承担了房子首付。不然就凭小丛和明祥，不要说请保姆，一家三口能不能在这城市活下来都是个问题。至于明祥，他是"妈妈的男孩"，面对哭闹的孩子、混乱不堪的家，总是显得像受惊的鹿一样无辜和无措，基本上帮不上小丛什么。

忍受这一切，小丛唯一的支撑是孩子。哦，孩子。从小丛经历过程惨烈的分娩后从护士手中看到她的那一刻起，从小丛第一次把那个柔软的小肉团子抱在怀里的那一刻起，从她第一次用她无牙的小嘴含住小丛乳头那一刻起，从她第一次发出无力的哭声朝小丛伸出要抱抱的小胖胳膊那一刻起，小丛就知道，在未来相当长的一段时间里，她都丧失了处分自己生命的权利。孩子那么柔弱，除了自己，还有谁能全心全力保护她？明祥吗？自己若不在了，她会活下来、然后被变成另一个小丛吗？不不不，那是比死更可怕的事情。那样小丛即使肉体腐烂了，灵魂也会长久地颤抖在炼狱的火焰里。与孩子相处的时间越长，她的这种想法越坚定：哪怕满身血污与呕吐物，在粪便里爬着也要活下去，因为她是一个母亲，她有一个母亲的责任。

当她抱持着这种破釜沉舟的态度的时候，她发现很多过去觉得自己根本无法面对、无力承担的事，竟然都能面对、能承担了。然后，神奇的是，生活本身居然似乎在慢慢软化。首先是明祥带孩子、做饭、打扫得越来越熟稔了，面对生活，小丛多了一个真正的战友，便多了很多安全感。

随后，在一个本来以为寻常的工作日，领导告诉小丛，她升职了。升职了，在同事们羡慕或嫉妒的目光中搬去一间小小的独立办公室。从此小丛便会有一小块独立的空间，一小方可以自由发挥的天地。终于身边没人的时候，小丛微笑。在经过与这个行业漫长而痛苦的磨合之后，那些曾给她带来无穷痛苦的特质，比如敏感，比如同理心，加上她近年来新长出来的耐心和韧性，终于在这份工作中发挥了积极作用。状态好，业绩好，升职也就自然而然了。虽然这很俗气，但现实就是现实：小丛原本逼仄得似乎不容转身的环境，一下子宽敞了、透气了。今后以那些琐碎的、搓磨人的小痛痒交换一点更挑战、也更高级的烦恼。多一分自信，增三分与生活搏斗的底气。

新办公室有扇窗可以看见外面。小丛第一次从这个角度看出去，阳光爽脆地落下来，乌桕树、银杏树们呈一种油画般半透明的红和黄，看上去既热闹又清冷。江面水平如镜，白帆点点，对岸高楼们映在江里的倒影尽态极妍。这是中国最现代城市最繁华的中心商务区，而小丛在这里拥有一小间独立办公室。当然，小丛最珍贵的宝贝是孩子，孩子那么可爱，且一天比一天更强壮可爱，令她一想到便温柔满溢。小丛的日子就这样渐渐从驳杂的严峻中透出光来。

有时候，小丛还是会想起自己的妈妈，那个永远二十六岁的女人。她头发在脑后松松地绾一个髻，两绺鬓发从脸颊两侧垂下来。她是那么清瘦，白色衬衫、长裙穿在她身上都显得宽大。她看着镜头外的某个方向，神色有些凄迷——这是奶奶帮小丛保留的唯一一张妈妈的照片，摄于妈妈新婚不久。这张照片在和后妈、爸爸生活的那三年里，莫名其妙地，丢了。

小丛希望有机会对妈妈说:"我原谅你了。每个人的敏感点不一样,也许那时候,爱人在你心目中的分量远远重过我。也许那一刻,你实在痛得顾不了任何包括我了。也许,当你在水中还有意识的最后几秒,你曾牵挂过我。因为你的离去,让我选择为了我的孩子,哪怕忍辱含垢我都会活下去。正是这样的勇气和信念,让我逐渐走到了生活向阳的一端。而无论如何,作为你的孩子,我选择原谅你的离去。"

　　但是,小丛再也没有见过那个透明的女人。

晚　点

　　沈岩记得，这是今年的第十次出差，第五次晚点，而且这次一晚就是四个小时。听到广播里的航班晚点信息后，他去了机场的书店，绕过那一堆成功学畅销书，买了一本文学杂志。文学杂志是这时代的古董，放在货架上少有人问津，但是他喜欢。

　　贵宾室的沙发很舒服，出差的学校已经联系过了，对方很理解地表示讲座时间推迟到明天，刚点的美式咖啡香气扑鼻，文学杂志里的文章品位不错，这一切让沈岩觉得，就算再多晚点两小时也可以接受。他悠哉地翻着杂志，目光突然被一个标题黏住，"牧马河之夏"，这几个字唤起了他非常久远的记忆。他开始看那篇小说，很快吃惊得冷汗涔涔。

　　按照小说里的叙述时间，故事发生在八年前。一个刚工作一年的大学老师，暑假，带着二十几个学生去"三下乡"，下到离省会三百公里的一座镇中心小学。小学里绝大部分老师都有意无意地与大学生们保持距离，唯独一位叫李竹青的二十岁女老师愿意跟大学生们聊天、玩耍。大学生们开始开他们的老师和李老师的玩笑，大学老师为了活跃气氛就很配合。在真真假假的近距离接触中，他越来越发现李竹青老师的可爱，比如人极聪明，懂得什么时候沉默，什么时候微笑，但说话时又极机敏有趣，看得出阅读量非常大；又勤奋、上进，读中师三年加上分配来此工作两年，已经通过自学考试拿到了本科学历，正在准备考研。并且，他发现，和自己一样，李老师对同学们开他俩的玩笑也是甘之如饴的。好感在两人之间悄悄累积、发酵，直到"三下乡"活动结束的前一晚，李老师带大学生全体去学校附近的牧马河看落日，大家互相泼水疯玩。一个叫陈鹏远的学生突然浇了一大捧水在李老师脸上，她的眼睛睁不开了。大学老师几乎是本能地，用自己被浇湿了、拿在手上的文化衫帮竹青拂拭脸上、头上的水珠。然后，一切都变得不一样了，两人离开人群向牧马河的下游走去，在激流深水处，他牵起了她的手。

　　他和她就这样恋爱了。他无限欢喜，觉得竹青唤醒了他身上久违的爱的感觉，觉得这趟深山之行让他找到了人生的至宝。但是，当第二天大学老师回到省会，在城市的背景下重新审视这段恋情，他立刻就犹疑了、退缩了——两人的环境如此悬殊。他想象在深山闪闪发光的竹青，如果被移植到城市的背景下会是什么样子，却怎么也想象不出来。在这种情况下，他更加无法想象出他俩的未来。然后，竹青也觉察到他的突然冷淡，她打来电话，他终究还是说出了分手。竹青没有挽留，就这样分手了。

难以形容沈岩读到这篇小说时的震惊。这么说吧，作为一名大学老师，他的名字经常出现在学术刊物、学术网站上，他甚至想象过，在这个人人都有五分钟成名机会的时代，也许在未来的某一天，他的名字会出现在社会新闻里，当然最好不要，因为那多半不会是什么好事情。但无论如何，沈岩从来没想到，他会出现在一本文学杂志上，一部小说中。当然出现的不是他的真名，而是他的故事，一段百分百只能是他沈岩本人的恋爱故事。

就像世界上不存在两片完全相同的树叶一样，千真万确，那条河，那点点滴滴的细节和记忆，那丝丝入扣的内心感觉，只能属于沈岩和李竹青，这是很清楚的。而且，由于小说描写准确生动，抒情节制，氛围自然清新，让他又一次回到了那段深山时光，回到了牧马河畔。那段深埋心底的感情，如同久旱逢甘霖的植物，重新鲜活、饱满、蓬蓬勃勃起来。

有一年寒假前，院里几位同事一起完成了个大项目，相约去 KTV 唱歌庆祝。有位女同事唱了刘若英的《后来》。她的嗓音纯净深挚，唱到高潮部分又极有张力，整首歌被她演绎得既怅然低徊，又荡气回肠。沈岩不是第一次听这首歌，但还是又一次被深深打动。

　　　　后来，我总算学会了如何去爱
　　　　可惜你，早已远去，消失在人海
　　　　后来，终于在眼泪中明白，有些人一旦错过就不在
　　　　栀子花，白花瓣，落在我蓝色百褶裙上
　　　　爱你，你轻声说，我低下头，闻见一阵芬芳
　　　　那个永恒的夜晚，十七岁仲夏，你吻我的那个夜晚
　　　　让我往后的时光，每当有感叹，总想起当天的星光
　　　　那时候的爱情，为什么就能那样简单
　　　　而又是为什么，人年少时，一定要让深爱的人受伤
　　　　在这相似的深夜里，你是否一样，也在静静追悔感伤
　　　　如果当时我们能，不那么倔强
　　　　现在也，不那么遗憾
　　　　你都如何回忆我，带着笑或是很沉默
　　　　这些年来，有没有人能让你不寂寞
　　　　后来，我总算学会了如何去爱
　　　　可惜你，早已远去，消失在人海

后来，终于在眼泪中明白

有些人，一旦错过就不在

永远不会再重来，有一个男孩爱着那个女孩

　　往事排山倒海而来，将他淹没在 KTV 黑暗的角落。这时，旁边的女同事碰碰他："这个歌真是很好听啊，咱们荔荔唱得也好。但就是这个 MV，我不太看得懂，沈老师能给我讲讲吗？"另一位同事也说："是啊，我看过好多遍，都似懂非懂。"这时音乐停了，沈岩把思绪从记忆的旋涡里努力拉回来："白衣女孩是年少时的她，黑衣女孩是成年后的她。整个 MV 就是黑衣女孩在回忆，看着往事在她眼前一幕幕回放，她很想回到当初去提醒那对恋人，让他们不要幼稚，不要倔强，却无能为力。你看有一幕，黑衣女孩拿着个老式大哥大放在男孩耳边，神态殷切，意思'你给她打电话啊，去把她追回来啊'。但是男孩却完全没有反应，依然故我，表情和动作都像提线木偶一样，他听不到来自多年以后的女孩的心声，也无法控制自己年少懵懂的行为，故事还是只能走向一个无可挽回的结局。""哇，"同事们"啪啪"鼓掌，"这样一说就全懂了。""沈老师解读得太好了，你不写影评可惜了。"

　　沈岩微笑。生活一幕幕，如露亦如电，只有走过了才能看清，当时都是迷惘的。彼时，他已经结婚两年多了。

　　沈岩是二十九岁上结的婚，对象是本校的同事，另一个学院的讲师，与他同龄，叫方宁。两人本来不认识，是沈岩的院长介绍的。方宁是院长的学生，留校时因为一些原因没能留在本院，而是去了隔壁学院，反正都是教一样的课，一样地评职称。两人第一次正式见面是在学校里的咖啡馆，在这之前他俩应该是在校园里见过的，彼此面熟。这里是他们共同的单位，窗外是他俩都熟悉的校园风景，咖啡馆里不时有两人各自或共同的熟人走进来，看见他俩，会心地、善意地打个招呼，再会心地找个离他俩远远的位子坐下。看上去，一切都不能更自然、更水到渠成了。彼此印象也应该都不坏，她是高挑清瘦，举止打扮得体的知识分子女性；他也能想象她眼里的他自己：身高一米八，体形良好，有风度，谈吐幽默。

于是，在看过两场电影、轧过三次马路后，半年不到，两人就领了证、办婚礼，院长不用说是证婚人。致完辞，院长动情地拍着沈岩的肩膀说："方宁对于我就像女儿一样亲，请你务必照顾好她。"听到这话，新娘红了眼圈，沈岩握住她的手，一时也觉得自己是个有福气的人，娶到了一个各方面都很优秀的女人，尤其自己尊敬的院长还这么看重她。

方宁显然是个体面、尽职的妻子。如果要说有什么美中不足的话，就是在二人世界中，她总是显得淡漠，基本没有什么事能调动起她的兴趣和情绪。他俩的日常是各人一个书房，各自忙各自的，然后到时间了一起睡觉，仅此。当然，对于一对学者夫妇来说，这样的相处模式也很正常，但是似乎有些太过了，家里静得像古墓，除了去哪个食堂吃饭，他们几乎没什么交流。对了，他们不做饭，一直在学校的各个食堂轮换着吃。每隔两个月两人一起去看场电影，像完成KPI。纪念日他送她礼物，她报以一个点到即止的吻，如同在学术秘书按月送来的出勤报表上盖章。人前也会牵手，但他牵着那只手，却感觉不到她的哪怕一丝丝热情。但沈岩又明显感到，她不是那种天生缺少热情、不容易快乐的人，他见过她跟父母撒娇、跟闺蜜打电话的样子，那娇柔，那雀跃，看起来瞬间年轻了十岁，不是什么女学者，也就是一个普通的女孩子。

这一切别扭，终止于他们孩子的出生。家变成了一个微型太阳系，一切都围绕着太阳转，儿子是那个太阳。一切的不和谐都被覆盖了，覆盖在一片按部就班的忙碌之下。因为儿子的到来，沈岩觉得这个家庭突然充满了生机，他的人生重新有了希望。他看着孩子的母亲，对她怀抱着无限的感激，感谢她让他的生命完整了。尽管孩子长到一岁半，他和方宁的夫妻生活也没有恢复。方宁像是完全忘记了生活中还应该有这么一档子事，忘记了她除了是母亲还是妻子，每当他暗示或挑逗，她总是毫不掩饰地表露她的厌恶。

在这方面，他们从新婚之夜起就没有好过。是的，他俩是这个时代极少数把第一次留到新婚之夜的人。在那之后，她的身体和心理似乎也都一直没有接受丈夫，没有接受那件事。沈岩告诉自己，她需要时间来适应。果然，仅仅过了两个月，方宁就像换了个人似的，对夫妻之事变得非常热衷，但是沈岩知道，那不是冲着他，而是冲着孩子，她想要个孩子。每一次，沈岩都能感觉到，她的大脑命令身体要积极配合，可她的身体却大声诉说着它的抗拒、它的牺牲。在她这样的分裂和纠结下，沈岩从来没有尽兴过，没有想象中的如沐春风，一次也没有。

这样的生活一直持续到那一年春节，那是在她的父母家，离省会一百多公里的一座小城市，晚上沈岩和姥姥姥爷带着孩子出门，去小城最高楼的餐厅露台看烟花秀，方宁说要修改亟待刊出的论文，没去。烟花秀开始之前，沈岩有个紧急邮件要处理，就返回去。他用钥匙开了门，意外地听见方宁不在书房、而是在卧室里打电话，那语气是她从未对他使用过的，饱含着一个女人的全部温柔和缠绵，即使是嗔怒也满浸着感情的汁液。他无声地锁上了大门，闪身进了离门最近的房间。全神贯注在通话上的方宁对此全无觉察。

"见与不见的又有什么关系。现在我见你一次，可以撑过接下来的半年。"

……

"我对他有没有感情你还不知道？你觉得我还有感情可以给别人吗？"

……

"是，我和他生了个孩子。你把我嫁给他之前，不知道结婚是要做爱、怀孕的吗？"

……

窗外的夜色像墨汁一般，黑透了，只有节日的小彩灯在小区的树冠里亮着，有气无力地眨着眼睛。突然，火树银花升起在远处的夜空，然后才传来"啪"的一声，远远地放枪似的。烟花秀开始了。

随着方宁的声音和那些句子灌进他的耳朵，他恍惚地记起，他们婚礼那天，新人敬酒的时候，主桌上某人已经很有了一点酒意，他斜着眼看着自己，说："你小子啊，就是运气好。"一边端起面前的酒杯一饮而尽。当时他就有种被人拿着拳头在鼻子前比试的感觉——运气好？难道我配不上她吗？他看了一眼一袭红裙的美丽新娘，她连眉毛也没抬一下，周围一桌宾朋的笑脸也丝毫没受影响。于是他也一饮而尽，未发一言。

现在想来，运气好的意思原来是，掌上珊瑚怜不得，却让他来捡了漏。

这个电话打得足够长、内容足够充实。窗外的烟花五色斑斓，尽情绽放，放大、扩散、消失，在漆黑的天幕留下灰白的印子，像一丛死去的兰草。同时更多烟花升起来，夜幕之上接连上演着一轮轮缤纷绚丽。终于，随着最后一朵烟花凋零，连灰白的印子也逐渐黯淡，夜空化为一片虚空寂灭。

她已经打完电话，只是还久久地靠床头坐着，呆呆地。直到他推开半掩的房门走进来，苍白着一张脸。她悚然而惊，下意识地把手机往身后藏。他伸出一只手："拿来。""你什么意思？""让我看看他是谁。"她把手机往后藏得更深，同时脊背挺得更直。他上前一步，毫不费力地从她手里夺过手机，居然还没有锁屏，一看通话记录，果然。

曾经的张院长，他们的媒人和证婚人，现在的张副校长。

就这么离婚了。方宁坚决要孩子的抚养权，沈岩没有争，把房子、车子、现金都留给了母子俩，然后自己每月的工资一半打给方宁，作为儿子的抚养费，自己每周一次探望。张某人不是那猥琐的人品，这点沈岩还是有信心的，他不担心他给自己小鞋穿。但是三个人在同一所学校，终究难免尴尬。换个城市吧，他又想经常看见儿子，思来想去，瞅准机会联系了个本市的学院，排名不如原来的大学，但也只得这样了。就这么换了单位，那一年，沈岩三十二岁。

现在，他已经三十六岁了，这篇写他与竹青的爱情的小说又一次让他心潮翻涌。并且，小说结尾写道，时隔八年，竹青早已博士毕业，也成了一位大学老师。她又回到深山里的小镇，站在牧马河畔，缅怀那段爱情、那段青葱岁月。鉴于这篇小说百分之九十的部分都非常写实，沈岩觉得自己有理由认为，这部分也是写实的。也就是说——沈岩知道这样想非常自恋：截至两年前，竹青还没有忘记自己，如果那样，也许她现在依然单身？沈岩觉得又心疼又愧疚，更多的却是可耻的期望。

无论如何，沈岩都觉得自己一定要找到竹青。他对自己说，哪怕是作为普通的故人，哪怕为了当年对她的伤害说一声抱歉。

沈岩的心狂跳。在一个无爱的婚姻里三年，和小说里的竹青一样，他无数次回想那个牧马河的夏天，想起那个曾热恋过的女孩。甚至可以这样说：如果从来没有遇到过竹青，不曾知道心动、相爱的滋味，也许他的婚姻还不会显得那样枯寂冰冷、那样不尽如人意。大学老师，特别是文科老师，是不缺女生仰慕的，离婚四年，沈岩婉拒过三个女生。在第一次婚姻触礁之后，如果不是心灵契合、不可抗拒的感情，他都不会再接受。

十年的时间，生活教育了他很多。他奇怪自己之前怎么没发现，原来身边就有很多双方社会阶层不匹配的夫妻：有的老教授妻子是学校的保洁员；有别的学院的同事，妻子是超市理货员；女同事的丈夫是物业公司的一般工作人员；更有两位同事，他们妻子的工作不够理想，索性就辞了职做全职太太。沈岩觉得，因为有爱，他们每个人都比那场婚姻中的自己幸福。沈岩去图书馆，有时会看见一个鹅蛋脸、笑起来脸上有梨涡的年轻管理员，沈岩也对她笑，心里念头一闪：她长得有点像竹青，如果真是竹青就好了。如果他们没有分手，竹青真的有可能来这里当图书管理员。

沈岩一直知道，竹青是有志向、有底气的。即使当初分手，他也从不敢当她是村里的小芳，或者高加林的刘巧珍。竹青有今天的成就，在他意料之中。他只是觉得，为了他，某个阶段她也许愿意，暂时来自己的学校当图书管理员。

年少的时候，不明白爱情是可遇不可求的，天真地以为天涯何处无芳草，结果，再回首已是十年身……

同许多看了一部感人小说的人一样，沈岩开始猜测是否作者就是主人公本人、她写的是自己的故事。沈岩研究这个作者：初雪，从作者简介看，她与竹青差不多同龄，在许多主流文学杂志上发表过作品，获得过一些奖项。如果说，竹青成了一个学者，同时兼做一个作家，这种可能性是很大的。当年他就读过竹青的文字，非常动人，令他印象很深。那时就觉得，她是完全可以成为一个作家的。但是，沈岩总感觉，这段故事，如果由竹青自己来写，应该还要更复杂些，结局也应该不同些。初步判断，很大可能，初雪不是竹青。但她一定是竹青的亲密朋友，一定有竹青的联系方式。

这个时代，要找到一个经常发表文章的人，是非常容易的。沈岩立刻打开电脑，先搜索"初雪 作家"，搜出一堆作品，但是没有作家照片和其他信息，看来这个初雪真是低调得可以。他又点开学术网站，搜竹青的真名，不少论文，不乏发表在顶级刊物上的。更重要的是，她的单位赫然在目，原来，她就任职于本市的大学。沈岩感觉鼻子发酸、眼眶发热，他连忙端起咖啡，假装让热气腾在脸上。

事情到了这一步，不管初雪是不是李竹青，似乎都不重要、不用管了，反正，直接找到竹青就完了。沈岩感觉少年时的自己又回到了这具老躯壳里，他甚至无法等到出差回来再去她的学校，只想立刻就联系上她，听到她的声音，知道她的境况，最好在飞机起飞之前。不幸的是，在竹青任教的学校，他并没有认识的人。他第一个想到能联系上竹青的人是陈鹏远，就是当初那个学生——"三下乡"时带头起哄开他和竹青的玩笑，在牧马河淘气地往竹青脸上浇水的学生。现在想来，倒是他，阴错阳差地撮合了自己和竹青，虽然这明显不是陈鹏远的本意。因为从当时和后来的种种迹象看，这小子是爱着竹青的。

陈鹏远已经毕业九年了。那样放荡不羁的音乐系学生，谁能想到他居然考了公务员，去了竹青所在的那个县任职。沈岩凭直觉也知道，陈鹏远对他很有些看法。陈鹏远对竹青的心思，一定比自己想象的还要深。出于某种下意识，沈岩一直保留着这个学生的联系方式。

离婚后第一年，他主动联系了陈鹏远，没等他自报姓名，那边就说："哟，沈老师？我没看错吧。"沈岩忍住尴尬，用一种好像上周他俩还在一块儿撸过串的熟稔语气说："怎么，学生毕业不记得沈老师了？"其实这时候陈鹏远已经毕业五年了。"哪里哪里，我是说，沈老师日理万机，居然还记得我这个老学生，荣幸之至。哈哈。"稍稍寒暄后，不等沈岩打听，陈鹏远便仿佛不经意地说起："沈老师还记得李老师吗？李竹青老师。""当然。李老师现在怎么样？""她呀，早就离开南山镇了，考上研究生了。""是吗？什么时候的事？考去了哪所学校？""就在我毕业后一年。学校在北京，具体不清楚。您自己问她啊，哈哈。"学生给了老师一个软钉子，陈鹏远肯定知道他和竹青没有联系；沈岩也知道他知道竹青的学校，很可能一直与竹青保持着联系。

沈岩客气地挂了电话，失落是必然的。在打这个电话之前，他已经想好，万一竹青还在牧马河畔当老师，未婚，只要她愿意，他们就结婚，随时。可是竹青早已远走高飞，从此人海茫茫，也许此生无缘再见。同时他又真心为竹青感到庆幸，有种一块石头落地的感觉。是啊，那样的人，怎么可能一辈子困在山里呢。唯有祝福。初雪的小说让他知道，其实在他打电话给陈鹏远的两年后，竹青又回过牧马河，并且在那河边也想到了自己。一念及此，怎能不让他心潮起伏。

　　这样看来，似乎不必找陈鹏远了，四年前他尚且不肯告诉自己竹青考去了什么学校，四年后又如何肯告知她的联系方式？但想来想去，与竹青实在没有其他共同的熟人了，还是只能找他。

　　电话拨通了，这次陈鹏远没有报出沈岩是谁，许是把他的号码删了。沈岩说："鹏远，你好啊。我是沈岩。"陈鹏远的声音听不出情绪："你好，沈老师。""鹏远，我也不跟你绕弯子了。我知道李竹青老师现在就在本省的师大当老师，但我没有她的联系方式，你能给我她的手机号吗？"短暂的冷场，然后陈鹏远说："有必要吗？沈老师。你当初把她伤得那样深，现在却又想联系她，是想重叙旧情？不怕带给她二次伤害？"沈岩沉默地坚持。陈鹏远又说："我想你应该不是想再伤害她一次吧。重叙旧情的话，也太晚了。从咱们'三下乡'、你俩恋爱的那一年算起，十年过去了。十年啊，这是二十一世纪，谁能要求一个女孩等他十年啊？也太狂妄了吧。"说到后来，话里愠怒和讽刺溢出来。

"鹏远，"沈岩突然出声打断他，"你毕竟不是她，我想你不应该代她做决定。我向你保证，这一次我绝对不会伤害她，这样，你可以给我她的联系方式吗？""我不敢相信你，沈老师。"说完陈鹏远就挂断了电话，留下沈岩对着手机叹气。

现在，唯一的线索只剩下女作家初雪。沈岩想了想，联系了一个出版社的朋友，对方听了他的请求，非常爽快地说："没问题，这个作家近年来发展势头很不错，我们也正想和她联系，出她的小说集呢。我来问杂志社，他们一定有她的联系方式。"沈岩道了谢，放下电话，感觉心跳得厉害，竹青正在离自己越来越近。

过了五分钟，朋友就发来了初雪的电话。沈岩回复了"谢谢"。

隔着贵宾室厚厚的窗玻璃看外面上下三层的候机大厅，有些像在海洋馆看海洋生物，玻璃那边巨大深邃的空间里，无数生灵做着布朗运动，却阒寂无声。沈岩定了定神，打给女作家。那边一声"喂"，沈岩便全身一松，不是她，不是竹青。他说："您好，初雪老师。我是×××，不，我是沈岩，您小说里人物的原型。"那边只反应了一秒，十分清澈的声音传来："所以，你找我的朋友？""是的，我需要李竹青、真名李××，她的联系方式。请您帮帮我。"对方犹疑片刻："好。你记一下。"便报出一串数字，沈岩迅速在电脑上记下来。在挂电话之前，沈岩突然抢着问："初雪老师！她现在……还愿意接我电话吗？"女作家笑声如银铃："你是想问，她还是不是单身，以及你和她还有没有可能，对吧。"沈岩赧然。女作家轻叹："你刚刚记下的是她的手机号。我看，你还是让她本人为你揭晓答案吧。"

挂了电话，有短信进来，是陈鹏远，他发来十一个数字，沈岩跟自己刚才记下来的对照了一下，完全一致，这下更加笃定无疑了。到底是陈鹏远。

沈岩小心地把这个号码存进手机通讯录，看看时间，离起飞还有一个半小时。到了这个时候，他反倒没有刚才那样火烧火燎地着急了，现在他需要冷静心神。沈岩慢慢地，从公文包内袋里取出一张叠得整整齐齐的发黄的信笺，尽管那上面的每一句话他都可以背出来，但还是从头看到尾：

在某个夜晚，我去凭吊过我们的爱情了。牧马河水依旧，只是寒冷了许多。到明年春天水还会变暖的，可是你永远不会再来。

其实我不知我们的相遇于你意味着什么，正如你无法想象：当我在满脸水珠中强睁开眼睛，看见为我拂拭的那个人竟然是你，那一瞬间，我生命中所有的花儿都开了。我像一个在烈日下的沙漠中独自跋涉了很久的人，突然看见一片世界上最美的绿洲，我扔下所有奔了过去，最后却发现那不过是海市蜃楼。

情愿这样理解整个过程中的你：从特殊环境中的一时心动，到回到现实后的忽觉荒谬。当初你为什么会看见我？也许半个月的深山岁月太过贫瘠、枯燥，也许那个傍晚的夕阳和牧马河太美，无论如何，那一刻的心动总是真的。还是要感谢你曾经来过，在我前二十年的生命中升起一朵夜空中最绚烂、最夺目的焰火。至于焰火熄灭后，长夜更加漆黑如磐、寒冷、漫长，那也许是我应该承受的代价。

牧马河水依旧，生活还要继续，《飘》中的郝思嘉说：Tomorrow is another day。既然你不肯给我们的故事一个像样的结尾，那么我来给吧。既然你不忍说"再见"，那就由我来说吧：不再见，我爱过的你。不再见，你后悔喜欢过的我。不再见，你的一时心动，我的刻骨铭心。假如今后不幸重逢，也像从未认识过一样。

李××

2003 年 9 月 11 日

"假如今后不幸重逢，也像从未认识过一样。"沈岩自语般念出这一句，苦笑着摇头：太要强了。然后，他把那信笺按折痕重新折好，小心地放回原处。

所以，初雪的小说还是做了艺术加工，当初并不是他提出的分手。他只是有点犹豫、软弱，她就敏感地察觉到了，于是追问，而他偏偏是那种越追问越沉默的人；然后，竹青的分手信就来了，猝不及防地，不给他一点反应的时间。她，是多么骄傲的人啊。

后来，他无数次想：假如竹青的信来得不要那样快，给他一点时间，也许结局不一定是分手——好吧，他知道这么想很虚伪、很无耻。但有一点，假如他接到竹青的信后，不是首先感到自尊受伤，而是能透过那文字表面的决绝看到内里的伤痛欲绝，坚持挽回一下，结局就不会是分手。然而，年轻时的自己太自恋、太蠢，离懂得珍惜还太远。

眼下，初雪虽然还算利落地给出了竹青的联系方式，却什么也不肯透露。是劫是缘，让他自己面对、承担的意思。而陈鹏远，他担心的是自己的出现再次给竹青带来伤害，注意是"伤害"，不是"打扰"。那么，也许，一切还来得及？

竹青那么敏感骄傲的女孩，她那么在意"高攀"这件事，或许她内心从一开始就做好了随时分手的准备——只要感觉到对方有哪怕一丝丝犹豫。现在，两个人的位置倒过来了，换他这个大龄二婚无产有孩男来高攀她。他现在脸皮很厚的，只要她不嫌弃，自己一点也不介意高攀。不，嫌弃也没用，坚持要攀住她、赖上她。

他嘴角上翘。贵宾室另一边的落地长窗外是辽阔的停机坪，太阳正在沉下去，光线渐渐暗起来。有飞机停在地平线，拇指大小的几只。如同记忆中小时候，燕子们远远地落在电线上。近处，有两架飞机停着，放下黑色的舷梯，等待着它们的登机时间。一架飞机正在滑翔，越来越快，突然，它前半身一抬，起飞了。

　　沈岩收回目光，看着手机屏幕上刚刚存入的那个号码，深吸一口气，指尖微颤，拨出去。电话铃响了三声。"你好。"对面的女声陌生又熟悉，这么近又那么远。

让我住在裙子里

一

不知从什么时候起，应该是上大学以后，佟丽有了一个愿望，就是有一间属于自己的、二十四小时有热水可以洗澡的屋子。工作后刚刚搬进陈家村的出租屋时，佟丽真是感到满足极了，觉得生活有了新的开始。

不，不是的，这间屋子仍然没有二十四小时热水，事实上这只是城中村里一个十平米的房间，没有独立的厨房和厕所。

就是那种中间有天井，每一层曲里拐弯有很多房间，每一间都见不到什么阳光，空气中永远弥漫着潮湿暧昧气息的自建楼房中的一间。这样的楼里鸡犬相闻，佟丽和孙勇随时听见别人家夫妻吵架、骂孩子、大声说话的声音，自来水冲出龙头冲刷脸盆的"唰唰"声，公共厨房中菜放进热油里"嗞"一声，夜里和清晨，还时不时能听见邻居情侣发出的令人耳热心跳的声音。佟丽脸皮薄，她总是提醒自己和孙勇，一定要小声再小声。

可是不管怎么说，他们总算有了自己的落脚处，哪怕是临时的，但总是他们自己的，相比大学四年那是要好多了，那时佟丽总是趁孙勇室友回家的节假日溜去他们宿舍。那种老式的上下铺，一动就晃得厉害，有点像在船上，还会吱吱嘎嘎响。每次从楼里出来，楼栋阿姨的眼光都看得她直恨自己不是个阿拉伯女人，可以从头到脚都用黑布包裹严实。可是转念一想自己要真是个阿拉伯女人，恐怕早就被族人用石头砸死了。

况且，城中村房子条件差吗？再差还能比佟丽和孙勇各自从小住到大的房子差吗？自己小的时候住土坯房，一下大雨屋里就下小雨，地上到处都是接水的盆子、瓦罐，自己和爸妈简直没处落脚。床上要盖上种庄稼用的塑料薄膜，不然被褥都会被淋湿。有时睡到半夜，佟丽被潮湿的被子冰醒，听见外面风雨大作，连忙唤醒劳作了一天、沉沉睡着的父母。屋子里的地面已经泥泞，三个人起来七手八脚地给漏雨的各处接上家什，拧一拧被子上的水，盖上塑料薄膜，一家人才关了灯重新钻进被窝里。黑暗中佟丽听见屋里的雨滴在塑料盆和薄膜上，发出很大的"噗""噗"声；滴在瓦罐里，是轻轻的"嘀""嘀"声；被子有一块又湿又凉，翻个身往旁边挪一挪，身上的塑料薄膜便"哗哗"响。

后来父母做小生意，家里经济情况好了点，才拆掉老屋盖了几间平房。所谓"平房"也许是她们那个地方的农村特有的名词，就是房顶是水泥预制板的单层房子，等什么时候有钱了再往上盖一层就是楼房了。农民是不知道有"装修"这回事的，走进平房，上下左右都是灰色的水泥墙，这点和眼下的城中村房子倒是一致。只是农村的房子里还要更乱些，堂屋、卧室，哪哪儿都散放着农用车、犁头、镰刀、锄头、化肥、一麻袋一麻袋的花生和豆子。佟丽是上了大学才知道，原来城里人上完厕所是要用水冲的。而孙勇家的情况绝对不会比佟丽家好。

从老家的房子住进城市出租屋的这个跨度，让佟丽一时自信满满地觉得，一切都会有的，她向往的二十四小时热水的房子正在离她越来越近。

这种幸福感只有在偶尔想到林颖时才被狠狠刺一下。林颖，唉，林颖，佟丽和她的缘分也真是奇特。大学四年，林颖和佟丽并称院花，好比《红楼梦》迷们分为拥林派和拥薛派，她俩也各有一帮粉丝，彼此水火不容，但总算都能同意：佟丽容貌更标致，林颖则以所谓气质胜一筹。她俩都是"冰山美人"，在林颖也许是眼高于顶，看不上那帮小男生，而佟丽则是因为心有所属。孙勇是佟丽邻村的，两人一起去县城上初中、高中，又努力考上了同一个城市的两所大学，革命友谊根深蒂固，早早就订下了终身。

　　本来，像佟丽和林颖这样两个女生，能维持表面的相安无事已属不易，毕业后不会再有任何交集。谁知毕业后在全班只有两个人留在这个城市的情况下，那两个人居然是佟丽和林颖。加上没有了读书时暗暗较劲的共同环境，两人都觉得彼此的心理距离在某种程度上似乎近了一点。唯一不同的是，林颖的另一半是成功人士，林颖在大四实习时认识了他；而佟丽的孙勇虽然也进了本市的一家大公司，可条件跟林颖那位就天差地别了。

　　毕业后不久，作为林颖在这个城市唯一的大学同学，佟丽收到了她的婚礼请柬，在正日子之前，佟丽借口出差、不能到场，从微信上发了个体面的红包给她。一想到自己的婚礼要在老家的村里举行，穿着从县城租来的粗陋俗气婚纱和敬酒服，坐着孙勇他爸借来接亲的面包车，连拍的照片都是乡村爱情风，让佟丽如何能心平气和地去参加大学同学盛大浪漫的草坪婚礼。

　　婚礼一星期之后的周末，林颖打电话来说，她和先生在佟丽住的片区办事，想顺路来拜访，送来喜糖和新人回礼。佟丽在电话这端客气地说：不用麻烦了，路太远，不方便，谢谢。林颖以为她没听懂，说：不麻烦啊，我们现在就在你家附近。佟丽温柔地拒绝：不方便，谢谢。林颖听懂了，不再坚持，礼貌地收了线。让住别墅的林颖来我的城中村水泥屋看我？还是杀了我比较好。佟丽想。

二

在这座城市里，佟丽每天坐地铁一小时，然后提前两站出站、走半小时到公司。对同事解释是为了锻炼、塑身，真实的原因是地铁分段计费，六站一个档，佟丽舍不得为了这两站路多花一个档的钱。下班时先走两站路，然后再坐地铁，因为靠近公司的地方是 CBD，有大城市的宏伟气象，而住的地方周围是城乡结合部，是她读中学的小县城的热闹、放大版。同样是步行，佟丽愿意漫步在真正的繁华都市里。只有在下雨的时候，怕雨水泡坏皮鞋，佟丽才会放弃步行、多坐两站路。

就是这样，佟丽和孙勇努力节省每一分钱，本来以他俩的收入不至于此，但他们不只有自己，还有在中原农村的父母、弟妹。孙勇和佟丽的家庭结构出奇地相似，佟丽的父母冬天卖烤红薯和糖葫芦，夏天卖雪糕，过年卖爆竹、春联、年画；孙勇的父母一年到头卖油绳、胡辣汤。佟丽有一对相差两岁的妹妹和弟弟，孙勇有一对龙凤胎弟弟、妹妹。佟丽妹妹刚刚考上大学，她弟弟和孙勇的弟、妹都在县城读中学，不出意外将来应该也会上大学。他们的父母为了儿女已经是身心交瘁，尤其是佟丽爸妈，上次见面时佟丽爸，腰都弓成了虾米，而他还不到五十岁。佟丽的部门经理也四十多岁，佟丽爸要是站在他旁边，足足像他的老父亲。有这样的家庭，佟丽和孙勇如何能轻松得起来，更别说这城市像太阳一样不可直视的房价。想到这些的时候，佟丽只能无声地叹气，觉得她那二十四小时热水的房子还远在天边呢。

好在孙勇是个顾家的好男人，他的公司比佟丽近，每天早早下班，在热闹的陈家村小巷里买了打折菜，回来在脏乱的公共厨房做好晚饭，并且手艺还不错。有时吃着现成的晚饭佟丽就会想，林颖和她老公认识时间不长就结婚了，他们不可能有她和孙勇这样青梅竹马的坚实感情吧？林颖老公不可能每天做饭给她吃吧？对，绝对不可能。人真是奇怪的动物，佟丽和林颖，在学校时并没有什么交情，毕业后的联系也就止于互相在对方朋友圈里点赞而已，可现在佟丽却常常会莫名地想起她，不知她是否也会想起自己？

佟丽每天步行的那两站路，途经一片中高档住宅区，楼很新，在阳光下反射着光芒，从小区门口看进去，绿化非常好。早上经过的时候小区里空无一人，下班时则有年轻女人在草地上遛狗。她们全身上下散发着一种闲散的气息，一看就不像佟丽这样赶时间上下班的人。看得多了，有一天佟丽终于忍不住问同事金姐："那个叫明月心苑的小区里，好像有很多不上班的女人？"金姐笑得神秘："你不知道了吧，那一片是有名的二奶小区，里面住着的基本都是二奶，当然不用上班了。"佟丽小小地诧异，再经过那个小区的时候，就有意放慢脚步，格外仔细地观察那些女人。她们大多有着窈窕的身段、姣好的面容，有的戴着眼镜、衣着合宜、一看就受过不错的教育，当然也有上点年纪的、中人之姿的。佟丽想，是什么样的原因，使她们放弃正常的婚姻，甘当一个男人的外室呢？

在工作环境中，佟丽依然是众人瞩目的女孩。绝大多数男同事看到她，眼睛会亮，笑意会浓，声调会柔和。虽然佟丽从未刻意隐瞒过她有男友这件事，但总还是有人勇者无惧地示好、试探。他们多半是城市土著，论经济条件，佟丽闭着眼睛在他们中摸一个都比和孙勇在一起至少少奋斗十年。可是佟丽觉得，他们和她是不一样的人，像她和孙勇这样的人最好还是找自己的同类，相处起来没有压力，不用费力向对方解释自己的今天和昨天，因为彼此看对方就像照镜子。这点上佟丽和林颖不同，林颖出生在地级市的优越家庭，面对大城市的人没有自卑感，所以能找一个他们中的优秀分子结婚，佟丽不行。而且，佟丽和孙勇有那么多年的感情，彼此早已经是灵魂伴侣了，她怎么会为那些浅薄的城市青年动心呢？

在那些乐意关照她的异性当中，只有一位令佟丽相处起来不觉得累，那就是老顾。入职一个月后，佟丽第一次独自去一家公司谈合作，结果被对方那个满嘴英文单词的女项目经理给奚落了一顿，她只能狼狈而沮丧地往外走。在走廊里迎面遇上一个中年男人，那男人的目光自落在佟丽脸上起就不曾移开。

佟丽情绪低落，再加上经常被男人这么看，所以并不在意。回到公司，之前那女项目经理居然又打电话给佟丽，热情地邀请她明天再来谈一谈，这冰火两重天的态度，搞得她云里雾里。

第二天佟丽又去了。这一回，项目经理原封不动地答应了佟丽全部的条件，还主动给了佟丽一些优惠。合同送去给老总过目，经理带佟丽一起去总裁办公室，主动介绍说："这位是佟小姐，这位是我们顾总。"顾总友好地伸出手，佟丽有点腼腆地跟他握了握。他手掌厚实，目光温暖，佟丽突然想起昨天曾见过这个人，在外面的走廊里。

佟丽就这样拿下了入行第一大单，丰厚的奖金还在其次，更重要的是这初战告捷带给她一个小小的光环，令她在公司站稳了。她开心地想，哪怕好运气暂时都被用光，后面几个月不开张也应该没问题了。

过了两天，佟丽接到一个陌生电话，电话那边是顾总，他提出请她喝咖啡。于公于私佟丽都无法拒绝。

在光线柔和的咖啡厅，他帮佟丽拉椅子、挂好外套、引导她看英文菜单，一切都做得那么自然妥帖，让佟丽在心里不无遗憾地感叹：真正的绅士啊，他们的某些素质孙勇永远也赶不上。顾总身形保持得很好，外貌勉强还算得上年轻，但佟丽觉得，他实际年龄应该不比她爸小。

咖啡的香气氤氲中，他说朋友们都叫他老顾，让佟丽也这么叫他。老顾告诉佟丽，他像候鸟一样往返于香港和本市之间。

曾经共患难的发妻在香港家中，缠绵病榻已经十年，也许还要再卧病二十年、三十年。妻子年轻时非常美，就像，就像现在的佟丽。话题转到佟丽身上，佟丽人生中绝无仅有的一次跟一个刚刚认识的人谈自己，谈自己的工作、家人，甚至感情状态。她必须承认，对面这人身上有一种能让自己放松下来、愿意吐露心事的磁场。从他听她说话的反应来看，他对佟丽的履历是了解的。很奇怪，他显然并不想隐瞒这一点，而佟丽也并未感到被冒犯。也许男人最可爱之处就在于这点通透和坦然，不是吗？

许久以后，佟丽还记得那天老顾曾问她："工作很辛苦吧？靠薪水攒够房子首付需要很多年吧？"佟丽回答："是。但生活对于我们这样的人不是本来就是这样吗？如果走捷径，怕是要付出更高的代价吧？"老顾不置可否，很自然地转移了话题。

在以后的几个工作场合，佟丽与老顾多次"偶遇"，人群中佟丽能感觉到他若有若无的目光，她没有再给他接近的机会。他也没再主动联系她。

三

那个中午，同事们都在各自的格子间里短暂午休，这是公司大办公室白天最安静的一刻。佟丽的手机突兀地响起来，是妈妈的号码，一种强烈不祥的预感袭来，令佟丽几乎不敢立即接电话。父母从不在上班时间给她打电话。事实上，他们觉得长途电话太贵了，基本一年到头都不打电话给佟丽。

果然出大事了。

还有两个月就是农历年了，这天早上天还没亮，佟丽她爸和她三叔骑着两辆摩托车去县城备烟花爆竹的货，经过一段长下坡，急拐弯时路中间突然冒出一块黑黢黢的大石头，后来猜测应该是从趁夜偷采、偷运石料的拖拉机上掉下来的。佟丽爸爸为了紧急避让那块石头，摩托车失控，连人带车飞出了路外，跌进了山沟里。紧随其后的佟丽三叔赶紧生生停下了车、爬下山沟把一身是血的哥哥背上来，飞快地送进县医院。

那一带全是石头，佟丽爸跌进了十多米深的乱石窝里，六根肋骨骨折，一根断裂的肋骨插进了肺里，县医院不敢收治，要求家属转地区医院。听她妈在电话里哭哭啼啼地说完，佟丽立刻用手机银行把她所有的钱全部打回家。转完钱佟丽发现自己全身都在抖，她不敢想象他们那个家庭没有了爸爸。

这时有同事的手机闹钟响，下午上班时间到了，同事们陆续起身喝水、上洗手间、站起来伸懒腰。佟丽觉得又冷又热、浑身瘫软，想立刻飞到老家的地区医院去看爸爸，又想躺下来大哭一场；可是电脑里还有紧急方案要做、有报告要交，晚上还有工作饭局，昏迷中的爸爸还等着她继续打医药费回去。最终，佟丽只是悄悄地擦干了眼泪，捶了捶疼得要裂开来的头，点亮电脑屏幕开始工作。

接下去的几天，佟丽工作间隙一天打五六个电话问伤情，所幸三天之后爸爸脱离了危险，佟丽这才长长地舒了一口气。之后又发了一次工资，佟丽收到银行的提醒短信就全打回家了，孙勇多次问她治伤够不够，还好够了。对佟丽来说，那不过是半年多的积蓄全部清零，零点八平米房子没了，这都没关系，只要爸爸没事就好。

　　岁末将至，公司里开始筹备年会，据说这是一年中最大的日子，届时大老板要来，每个人都不敢怠慢。佟丽最愁的是，这样的场合女士们是要穿小礼服的，而她还没有这样的服装。佟丽和孙勇平时的工资，交过房租、话费、水电费，他俩各自给弟弟、妹妹寄去生活费，再留够自己的生活费和交通费，基本上就存不下多少钱了。他俩的衣服全都是网购，佟丽一般是趁搞促销的时候买，且只买永不过时的经典款通勤装，一季就那么几件来回搭配，基本可以应付，像小礼服这么抓马的衣服根本不在考虑范围内。孙勇是连两人在巷子里吃个麻辣烫都要想半天的人，穿戴方面就更省了。自从佟丽爸出了这个意外，佟丽的钱一分不剩全给了家里，他俩就靠孙勇的收入生活，孙勇的消费观念比她还保守，佟丽就有点担心他对这笔礼服开销的反应。

　　果然，当他听说一件出得场面的小礼服至少需要一千块的时候，想了想说："那种衣服，平时不好穿着上班吧？"佟丽说："那是。"他又说："那么以后每年年会都可以穿吧？"佟丽说：

"除非我一年换一个公司，否则穿同样的礼服出现在年会上不礼貌。"孙勇面色凝重了，说："这么说这么贵的衣服只能穿一次？那置了太不划算了，不能租吗？"在得到否定的回答后他沉默了，然后抬起头对佟丽说："宝贝儿，我不是舍不得钱，只是这钱花得太不值了。我的钱是要存着给咱买房子的。反正就只穿一个晚上，能不能去借一件？你不是有个有钱的同学，那什么，林颖？"佟丽一时气结，第一次深刻体会到，花他的钱和花自己的钱，到底是不一样的。如果自己现在有钱，根本不要跟他啰唆，直接上网买一件。虽然她知道他并不是在任何事上都这样小气，假如今天是要拿钱给她爸治伤，他未必不肯拿出来，但给她买衣服就不行，他还是农民的消费观，他对她的感情也不能改变这个。

佟丽的失望越来越大，不再说话，心中转了千百个念头：跟同事借？绝对不行，那样自己在公司辛苦维持的形象就毁了。去商场买，穿完再退回去？即使能忍着不道德感这么做，她也没钱买。是的，在孙勇的建议下，为了防止超支，她连张信用卡都没办。请病假逃避年会？不行，自己还要努力上进，资助弟妹上学。想来想去，似乎只能向林颖借了，佟丽的眼泪滚落下来。孙勇一看慌了，一叠连声说"咱们买，买买买"，佟丽不打算理他，背对着他装睡了。

四

电话里林颖听了佟丽有些嗫嚅的叙述，很爽快地邀请佟丽去她家挑衣服。第二天是周末，佟丽坐地铁又转了两路公交，又冒着寒风步行二十分钟，终于到了林颖住的区域。在被盘问、并通过门卫的视频装置与林颖家的保姆通话后，保安放佟丽进了小区。

在这个万物萧条的季节，小区却像另一个世界般绿意葱茏，一座座小楼疏疏地散落着。佟丽按照保安的指引走了一段不短的路到湖边，这才找到林颖的家。开门的是保姆，领着佟丽穿过院子中的小花园，林颖在房门口迎接老同学。冬日的阳光下，林颖穿着一条线条简洁的素色羊绒薄裙，裸着纤长的小腿，脸上一点妆也没有，皮肤剔透，笑容和煦。

室内温暖如春，保姆接过佟丽脱下的大衣挂在门口。林颖和佟丽在客厅坐下来，保姆送上茶。对于习惯了逼仄空间的佟丽来说，这房子未免太疏朗阔大了。家具和装饰不是那种显而易见的奢华，细看却都恰如其分的精致，自有一种佟丽之前想象不到的、不动声色的气势。在这气势面前，佟丽精心搭配的妆容和衣饰突然就突兀了、寒伧了、质地低劣了，她甚至觉得自己每一个衣褶里都散发着城中村出租楼里的味道。而女主人林颖，她就那样闲闲地倚在沙发里，姿态自然而舒展，嘴角飘着一朵恬静的微笑。在周围背景的映衬下，不施脂粉的她美得如此高贵，浑身一层淡淡光晕，映得佟丽越发黯淡、瑟缩下去，重新变回那个住土坯房、用旱厕的农村丫头。

佟丽下意识地在林颖脸上搜寻蛛丝马迹，她希望林颖是有意炫耀这一切，这样她反倒释然。可是，没有，人家完全没有一点炫耀的意思，这就是人家的日常。佟丽绝望了。

大学四年里，林颖有林颖的自负，佟丽有佟丽的骄傲；可是此刻，佟丽脑海里只有四个字：自惭形秽。她生生将目光从林颖身上移开，窗帘拉了一半的落地长窗外，是冬日飘着白烟的湖。

本来就没有多少共同话题，佟丽又神思不属，聊天就有些冷场。林颖也感觉到佟丽的紧绷，于是不等茶凉下去，就带佟丽走旋转楼梯去楼上的衣帽间。衣帽间有客厅的一半大，纯白的装饰，同样是可以看到湖的落地长窗，不同的是窗帘拉开后还有一层水晶帘，水晶珠串随着空气流动轻轻转动，那些透明的多面体珠子便闪烁着小小的、晶莹的光芒，让佟丽有种恍惚，仿佛走进了中学时代读过的琼瑶小说《一帘幽梦》。

林颖读书时就是学生中的时尚教主，佟丽是很知道的，可她如今这衣橱还是远远超出了佟丽的想象。随着一排排白色柜子的门被打开，一个浩渺、斑斓的世界逐渐显露出来。黑白灰驼赤橙黄绿青蓝紫……真丝、羊绒、皮草、欧根纱……蕾丝、镂空、亮片、豹纹……晚礼服、小礼服、职业装、休闲装……鞋子、帽子、包包、丝巾、披肩、腰带……所有佟丽在时尚杂志上浏览过，在顶级商场的橱窗和广告牌前见过，却从未与自己联系在一起的国际一线大牌，都在这里以一种密集的方式呈现。看着看着，那些令人目迷五色的长裙、长裤、衬衫、半裙们仿佛都有了生命，在白色的大橱里且歌且舞，作势向佟丽扑来。

佟丽眩晕了。

林颖问佟丽的要求，她脸色苍白，几乎不能正常地应答。林颖担心她着了风寒，赶紧替她做主，挑了一件浅紫色礼服和几件同色系的配饰。

从林颖家出来，出了小区，确定离开了保安的视线，佟丽跌坐在路边的长椅上，将装着礼服的手提袋扔在脚下，脸埋在长发和掌心中啜泣起来。寒风刮在人身上像刀子，而她浑然不觉。不知哭了多久，她摸出手机打了一个电话。二十分钟后，老顾的黑色房车驶近、无声地停在她面前。佟丽坐上副驾驶位置，老顾看看她，默默调高了车里的空调温度，又递过来一盒纸巾。佟丽毫不客气地又哭起来，抖得像北风中的一片叶子。老顾什么也不问，只默默地开车，不时腾出一只手抚慰地拍拍她的肩。佟丽终于哭够了，对着车里的镜子整理了妆容狼藉的脸，车子也停了，到老顾长住的酒店了。

在酒店套间的客厅里，如同上一次工作上的合作一样，老顾答应了佟丽所有的条件，协议顺利达成。协议包括他为佟丽付一套三室公寓的首付，并且以后按月给她款项，这款项除去供房子的花销外，相当于她现在薪水的两倍，且每年增长一定的百分比。而佟丽要和现男友断绝来往、辞去工作，在老顾在本市时陪伴他。他并且立即把公寓首付款转账给她。看到手机上的余额变动短信，佟丽给孙勇打了电话，告诉他她要分手、以后不会再见面的决定，任凭孙勇在那端无比错愕、嘶哑着嗓子追问，佟丽一扬手，轻轻把手机丢进了茶几上的鱼缸，水花溅起的一瞬，手机一沉到底，缸里的两条热带鱼惊慌失措地甩着尾巴游开了。佟丽的心里异常清醒坚定：自己一直想要的二十四小时热水的房子就要有了。对，不能买每天上班时经过的那一片，但是就买像明月心苑那样的房子，环境还不错。

白昼幻影

一

"该发给学生的助研经费一定要发到位，导师们谁都不差那点钱，但对学生来说那是生活费！克扣学生的吃饭钱，成什么人了呢？一旦被发现，我这个院长第一个不答应！"老黄在台上掷地有声地讲出这番话，周围丁老师、孙老师、马老师的学生都看着我们几个"嘻嘻"笑，而我们几个低着头，不与其他师门的同学目光相接。是的，我们就是黄院长的学生，我们从来没收到过来自导师的哪怕一分钱助研费，还不仅如此……

典礼结束了，大家一窝蜂往外走，孙老师的硕士生刘子丹凑在我耳边说："赶紧去跟黄老板讨要你这一年多的助研费！看他说得那么义正辞严……""滚！"我低吼一声，他做个鬼脸，这才不言语了。

其实我是能理解刘子丹的。老黄与院里大多数博导都不睦，他曾当着我们一群学生的面问孙老师："下周北京的会你去不去？"孙老师不明就里："什么会？我没收到通知啊。"老黄扬起下巴："我猜清华也不会请你。"孙老师气得白胡子翘翘的。就老黄这做派，我要是孙老师学生我也想削他。

四十层高的教研楼怪物一般矗立在校园里，阳光下窗玻璃直晃人的眼。人居学院在第三十三、三十四层。回到教研室，才打开电脑一小会儿，手机响，是老黄的信息："去童晓桐那儿拿钥匙，打开我办公室门，办公桌上有一个 U 盘，拿到后马上送到北京东路 30 号省建科院 5 号楼 303 室来，要快！"看得我一抖，赶紧联系博士师姐童晓桐，去老黄办公室拿了 U 盘，坐电梯下楼，刚出电梯，老黄的电话来了："找到 U 盘没？到哪儿了？""找到了，快到校门口了。""要快！马上打个车来！"

挂了电话，我跑步到校门口打了个车，一路催着司机开快点，到了省建科院，向门卫问明 5 号楼的位置，这中间老黄又来电话催了一次。我不敢怠慢，一路狂奔着到 5 号楼 303，极轻地敲门，无人应，但发现门没锁，我把门推开一条缝，里面正在开一个会。老黄正盯着门口呢，看见我，出来取走了 U 盘、关上了门。我这才喘着气，去找电梯下楼。

坐在返程的公交车上，心里喃喃地骂："又让老子打车！又不给报销！讲课稿和PPT我看着童晓桐帮你做的，结果你连带个U盘都不记得，这知名学者也忒好当了！之前做实验都让老子垫了小两万块钱了，到现在提也不提，装死！"但是转念一想，和宝华相比，我还算幸运的。宝华姓窦，彝族人，家在大凉山里，人特别老实厚道。老黄知道他没钱，所以做项目垫钱、打车送东西这类事从来不找他。他找宝华干另一些事，比如平时出差总带上宝华贴身服侍，比如我们入学近两年来，他要求宝华每周末去他家打扫一次卫生。他家两百多平的大平层，清洁不用钟点工，用宝华。又比如去年他晚上跑步给车撞折了腿，三个多月腿不能动，起居、开会、去医院换药，全是宝华伺候的。老黄早年和老婆离了婚，一直就没再婚，有个儿子在国外读书。他家离学校不近，那段时间宝华跟上班似的，天不亮就起床坐车去他家，晚上伺候他睡下了才回宿舍，课不用说是没法上了，甚至很多时候太晚没公交车了就住在他家，到头来老黄连公交车票钱都没给宝华。也亏了是宝华，我们替他不平，他虽然眼神委顿，可末了居然强笑着说："没事。"

第二天做实验，中间应变片又没了，我连忙往厕所藏，可还是晚了一步，老黄说："储楠你去买两千块钱的，回头拿票来报。"我只能说："好的，黄老师。"一抬头遇见宝华和另一个同门吴鑫同情的目光。

眼看十二点了，老黄说："最近辛苦，今天我请大家下馆子！去把我名下所有的在校硕博叫上一起！"我们三个惊得下巴都要掉下来了，拿出手机给其他年级的同门打电话时，趁老黄不备，我和宝华交换了一个惊恐的眼神。要知道，以往大伙给他干活儿，每到了饭点，老黄总是丢下一句话："别忙了，先吃饭吧。"然后就自己一溜烟下楼，半分钟后，楼下就响起他那辆悍马发动的声音。入门两年来，学生们以老师生日、中秋、教师节等各种理由每年宴请他无数次，而记忆中这是老黄第一次请我们吃饭。

吃饭的地点选在学校后门巷子里的一个苍蝇馆子——老黄定的，难为他一个博导、学院院长、年入千万的建筑公司老总，居然准确说出了这个苍蝇馆子的名字"达县人家"。人很快聚齐了，在校硕博一共十三个人，万绿丛中一点红，一帮大小伙子，再加上美丽的博士大师姐童晓桐，大家都忍着不流露出诧异的表情。老黄指指墙上的"达县人家"招牌，对宝华说："你们川菜。"宝华不自在地笑笑。老黄一边点菜，一边自言自语："这年头，素菜才健康，荤菜都不受欢迎了。"我看一眼宝华，两人心照不宣：对黄门的人来说，荤菜还是很受欢迎的。别的师门做实验都请瓦工，老黄却从来记不得请，搅砂浆、砌砖墙这些事都是我们自己上，做完实验大家互相看看都是一头一脸一身的灰，活像一群建筑工人；饮食习惯也与建筑工地上趋同，恨不得连早餐都大块吃肉，不然搬不动砖。

菜上来，满眼青绿：全是什么香菇菜心、手撕包菜、芹菜炒香干、青椒土豆丝之类，只有一个蚂蚁上树些微有点肉末。老黄挥舞着胳膊招呼人，那气势，活像在请人吃满汉全席。大家都不敢怎么动筷子：一桌子十四个人，其中十二个大小伙子，可桌上统共却只有十个菜。饶是省着吃，盘子还是很快见了底，只剩下一两个盘子里有两根青菜，五六根细细的土豆丝。好个老黄，愣是一个劲儿把圆桌中间的玻璃转盘转得飞快，嘴上不住说："吃菜，大家吃菜。"学生们头也不敢抬，怕看见那两根青菜、六根土豆丝尴尬。气氛实在有点诡异了。老黄终于像想起什么来似的说："没菜了是吧。那再加两个吧。"菜单拿上来，老黄又自语："再点两个下饭菜。"两个菜上来，果然很下饭——两盘一模一样的醋溜土豆丝。大家都很配合，赶紧就着这土豆丝把碗里的米饭扒光了。出门前，大伙整齐地说："谢谢黄老师！让黄老师破费了！"

　　进了校门，只有我和宝华两个人的时候，两人对看了一眼忍不住笑起来。我说："饿死了。走，食堂吃饭去！我请你吃红烧肘子！"宝华说："别呀，还是吃素点健康。""哈哈哈哈！"我以为宝华也学坏了，调侃老黄呢，没想到他有点不好意思地建议去十食堂吃冒菜，我笑得更欢了。

　　宝华算得上玉树临风，虽然皮肤略黑了点，但一双大眼睛扑闪扑闪，有女孩子一般的纤秀和灵气。十食堂卖冒菜的是个小姑娘，年纪看上去比我们还小，粉粉嫩嫩、圆圆胖胖的一张脸，对宝华非常好，每次都给他的分量特别足，还记得他不吃香菜和葱蒜，芝麻酱也少放，为这事我没少开宝华玩笑。

到了十食堂，这个点都快打烊了，自然没什么人，圆脸小姑娘对宝华笑得特别温柔，给他的分量至少是给我的一点三倍，我少不得又添油加醋地打趣宝华，搞得他又笑又窘。

二

周一是我们去省建科院实习的第一天。实习不是研究生计划要求的，也不是老黄安排的，是我们自己安排的。宝华是想挣点钱，除生活开销外，最好能有余钱寄给家里。黄门的人也是倒了血霉，别人都有助研经费，生活费基本没有压力的，但我们的就被老黄克扣了，从来没见过这笔钱长啥样。宝华因为还要跟家里人伸手，觉得特别对不住大凉山的父母。我家里虽然不在乎那点生活费，但我实在不想日复一日当免费劳动力，给老黄的公司做项目了，何况还要贴钱做项目。跟老黄提出想去实习的时候，本以为他会反对，没想到他居然很爽快地答应了，还说省建科院平台高，让我们去那里，他来安排。搞得我和宝华受宠若惊的，一度都觉得以前对他的种种嘲讽和怨恨是错怪他了，甚至连他截留我们助研费的事都觉得情有可原了。毕竟像这一次，他还是对学生不错的嘛。

我俩的实习岗位被安排在加固一部，部门主任亲自接待我们。部门一共七个人，主任比我们大不了太多，聊起来居然在我们学院另一个导师名下读在职博士，是我们学长，瞬间觉得亲切很多。学长说，他正在写论文，借了学校图书馆一批书，马上就要超期，想请我们晚上回校时帮他还掉再借出来，明天早上带给他。宝华说："我中午就回学校给主任办好。"主任说："不用不用。晚上办好，明天带来就行。"结果，午饭后宝华就不见了，同时不见的还有主任那袋书。下午三点上班时，宝华汗涔涔地赶回来了，主任的书已经重新借过了。主任自然对着宝华道谢不已。怎么说呢，这事要发生在别人身上，我肯定会觉得这孙子拍领导马屁拍得太恶心，但发生在宝华身上，我只能说我这兄弟还是太过老实，不懂得人性有贪婪的一面，你努力想做到十二分好的样子，可能会激发起坏人驾驭你、欺辱你的恶意。即便不是坏人，人家对你的期望值也已经被你自己抬高了，后面你还能拿什么来满足。

主任要我和宝华分别校对同一份加固报告，主要是看看有没有错别字、格式错误之类。十页纸的稿子，我用了四十分钟交稿了，发现了两处错误。宝华看了快两个小时，主任都等急了，结果他比我多发现一处错误。做别的事情也是这样，宝华总比我认真谨慎，但是用时也比我多好几倍。

到了周四，吃午饭的时候主任说："储楠、宝华，你俩觉得我们院怎么样？"我赶紧说："特别好。尤其是跟着您，我们每天都能学到不少新东西。"宝华也附和："特别好特别好。"主任看着宝华笑："好在哪儿啊？具体说说看？"宝华很认真地想了想说："伙食特别好。"我一口饭差点喷出来。主任也是一脸意外。宝华接着说："院食堂免费供应自助午餐，四荤四素，另外有汤有点心还有水果、酸奶，我从来没有吃过这么好的饭。"主任点点头，表情兴味盎然："还有呢？我们单位不会就饭好这一个优点吧？"宝华又说："实习待遇挺好的。"主任说："惭愧惭愧，每月两千块，就是一个象征性的工资，与你们的付出不够对等，与咱们Ａ大研究生的身价也不匹配。但这是院里定的，我也爱莫能助，对不住你们了。"宝华急得都结巴了："不不不，主，主任，待遇挺好的了，真的。如果我回我们县城，想找一个这种伙食标准、这种待遇的实习岗位，根本找不到。真的。"我笑起来，主任也笑起来。

下午我去财务问，实习工资会以何种形式发给我们，正式员工都是打到建行卡里，我们需要办建行卡吗？财务小姐姐眨巴着戴了美瞳和假睫毛的大眼睛，诧异地说："啊？你们不知道啊？黄教授要求把你俩的实习工资都打进他给的账户里。"我强撑着脸上的笑容，对小姐姐说了"谢谢"，其实胸口堵得慌，暗暗骂"这个死不要脸的，雁过拔毛"。下班后走出建科院大门，等公交的时候，我把这个情况告诉了宝华，那一瞬宝华眼里的光都黯淡下去了。我才想到，这个两千块钱，对宝华也许真是一笔大钱。

"我有一个办法，咱们把这个实习岗位辞了，自己去找公司实习。我不信老黄是如来佛，全城的公司他都能一手遮天。"这样不好吧。黄老师该生气了。""嘿，他都这么不要脸了，你还管他生气不生气？"宝华低头不说话，不过我知道我是没法说服他了。他就是这样的人，从来不知道反抗。当天晚上我就在网上找其他的实习公司。第二天，托宝华给我向建科院请病假，等去了新的实习公司上班，再托宝华给建科院那个主任递交了辞职报告。然后我给老黄打了个电话，报告了换实习单位的事，老黄当然不高兴，很不耐烦地说："换实习单位可以，但按照规定，你们所有的实习收入，全部归导师课题组所有。"我唯唯，那边就挂了电话。

周五晚上，我去女友妖妖的学校找她。"妖妖"是我给她起的名字。两人先照例在她们学校周边腻歪了一会儿，我就告诉她，老黄又让我买应变片了，得再借我两千块钱。妖妖是我高中同学，我们好了几年了。读研后她导师给她介绍到他们本校国际交流学院教对外汉语，本来是想让她多一份社会工作经历，结果她课越带越多，收入相当于一个全职的白领，比我有钱多了。看看人家的导师，一心为学生着想，再看看老黄……妖妖似笑非笑："第五个两千了。男人老跟女朋友借钱可不是好事，话说你不会是拆白党吧，骗财骗色？""我只骗色不骗财，借的钱要还不上，将来以身相许。"

三

周日傍晚，从妖妖学校回来，我拿了她转给我的钱买了应变片送到实验室，回来走在校园里，突然看见宝华走在我前面，牵着一个女孩子！这可是大发现，我不动声色走到马路另一边，想从侧面看看那女孩的脸。还真被我看见了，十食堂卖冒菜的女孩！老天！我那是乱开玩笑，你们居然当真的！只见宝华一脸被宠爱的幸福，那女孩反倒比他大方得多，有说有笑的，显然在主导着两个人的相处。

我在旁边观察了一会儿，默默地从岔路回宿舍去了。

宝华果然到楼门快上锁时才回来。他脸上的表情已然控制过了，但一张脸因兴奋而发红，整个人身上散发着一种快乐的气息。我等他洗漱了、上了床，才严肃地问他："宝华，我看见你和那个卖冒菜的女的了，什么时候开始的？"宝华的脸一下子红到脖子根："楠，楠哥，你都看到了？刚开始，真的。今天第一次正式相处。"我继续严肃地说："宝华，论理呢，我不该说这话，'宁拆十座庙，不毁一桩婚'，这道理我懂。但是，既然你拿我当哥，我也拿你当兄弟，这话我必须得说：你一个985大学的正牌研究生，找一个卖冒菜的女的，初中都没毕业呢吧，你不觉得亏吗？不要说同学面前拿不拿得出手了，将来你找工作、生活、子女教育，她都会拖累你的。长期来看，两个层次悬殊的人也很难保持共同语言。你恨我也罢，告诉那个女的也罢，作为哥们儿，我必须得提醒你。你再冷静想想。"

宝华眼里溢满了感激："楠哥，你肯说这样的话，是真心为我好，我都明白。可是我和你不一样。你本来就是大城市的人，你和我嫂子，你们是同一个阶层的人。我从大山里走出来，我父母这辈子连县城都没去过。在这座大城市里，我有的只是咱们即将拿到手的那张硕士文凭。这所大学的女生本来就金贵，没有谁会看上我，就算有人能看上我，我也怯得慌啊。只有阿花，她崇拜我，和她在一起我是最畅快、最踏实的。"他的话完全在我原先的逻辑之外，我一时竟不知说什么好，只能勉为其难地劝："宝华，这是不对的。你没有理由为你的出身自卑，更不该让这种自卑影响你的择偶观，不然会害了你一辈子的。""楠哥，我谢谢你。在我们老家，男人养老婆是天经地义的。何况人活一辈子，不就图个畅快吗。和阿花在一起，我是畅快的，这就够了。谢谢楠哥把我当兄弟。"他的眸底一片澄澈。我才反应过来，这种事别人越反对，当事人只会越坚持，亲爹妈都管不了，于是长叹一声："你想清楚，不后悔就好。"一边随手关了灯，宿舍陷入黑暗，只有外面的一点微光从窗帘缝里透进来。我很快睡熟了。

宝华从此过上了甜蜜的恋爱生活。宝华爱踢球，阿花攒钱给他买了一身阿迪的球衣，白衣红裤，宝华就老穿着。也真亏他，周一到周五去建科院无偿上班，周末去导师家做保洁员，这中间要抽时间看书学习，每天晚上还要出去谈恋爱，可小伙子居然越来越精神，红光满面的。我本想说"看来冒菜养人"，想了一下还是没有说。阿花的确把宝华当宝贝，自从开始谈恋爱，宝华的衣服鞋袜都是送去给阿花手洗。宝华喜滋滋地说："她要求的。我要自己洗她会生气。她说这不是大老爷们儿该干的事。"我想起妖妖总是以碰了冷水来例假会肚子疼为由，逼我把她的衣服都带回我们学校洗，搞得我们宿舍阳台上常年都晾着女孩连衣裙、半身裙，花花绿绿的万国旗一般，让我总被来串门的同学们调侃，想到这里忍不住轻轻叹了口气。宝华像是也想到这一层了，连忙说："下次你和嫂子的衣服也给阿花洗好了，山里妹子从小做惯了的，这对她根本不算事！"我吓得连忙摆手："不敢劳驾！不敢劳驾！"宝华还要坚持，我坚决谢绝。

春天来了，校园里到处是花，高处、低处都是，空气中弥漫着浓郁的甜香。蜜蜂和蝴蝶忙着采花，我们忙着谈恋爱。这天妖妖有点不舒服，说是例假要来了，坐立不安的。我就陪她在校园里慢慢地走。

身后有人拍我肩膀，一回头是我大师姐童晓桐还有师姐夫。大师姐人长得漂亮，学问也漂亮，在女生比熊猫还珍贵的人居学院，她的学问漂亮到可以帮导师写论文、以导师的名义在国内外大刊上发表，导师的项目都是她带着师弟们在做。别人毕不了业是因为学问差，她毕不了业是因为学问太好。在我们心目中，这个师姐就相当于副导师。对师姐夫我们也是服气的，他是本校材料系的博士生，长得像男模，身高足有一米八五以上，两人走在哪里都是人间风景。师姐夫还爱屋及乌，对我们都特和气。因为这样，我们也就不怪罪他跨系掳走院花师姐了。

师姐看着我和妖妖说："我们明天出发去北山野营，储楠不是一直嚷着想去吗？这次一起？咱们两顶帐篷，你俩记得穿冲锋衣、户外鞋就行，食物、水还有装备我们准备。"我看了看妖妖，两人一齐摇头。师姐诧异地看看我们："你们这些小毛孩子怎么回事，敢情都是叶公好龙啊。过这村儿可没这店儿了啊。"师姐夫拉一拉她手："算了，人家两人说不定有事呢。还有下次，还有下次。"说着牵着师姐走了，留下我和妖妖在路边上，互相看着，两脸遗憾。

我说："我给你看过师姐在北山拍的照片没，仙境似的。师姐被老黄榨得太狠，幸好有北山这样的地方让她时不时去透口气，不然能抑郁了。"

周二下午我从实习的公司回来，才走到校门口就接到宝华电话："快到教研室来，师门出事了。"说完就挂了。我本能地觉得大事不好，撒腿就往教研楼跑。到了教研室，看见一众同门都站着，个个表情沉重。我努力挤出个笑容："都怎么啦？如丧考妣似的？"没人回答我。然后宝华哭兮兮地看着我说："大师姐和师姐夫周末去北山野营，被泥石流卷走了，今天上午才找着。"吴鑫接着低声说："材料系的人去确认过了，是他俩。保卫处通知的我们，老黄没接电话，到现在还不知道呢。"我一下子有点蒙，像电影海报上走下来的女主一般的师姐童晓桐，学术强得像小导师一样的师姐童晓桐，爱护师弟像爱护亲弟弟一样的师姐童晓桐，还有那帅帅的师姐夫，就这么，死了？

宝华摇摇我胳膊："黄老师还不知道呢，你打个电话给他吧。"我机械地摸出手机，拨通了老黄的电话，老黄还是他那一贯的不耐烦语气："什么事？""黄老师，童晓桐师姐周末去北山露营，被泥石流卷走……去世了，学校保卫处已经确认了。"电话那边老黄的声音清晰地传过来："啊？那我的项目怎么办呢？"我怀疑自己听错了，等反应过来并不是之后，整个人像被冻住了，从头冰冷到脚，老黄再在电话那边说什么我已经听不见了，我默默地挂了电话。

大师姐的追悼会三天后举行。感谢入殓师，师姐的脸十分干净、安详。她躺在白色的百合丛中，几乎和生前一样娇美，但我知道那只是假象，如果伸出手来触碰她那花瓣一般的脸，就会发现她已经冰冷、僵硬，如同一具蜡像了。师姐的父母一看就是干净的知识分子，哭得十分克制，但是师姐的妈妈终于还是晕倒在当场。可怜师姐的爸爸本来已经悲不自胜，此刻却还要强自挺起支离的瘦脊梁抚慰老妻，真是人间惨剧。

黄门的人全都到了，老黄也一身黑衣地出席了，很尽心地致了悼词，把大师姐夸得天上少有人间无双，说到动情处甚至几度哽咽。不知同门们怎么想，反正我完全不为所动，脑子里始终回响着他听到这事后说的第一句话，那才是本能反应。也许是我想多了，总觉得那天老黄的目光有意无意地回避着我。

后来我告诉妖妖，她也说是我自作多情。想想也是，老黄什么人啊，也许他根本没觉得他那个本能反应有什么不妥呢。

至于那句"我的项目怎么办呢"，除了妖妖外，我也再没告诉任何人。是真心觉得冷、觉得怕。这不是一般的兔死狐悲，生死只在一线间，如果不是妖妖的例假，那天我们九成九会跟着大师姐去露营，那么事后老黄会怎么评论我的死，"那以后买器材谁垫钱呢？"会是这句吗？

日子照常进行。老黄有一次见我们，又说了一次"实习收入归导师课题组"的话，还特地看了看我，我装傻充愣，他也只有干瞪眼，不过后来又打电话让我买了一次器材，我又跟妖妖"借"了两千，妖妖说现在我以身相许都不够了，要当牛做马才行。宝华仍然在省建科院勤勤恳恳地实习，每月工资直接划到老黄账上，亏他也能忍。

四

有一晚宝华回来，带着一身酒气，自从大师姐的事后，我一直挺低落的，也懒得多问。人家和小女朋友出去喝酒助兴也是正常的，都成年人了不是吗。可是接下来的几天，宝华每天都带着酒气回来，这就不对了。我等他准备钻进被窝的时候问他："宝华，怎么回事？看这脸色也不像和阿花好好的撸串喝的，这是怎么了？阿花和你闹别扭了？老黄给你小鞋穿了？不能啊，师门里老黄对你最好。论和他单独相处的时间，其他人加起来也没有你一半多。"宝华竭力保持脸色正常，太阳穴那里的筋一跳一跳的。我不依不饶："别装了。你瞒不过楠哥。"

宝华的声音里听不出情绪："我和阿花，分手了。""啊？这又是哪一出？""黄老师不知怎么知道了，要我和阿花分手。我本来已经决定听他的，准备等毕业后再回来找阿花。可是，黄老师不放心，居然让总务处命令阿花的老板辞了她，总务处还通知她父母，她爸从东莞来，把她带过去打工了，原来的手机号码都停机了。"说着眼角竟晶莹起来。我俩各自别过脸去。

我当然觉得这事老黄手伸得太长了，做得也太过分了。假如他敢这么拆散我和妖妖，我杀他的心都能起。但，阿花怎么能与妖妖相提并论，我暗暗地觉得，这事对宝华也不是坏事。毕竟，宝华这么跟个冒菜西施出双入对，人居学院的同学背后那揶揄的表情，连我看了都不是滋味。我想，今后宝华以 A 大硕士的身份，到大街上去闭着眼睛撞一个，也绝对要比阿花强。于是我很混蛋地跟宝华说了几句"大丈夫何患无妻""缘分不可强求"之类的废话，就劝他早点睡，明天还要上班呢。

蒙眬中，我感觉宝华一直靠床头坐着没有睡，好像还叹息着说了句"真没意思啊"，我勉强"唔"了一声，便沉入黑甜的梦乡。

一晃又到了九月开学季，对于我们这个专业来说，毕业论文基本就是整理之前做实验的数据，并不特别难；进入研三，主要是进入了找工作的季节。我的工作是母上大人早就联系好的——回家，在省建设厅直属的一家设计院工作。妖妖也迅速在我们本市的一所高校找到了个做行政的岗位。

让人不放心的是宝华，自从阿花的事以后，他虽然不至于夜夜酗酒，但脸上也看不到什么笑容了。除非他察觉到你在看他，他才会对你笑，笑得那个勉强，还不如哭呢。进入招聘季，看看他投的那些个单位就憋气，全是县城的什么房地产公司之类，连个地级市的单位都没有，当然了，这些单位都争先恐后地给他发来了 Offer，宝华现在踟蹰的是到底去哪一家。我那爱当大哥的尿性又上来了："宝华，咱们是 985 硕士，要去你投的那些单位，本科毕业都富余。你不要总是妄自菲薄。你在建科院实习，他们对你印象应该还不错吧，你不如争取争取，留在他们那里？""楠哥，你不知道我，我家里四个弟弟都指望我赶紧出来工作供他们读书。黄老师这边又叫我读博，我没有明确答应，但如果我找不到工作就只能听他的。再跟着他读三年？那还不如死呢。省建科院？有黄老师横在那里人家会要我？就算人家要我，我也只想离开这座城市，越远越好。再说了，黄老师的博士有那么好毕业吗？看看晓桐师姐就知道了。我只会比她更惨。"说到最后，他眼中有某种凛冽的东西一闪，我从未见过这样的宝华，被他震住了，没想到他这么不喜欢这座城市，更没想到硕士三年给他留下了这样凛冽的记忆。我模糊地觉得，有些可怕的事情发生过了，虽然我不知道那是什么。

开始做毕业论文以来，我就结束了在那家公司的实习，回到学校。小公司只会把我们当苦力用，挖基础、取芯样、爬高上梯的活儿就让实习生上，专业上没什么提高，倒是见识了什么叫"庙小妖风大，池浅王八多"。何况实习只是个幌子，主要是不想再给老黄的项目当免费劳动力了，结果他还不是遥控我去买器材？

论文答辩结束了。这天早上，我醒来躺在床上玩手机，余光瞥见宝华穿着他很久不穿的白衣红裤的球衣出门了。我一直玩游戏玩到日头高起，手机没电、眼睛也吃不消了，才起身去食堂吃了早饭。毕业在即，我也要去教研室收拾我的东西，和宿舍的东西归拢打包托运回家，老妈天天电话催我。

天上一片云也没有，太阳烈得刺眼，我一路趁着树荫晃到教研室。几个本年级的同学正在电脑上打游戏呢，都是一副等离校的百无聊赖模样。我随口说："看来哥儿几个都高就了啊。"他们回过头看了我一眼，又握紧手柄投入屏幕上花花绿绿的战斗了，其中一个边酣战边说："哪有黄门就得高啊，两个进省院的，一个直博的。"啊？宝华还是直博了？他怎么没和我说起？心里隐隐觉得这事哪里不对。我拖了张空椅子在哥几个身后跨坐，头搁在椅背上，眼前几面游戏机屏幕鬼怪迭出、变幻莫测，童晓桐、老黄、宝华、阿花……阿花、老黄、宝华、直博……我的思绪也随之搅成一团，无数个念头忽明忽暗。

手机响，是母上大人。不外是对她的宝贝儿子嘘寒问暖，各种叮嘱。又说到托运行李的事，天气热得我一阵烦躁，也不知怎么了，我突然咬牙切齿地说："离校之前，我非找老黄把我垫的钱要回来不可，里面还有跟你儿媳妇借的。我咽不下这口气！"老妈一听急坏了："小祖宗，你要多少钱妈给你，欠你女朋友的妈也给你。你可千万别找导师要去！你导师是全国结构行业的权威，业内顶尖的大牛，你要得罪了他，你自己导师说你不好，你在这行还怎么混？！小祖宗，你可千万别犯浑，一定得听妈的。不行老妈这就坐飞机过来看着你！"

"顶楼有人跳楼！"随着不知哪里一声喊，外面脚步杂沓，人都往走廊里涌。连三个打游戏的都丢下手柄往外冲。我说："行，妈，您别来，那钱我不要了。"就撂了电话，昏头昏脑地跟着往外跑。才到走廊，看见栏杆边已聚起一道人墙。一个人影自头顶飘落，白衣红裤！我头"嗡"的一声，整个人瘫倒。

耳边"嗵"地巨响，是椅子翻倒在地，我也随之跌坐在地上，摔得大腿生疼，醒了。原来是头昏脑胀地盹着几分钟，做了个噩梦。我赶紧往门外看，走廊里空空荡荡、阒寂无人，远处蓝天高远，哪有什么白衣红裤。我茫然抹了一把头上的冷汗，心脏在胸腔里跳得擂鼓一般，口中兀自喃喃："宝华，宝华……"

几个打游戏的同学本来听到异响停下手里的活计，转过身张大嘴瞪着地上的我，这会儿全都大笑起来，像看着一个傻子。

阳光绿萝

在那个电话打进来之前，谢书雯正埋头批改学生论文。这套位于大学城的两室一厅房子，是学校给她的"人才公寓"。她在里面养了很多绿植，从阳台到客厅、书房，使得整个房子像个微型植物园，有种生机勃勃的静谧。此刻，她就迎着暮春时节懒洋洋的太阳，坐在飘窗下的书桌前，在龟背竹、鸭掌木、凤尾竹、文竹、幸福树、绿萝丛中看本科生的学期论文。大部分论文写得都很差，而且是各有各的差法，让谢书雯忍不住一再抚着额头。

陌生电话来得完全没有征兆。

谢书雯还以为是推销的，这年头，陌生电话都是可疑的。她漫不经心地接起，对面的女声有些怯怯地："是雯雯吗？"谢书雯迟疑。对方又说，自己是余欢欢，问谢书雯还记不记得自己。余欢欢？谢书雯在大脑里飞快地搜索了一下："你，你是南山镇的余欢欢？""是我呀！"对方显然很高兴谢书雯还记得她，然后是兴奋的、语速极快的一番话。

　　放下电话，谢书雯还沉浸在震动中。

　　一小时后，余欢欢就坐在了谢书雯家的沙发上。谢书雯看着面前的这个女人：用心的妆容，粉底搽得很白，但掩不住皮肤早衰的微微松弛、眼角的鱼尾纹。五线城市的时髦打扮，配色、剪裁、质地终究不是太沉着。谢书雯下了个判断：这是一个没少被生活摧残、却努力维持体面的女人。余欢欢是激动的，她嘴巴一张一合，自进了谢书雯的家开始，就没有片刻停止。

　　余欢欢此番只是来重叙旧时友情的？谢书雯不信。毕竟，她花那么大功夫才找到自己，又坐四小时高铁和地铁来到自己的城市、自己家里。据余欢欢刚才在电话里说的，关于找到谢书雯，余欢欢唯一能想到的线索是谢书雯父亲的名字和单位，就打114过去，问到了那家机关的电话。余欢欢打电话给机关，报出谢书雯父亲的名字，对方回复已退休。余欢欢就和人家缠磨，想问到谢伯伯的手机号，对方当然不肯给她。最后她只好央求人家帮忙联系谢伯伯，并留下自己的电话，请谢伯伯给自己回电。之后的每一天，余欢欢都给那个机关打一个电话，问是否已经联系上她的谢伯伯。就这样，过了一个月，余欢欢接到了谢书雯父亲的电话，知道了谢书雯所在的城市和联系方式。

余欢欢是谢书雯的发小。那时候，谢书雯跟奶奶住在南山镇，和余欢欢家在同一条街上，两家之间只隔着几户人家。两人一起上学、放学，一起和欺负她们的女孩子吵架、打架。余欢欢有一个小她四岁的妹妹，叫余甜甜。余欢欢课余很大一部分时间要用来带余甜甜，谢书雯就陪她一起带。

两家大人关系也很好。余欢欢父母是做调味料生意的，谢书雯记忆中，奶奶家里就没有买过调料，那些辣椒、胡椒、花椒、大香、草果、桂皮、香叶、当归……都是余欢欢父母送的。余欢欢父母忙生意没时间照顾孩子，谢书雯奶奶就经常把欢欢、甜甜喊到自己家里吃饭。家里有体力活，奶奶总是去喊"余家侄儿"，奶奶一到余家门口，收了摊的余叔叔就出来打招呼，然后就跟着奶奶回来，帮着扛袋米、劈会儿柴。谢书雯的父母回到镇上，也时常去和余家夫妻打个招呼，有时带上两瓶酒，有时是一网兜水果，以感谢他们对祖孙俩的照顾。

在镇上读完三年级，谢书雯就转学到市里，跟父母、妹妹一起生活了。以后虽然每月回镇上看奶奶时还会遇见余家姐妹，但终究是慢慢疏远了。谢书雯小学毕业，奶奶去世了，谢家基本不再回南山镇。不久后，听说余欢欢家也搬离镇子去了县城，两家就彻底断了联系。

给余欢欢泡的茶，她一口也没喝，此刻原本密密竖立在杯口的茶叶全都沉到了杯底。她仍然沉浸在重逢的兴奋和喜悦中，很真诚地在叙旧，似乎要把两人分别后她自己的一生都讲给发小听。谢书雯也从面对久别重逢故人的微微尴尬和无所适从中慢慢走了出来。她不喜欢忆旧，但此刻也只能做个好听众。

谢书雯发现，余欢欢是个很会讲故事的人。她说，她爸妈不喜欢她，嫌她碍眼，又想要收彩礼钱，她刚过了二十岁，就天天骂她，催她赶紧嫁人，理由是迟了会嫁不出去。不管什么话题，父母都能拐两个弯拐到她的婚事上去，天才一般的联想力。她说："我妈看我的眼神，让我觉得自己是商店柜台里一瓶马上要过期的酱油，瓶身上落满了灰尘。""我爸看我的样子，又好像我是我妈带来的拖油瓶。他骂我：男娃你相看了两火车皮，都没有你能看对眼的？"谢书雯想想那七八万人的县城，总共能有多少适龄未婚男青年，两火车皮占其中多大比例，就差点忍不住笑出来。

于是余欢欢嫁了，然后不满三年就离婚了，女儿判给了余欢欢，随她姓，叫余小苹果。然后又是新一轮的被催婚，余欢欢只得又草草地嫁了。在余欢欢的讲述中，她应该是离了两次婚，目前是单身，并且准备就这么单下去。余欢欢说，父母只爱甜甜，从来没爱过她，她甚至不记得母亲抱过自己。记忆中妈妈一有空就抱着甜甜，亲她的小脸，十几岁了还抱着亲。小的时候，余欢欢在旁边眼巴巴，"妈""妈""妈"，要叫好几声，她妈才会不耐烦地白她一眼："啥事？"经她这样一说，谢书雯忆起，那一幕曾无数次在自己眼前发生过，只是小时候以为，那一点父母的偏心，能在漫长岁月中淡去。

余欢欢说：雯雯你记得吗？咱们南山镇，和周围最近的桔园镇、沙河镇是轮流逢集的，农历一三五桔园，二四六沙河，三六九南山，逢十休市。我们家调料生意三个镇的集都要赶。她说，从她上五年级起，逢周末就要帮家里做生意，但甜甜直到读完高中，从来不用帮忙家里生意。放假那天如果是三六九还好，如果不是，那余欢欢不等鸡叫就要骑上二八圈的大自行车赶往逢集的镇，车后座一左一右驮两大蛇皮袋、百十斤的调料。车太大、太高，她那时个子还不够高，不能跨过自行车杠坐着骑，只能从杠底下伸过一条腿，歪着身子靠在横杠上站着骑，就那么翻过一座座山，骑过三十多里盘山路。

山路陡峭，冬天很冷，雨雪天路滑，这都不是问题。问题是，借着绑在车头的手电筒的一道微光，独自走在黑黢黢的山里，前后连一个鬼影子都看不见，可又老觉得身后有人跟着，忍不住一次次回头看。然后才想起听老人说过，人走夜路的时候，肩膀上是有两支蜡烛亮着的，那些不干净的东西看见了，就不敢靠近，只能远远跟着。所以走夜路切忌回头，回一次头，鼻息把左肩的蜡烛吹灭了；再回一次头，鼻息把右肩的蜡烛也吹灭了……蜡烛如果真有的话，早就灭掉了，于是更加觉得身后各种动静，脑子里多少鬼故事盘旋，害怕得眼泪不敢流，怕惊动了暗夜里的鬼魂；害怕得恨不得立刻死掉，变了鬼就不怕鬼了。巨大的恐惧中，只有两条腿机械地猛踩着脚踏，自行车沿着手电筒短短的一段光柱在山路上狂奔。直到天渐渐地有些亮起来，被恐惧紧紧攫住的心才慢慢舒展开来、回到原处。多少个冬天的早晨，到了集上，别的来赶集的小贩都是一头一脸的霜花，往手上哈着气取暖；她头上有没有霜花不知道，反正给吓得出了一身的汗，完全没觉得冷。

谢书雯忍不住说，鬼倒不一定有，但那些年南山里有狼是真的，我听爸妈说，有人遇到过……

余欢欢惨笑了下，我知道。但那些年净怕鬼了，顾不上怕狼。余欢欢说，这样的害怕，是没有办法跟父母说的，假如说了，他们只会觉得她矫情，只会让他们更厌烦。即使他们真的能了解她的害怕，就会不让她早起去赶集了吗？不会的。他们会说，胆子小正好练练胆子。因此，那些年她从未跟人说起她的害怕。如今她三十多岁了，一再重复、挥之不去的噩梦仍然是：暗夜里走不完的盘山路，身后的脚步声、老旧自行车行走的震颤声，一次次惊悸地回头，身后却只有黑暗无边。

谢书雯想，如果是微信聊天，这会儿她大概会发个"抱抱"的表情，那个绿色的、张着双臂求抱抱的小娃娃。然而，此刻真实的余欢欢坐在她的沙发上，两人中间隔着一张茶几，谢书雯却只是静静听着。

余欢欢说，好在，那样的经历除了在梦里，再也不会有了。现在日子虽然还是苦，但好歹自己做主。余欢欢说，雯雯，我就一件事想不通，需要你帮忙。今天来见你，一方面想和发小重新联系上，另一方面也可以说是为了这个。谢书雯赶紧点头，她也想知道这个谜底。

　　余欢欢第二次离婚后，一个人带着小苹果在市里生活。经过这么多事，余欢欢早已认清自己在父母心中的位置，对娘家，她已经不抱任何希望了。可是发生了一件事，让她本已凉透的心又冒起了丝丝热气，关于父母爱的幻想又有些死灰复燃了。

　　那时她在一家超市做理货员，每月工资不到一千块，房租三百。房东太太在一楼开着一家杂货铺，一边看店一边带孙子，那孙子比小苹果大一岁。余欢欢就求了房东太太，每月再给二百块钱，请人家照看孙子时顺便照看下小苹果。房东太太可怜她们母女，就同意了。

　　可是有天下班回来，杂货铺里只有房东太太和她那淘气的小孙子。房东太太告诉她："小苹果让她外公接走了。"余欢欢连忙给她爸打电话，她爸在电话那头说："我放心不下，来看你们娘儿俩，正好看见房东的孙子在打小苹果，小苹果举起胳膊护着脑袋，不哭也不跑。我喝退那小畜生，拉过小苹果，看见她的脸让人家小孩掐得净是指甲印，新伤叠旧伤。你个当娘的不心疼我还心疼呢。你忘了她是有姥姥、姥爷的。我们又不是养不起她。"说到后来，居然声音哽咽起来。

　　爸爸的话和哽咽，听在余欢欢耳朵里起初没什么感觉，过后却越想越辛酸，最后索性躺在出租屋的木板床上哭了一整夜。

却原来，到底是血浓于水。父亲是爱外孙女的，父亲通过爱外孙女，结结实实地爱了女儿一回。这些年风风雨雨，她余欢欢都以为自己是孤军奋战，却原来，她是有援军、有父母，至少是有父亲的。

本来，余欢欢已经有快一年没跟父母联系，更不用说回娘家了，这件事以后，她每两周调休的一天都回去看父母，当然是以看小苹果的名义。早年她家做生意赚了钱，加上卖了镇上房子的钱，在县城买地皮盖了四层小楼。这些年下来，因为地段热闹起来，房子比先前值钱了很多。父母仍在开店，只是不卖调料了，卖烟酒，日子过得相当不错。甜甜也结婚了，她父母终于如愿招了个上门女婿，把小女儿永远留在他们身边。

余甜甜的女儿笑笑比小苹果小四岁，笑笑的性格和余甜甜小时候一样，嘴甜，黏人，尤其黏爷爷奶奶。"爷爷""奶奶"，笑笑是这么叫姥爷姥姥的。小苹果的性格随余欢欢小时候，敏感，容易受伤，还有点执拗。她感觉到姥姥姥爷对自己没有对笑笑亲了，知道姥姥姥爷又给笑笑买了新衣服、新玩具而没给自己买了，她也不说话，只眼巴巴看一会儿，然后转过身抹眼泪。姥姥看见她淌眼抹泪就烦，说她是"小丧门星"，问她干吗不开心，小苹果不说，问急了就哭，再问就把自己关进房间，吃饭也喊不出来。每当这个时候，姥姥就给余欢欢打电话，余欢欢只好让小苹果听电话，狠狠地凶她，然后小苹果就哭得更厉害，然后余欢欢就心软、后悔，最后一定是母女俩隔着电话恨不得抱在一起哭。余欢欢她妈就对着电话发火："我和你爸都还没死呢，你们娘儿俩这是要号死我们老两口、号散这个家吗？"

有天一大早，余欢欢刚到超市就接到她妈的电话，无非还是老皇历，小苹果把自己关在房间了，怎么都不肯出来吃早饭。余欢欢突然觉得是时候解决这个问题了，她对着话筒说："等着。"挂了电话就跟她们日化组组长请假，组长拉长着一张脸，余欢欢差不多没等她同意就脱了工作服，出门直奔地区汽车站，不到一个小时，她就回到郊县的父母家了。

余甜甜正拉开一楼店里的卷闸门，看到姐姐回来了，招呼她上楼吃早饭。上到二楼的家，余欢欢的爸爸已经准备收拾碗筷，她妈坐在小板凳上，两膝夹着站着的笑笑，正笑吟吟哄她吃饭呢。见余欢欢进来，老爸问她吃了没，有粉条肉末包子、鸡蛋和红豆粥。她妈看了她一眼，继续垂下眼皮给笑笑喂饭。

余欢欢径直走向她妈带俩孩子睡觉的房间，敲着门对里面说："苹果儿开门，是妈妈。"门开了，女儿像潮湿的小家畜一头扑进她怀里，放声大哭。余欢欢瞄了一眼她妈，果然，小老太太脸黑得锅底一般，极力忍着才没说话。她妈想说什么她再知道不过，无非是"见着你亲娘这番哭，让你亲娘还以为我怎么虐待你了呢"。余欢欢顾不上她妈，关上门，坐下来紧紧搂着女儿，把她的小脸藏在自己怀里，一只手轻轻拍着她的背。

小苹果很快平静下来，抬起哭得通红的眼，抽噎着告诉妈妈："早上听见姨父出门了，姥姥就抱着笑笑，去了小姨房间。我在床上躺了很久，听见她们在房间里笑，就起来推开小姨的房门，站在门口看着她们。姥姥和小姨一边一个躺着，笑笑在中间，不知道在说什么，三个人开心得不得了。我在门口站了好久，小姨看见了，叫了我一声，可姥姥都没朝我看，他们不喜欢我……笑笑才是亲生的，他们才是一家人……"

女儿描述的画面余欢欢太熟悉了。只是从前画面里的爸爸，这次换成了甜甜，幸福的小孩和门口站着伤神的小孩从甜甜与自己，变成了她俩各自的女儿。她什么也没说，替女儿和自己擦干了眼泪，抱起女儿往外走。下了楼，走到外面大街上，她爸追出来喊"欢欢"，余欢欢看着这个谢顶的小老头——自己的父亲，心里有点悲凉：这个一辈子怕老婆的人，什么时候已经这么老了。

自己家两个门面的租户这时都开了门，在店里看戏一般看着他们。余欢欢把小苹果放在地上，跟爸爸说："要是你还当我是女儿，就听我一句劝。"他爸半张着嘴，茫然地点点头。"我知道甜甜一直有去省城创业的想法。我支持你们支持她，当然了，我不支持也没有用，在这个家我连自己的事都常常决定不了。"她定定神，强忍住就要夺眶而出的眼泪，然后她看见她妈站在二楼的阳台上，虽然拿了个喷壶在浇花，其实也竖着耳朵在听着。她接着说："你们跟她去省城没问题。但是我希望，"她抬头看了看她家的小楼，这个她生活过近十年的小楼，"家里的房子不要卖。这房子，一楼的三间门面，二楼到四楼的房间都可以出租。只要不卖，你们老两口一辈子不用花甜甜他们的钱。万一在省城住得不合适，回来也还有个窝。"她停一下，"要是卖了，回来可就什么都没有了。"她爸爸慨然点头说："你放心，房子不卖，只要我有一口气在，这里永远是你和小苹果的家。"余欢欢抬头往阳台上看，她妈手里的喷壶停在半空，显然也听进去了。

"所以，房子最后还是卖了？"谢书雯突然插话。余欢欢从情绪旋涡里被拉出来，惊异地看了她一眼："是的，卖了。你怎么知道？"通过阳台照进客厅的光线已经不如先时强烈，植物们开始显现出深绿的、寂静的颜色和质感。谢书雯笑笑，示意她说下去。

经此一事，余欢欢觉得，自己潜意识里渴望父母爱的心又被杀死了一次，这次应该是死透了。谢书雯说："这个心还挺不容易死透的。总在你觉得它已经死透了的时候，却发现面对新的伤害，它依然能感觉到痛。"余欢欢看着谢书雯愣了几秒，才喃喃地说："你们读书人就是厉害，好懂人的心理。"

余欢欢继续讲下去。又是大半年过去了，看着小苹果慢慢长大，成了余欢欢生活中最大也几乎是唯一的盼头，自己这辈子，父母靠不住，男人靠不住，能依靠的唯有自己，也许还有女儿。

一天正上班呢，属于中午比较闲的时段，有微信语音打进来，是租她父母家门面房开小饭店的王娟。还是之前余欢欢频繁回父母家的那段时间，两人偶然加了微信。余欢欢接了，就听王娟说："欢欢啊，我们想来市里开奶茶店，但我们两口子从农村出来，想来想去，市里也没有别的认识的人了。就想请你帮打听一下：现在市里奶茶店的行情怎么样？门面租金大概多少？"余欢欢问："怎么，不想在县城做了？"她没说出来的是："你们不租我家门面了？""不是不想在县城做。门面是你们家的时候，两家相处得还可以。可是你们家突然把整栋楼卖给了现在这家姓周的。虽然是带租约卖的，名义上对我们做生意没有影响，可是这姓周的幺蛾子多，一会儿要涨房租，一会儿又说我们炒菜油烟大、他们在二楼呛得慌，劝我们转行。转行就转行，但既然要转行，干脆不租他们家房子了，咱转到市里去……"

听了王娟前三句话，余欢欢就感觉一盆冷水兜头浇下来，从内到外凉了个遍。后面的话她其实已经听不太进去了，满脑子都是：他们还是把房子卖了，却根本没想要通知我。

余欢欢说不下去了，谢书雯不知道说什么好。风从落地长窗吹进来，吹得一屋子绿植飒飒地响。从书橱上、酒柜上、空调上垂下的一蓬蓬绿萝，灰绿的藤蔓在风中飞舞。半晌，余欢欢下决心似的，用一种努力平复情绪的僵硬嗓音说："我现在只想弄清楚一件事，就是我确实不是我爹妈亲生的。如果能证明这个，我也就甘心了，没什么可难过的了。"她看着谢书雯："这些年，我找了几乎所有咱们小时候的邻居——亲戚在这种时候是不会说实话的，只要他们中有一个人告诉我，我是父母抱养的，我也就彻底死心了、解脱了。但是很遗憾，到目前为止，没有一个人能告诉我这个。一个月前，我突然想到了你，你是我能找到的最后一个人了。"余欢欢眼中亮起希望的光，激动得语气都变了，"咱们是发小，你一定会告诉我真话的，对不对？所以，你知不知道，或者听没听奶奶说过：我——不是——父母亲生的孩子？"

在她俩的家乡，有种抱养第一个孩子的风俗。一些难以怀孕的夫妻，去收养别人的一个孩子——一般总是女孩，因为如果是男孩，按政策就没资格再要自己的孩子了；有了这个收养的孩子后，很多妻子真的很快就怀了孕，夫妻俩便有了自己亲生的孩子。从科学上来讲，这也是有依据的，因为收养一个孩子后，夫妻俩面对生育的压力会降低——好歹已经有保底的了；又因为这种"招弟"的传说，也会让他们对怀上自己的孩子比较有信心。双重作用下，夫妻双方心情都会极大放松，怀上孩子的可能性也就大大提高。这风俗，余欢欢知道，谢书雯也知道。

余欢欢几乎是热切地看着谢书雯，那样子像是在期待她的拯救，把她从一个不甘、自怜的深渊中拯救出来——如果她不是亲生的，父母对她的不公平就有了一个比较公平的理由：不是因为她不够好，甚至不是因为她父母不够好，而就是因为双方没有血缘关系这个事实。既然是因为一个不能改变的事实，她也就无须为此怨愤、难过。

谢书雯也看着余欢欢，那意思是，她深深地懂得，也深深地怜惜。可是，到了最后，她却只能看着余欢欢的眼睛一字一句地说："据我奶奶和我说的，你和甜甜一样，都是余阿姨在镇上卫生院生的。余阿姨生你的时候还难产，吃了非常大的苦，差点把命丢了。"说这话的时候，谢书雯脑海中有一个画面：溺水的余欢欢用最后的力气向水面伸出一只手，一只渴望抓住点什么的手，而自己却把那只手向水下用力按回去。

谢书雯亲眼看见余欢欢眼中的光暗了下去，她绝望了。

送走余欢欢，窗外已是落霞满天，映得她的屋子都是粉红色。谢书雯从酒柜里拿出一瓶红酒和一只高脚杯，用开瓶器打开酒，给自己倒了一杯。今天不想批阅学生的论文了。她半躺进沙发里，软软的布艺沙发整个托住了她、容纳了她。

在红酒酽酽的颜色和味道中，谢书雯回想余欢欢的故事，她一个人走在夜晚的深山里，怕得要死。这样的怕，谢书雯一点也不陌生。那时的她已经比当年的余欢欢大多了，可害怕是一样的。她读研究生的时候，每一个除夕夜，爸爸妈妈带着妹妹去姥姥姥爷家团年，而她都被安排这一夜去火车站排队，给妹妹买返校的火车票。妹妹在北京上大学，春节过后返校的票十分难买。因为妹妹要在正月十五离家，而火车票提前十五天开售，爸妈要她第一时间出现在窗口，买到卧铺票，至不济也要买到座位票。至于她自己返校的车票，也许是因为回省城的票相对容易买吧，家里没有人过问。

前半夜，在窗外千家万户的爆竹声中，她一个人在家看春晚、吃年夜饭；到了十一点，她按照爸爸的安排，出门，去火车站。路上的人很少，有的地方有路灯，有的地方没有，时不时有过年的鞭炮声从远处传来。谢书雯一边飞奔，一边机警地左顾右盼。只要迎面看见像乞丐的、或者其他可疑的身影，就马上抄到马路对面去，远远避开他们，再拼命跑，把他们甩在身后。有段时间，她觉得路长得永远也到不了火车站了，但这么想着，却终于看见火车站的灯光了。她如释重负地放慢脚步，走进空荡荡的火车站。一直走近售票窗口，墙上的钟显示十一点十五分，步行需要半小时的路，其实只用了一半时间就到了，但感觉却像跋涉了两个钟头。大厅微黄的灯光下，身上的汗才一齐出出来。

谢书雯当然不是怕鬼，毕竟这是在城市里，她怕的是人。火车站一带是全城治安最乱的地方。就在爸爸自己的单位，就有人曾在这里遭遇不幸。单位聚餐喝酒后，一位女职工独自回家，经过火车站附近，醉醺醺的她被一群乞丐拖入黑巷子，天亮后被环卫工人发现赤身裸体躺在离火车站不到一百米的绿化带里、犹自酣睡着。女职工选择放弃起诉。单位领导专门开会严肃训诫所有人：透露这位女职工姓名和相关信息的，视为单位的叛徒。因此虽然全城都知道这个单位曾有女职工身上发生过那样的惨祸，但即使是谢书雯也不知道，到底是爸爸的哪一位女同事。但这就带来一个副作用——每次见到爸爸的女同事，无论年轻些的或年长的，温柔和蔼的或个性张扬的，谢书雯都会不由自主地在心里想：会不会是这个阿姨？

零点，大年初一到了，窗口开始售票。大部分时候，谢书雯前面还排着几个人，这时候她就会特别担心，万一排在前面的人把去北京的卧铺和坐票都买光了可怎么办呢，爸妈会责备她不上心、去晚了……还好，最后一般总能至少买到坐票。然后，又是一场考验——在恐惧中以间谍的机警、田径运动员的速度跑回家。

谢书雯喝了一大口酒，涩，苦。她和余欢欢的区别是，余欢欢的不幸是一目了然的——至少部分由于父母的逼婚吧，她离了两次婚，做了单亲母亲；而自己受到的伤害是隐性的，是内伤。她一个女博士、大学讲师，谁又能想到她是那个被父母忽视、苛待的女儿？而谢书雯永远不可能像余欢欢那样，这样说可能有点冷酷——对不同的人展示伤口，哪怕是以追寻所谓"真相"的名义。除了读研究生时对男友华青杰，谢书雯不会再对第二个人说："你只看到我现在的学历，但你没看到我的中学是中师，我当过四年小学老师，大学是自学考试，读硕士、博士是公费加上奖学金和勤工俭学。我能有今天，一路走来的苦不足为外人道。"非但如此，她甚至恨不能隐藏自己那段自学考研的经历，隐藏她因未被父母爱过而深入骨髓的自卑。

酒精在发生作用，谢书雯的思绪越飘越远。余欢欢的父母背着她卖了房子。很巧，谢书雯的父母曾背着她买了房子。谢书雯从小被教导，将来她要上中专，让妹妹上高中、考大学，因为家里供不起两个孩子上大学，而姐姐应该让妹妹。就这样，谢书雯初中毕业毫无抵抗地上了师范学校。寒假回家来，却发现自己家已经搬了大房子。虽然是妈妈单位分的家属楼，但也要大笔钱买呀，一笔不会低于四年大学费用的钱。不是说家里不富裕、供不起，所以才要她放弃上高中考大学的吗？但谢书雯没有余欢欢这么强烈的反应，她只是夜里躺在新家的床上悄悄地哭了几次。

谢书雯又喝了一口酒，酒的度数很低，入口却无端觉得辛辣，她呛了一口，呛出了眼泪。余欢欢想证明自己不是父母亲生的，因为她还不明白、不接受，亲生父母的爱本来就并不是无条件的。非独生子女的父母们会因为各种原因不太喜欢自己的某个孩子。比如谢书雯与妹妹谢书慧一样是亲生女儿，只是因为自己童年没有在父母身边长大，没能在最关键的时间段与父母建立起感情；再或者就是在妈妈和奶奶的矛盾中总是站在奶奶一边，破坏了母女亲情，她在父母的眼里，就成了一个外来者、一个闯入者。

据说红酒如香水，有前味、中味、后味，可是谢书雯只尝到苦味。同龄的余欢欢已经结过两次婚、有了一个孩子，而她只谈过一次恋爱。她至今清楚地记得分手的那个夜晚，即将毕业的人们出清闲余物资的地摊在路旁排成两行。空气燠热，人群来来往往。好像全校所有学生都从宿舍、自习室里倾巢而出，来摆地摊、逛地摊了。就在路边的花坛里，离人群二十米远的地方，华青杰最后一次问她："真的决定不要孩子吗？不能给我个机会、也给自己个机会？"她看着他，轻轻，然而坚定地摇头："在一起的两年里，我努力改变过。但母爱这样东西，没有得到过的，怕是不懂怎么去付出。如果我现在告诉你我有可能为你改变，那么，无论对你还是对将来那个可能出生的孩子，都是不负责任的。"华青杰定定地看了她一会儿，痛楚在他的眼睛里昭然若揭。终于，他甩甩头，像要甩掉那些痛苦似的，然后，他掉头而去。在他身后，谢书雯的世界突然变得空阔，同时又变得拥挤，人群的聒噪像海浪，朝她碾压过来。她终于支撑不住，慢慢地蹲下来，慢慢地倒在了草坪上。

在满屋的绿植中，最多的是绿萝。并不是谢书雯有多爱绿萝，实在是因为这种植物太省事、太易活了。只要一茎绿叶，不需要有根；扦插或水培，只需小半杯水，甚至连一捧土都可以不要，便可随处垂下一片绿茵、一丛绿色的瀑布。被人遗忘也没问题，哪怕一个月不浇水，只要有一缕阳光就可以活下来，最多长得瘦一点。不知是不是因为从外界获取的能量低到极限的缘故，它开不出花来，更不用说结种子了。有时谢书雯想，爱的给养与传递，原理也大抵如此。她养的植物多半是这种，好活、只长叶不开花。她朝着满屋的龟背竹、鸭掌木、凤尾竹、文竹、幸福树、绿萝们举了举杯："这辈子，咱们相依为命。"

晚霞暗下去，暮色像一杯滴了墨汁的水，谢书雯眼看着它慢慢变深变浓。酒杯空了，谢书雯又给自己倒上一杯。她下意识地想象余欢欢坐的高铁大致到了什么位置。她太熟悉那条路了，因为她经常在那条一小时地铁、三小时高铁的路上往返。这是谢书雯最羡慕余欢欢的地方，余欢欢的父母瞒着她卖掉房子的做法如一把刀子，狠狠地伤了她，却也帮她完成了与父母的感情切割，如同剪断婴儿与母体连接的脐带。从此，余欢欢便能坦然、没有愧疚地与父母保持距离。但是自己呢，这样的切割从未完成，总是剪不断理还乱。谢书慧北大毕业后出国了，但父母还在国内，头疼脑热、逢年过节，从来不会放过自己。即使父母那边没什么事，谢书雯也要每两个月回去看望他们一次、在家里待半天。从这点上讲，谢书雯想，自己是不如余欢欢的，经历两次离婚后的余欢欢有一种杀伐果断的狠劲，而自己虽然读了那么多书、成了大学老师，但在面对父母的时候，仍然是那个唯唯诺诺的小孩。

天黑了，万物一同沉入无边夜色。据说在黑暗中，人的各种感官包括味觉都会变得更敏感，可是没有用，入口的酒除了苦就是涩。余欢欢父母卖掉房子离开，切断与大女儿的联系，某种程度上也算主动放弃了正常合格父母的位置吧？但在谢书雯家里，父母从来没有错、没有失职过。看看他们的逻辑吧：当年安排她上中专？在条件有限的情况下，姐姐让妹妹是应该的。有钱买房子没钱供女儿上大学？谁说为了让她谢书雯上大学全家就该牺牲生活质量呢？何况，那也没影响谢书雯的发展，她现在是大学老师啊，还要做父母的怎样？退一万步讲，就算他们曾经有一点偏心，但自古"皇帝爱长子，百姓疼幺儿"，他们只是不能免俗而已。谢书雯不是最受宠的那个孩子又怎样？哪个孩子都不是风吹大的，养育之恩、赡养之责并不因此打折啊。而对谢书雯来说，是深觉被亏欠而没有人认账；伤口不被正视、疗愈，就没有痊愈的可能；内心的小孩从未被抚慰，就永远无法长大。

谢书雯一仰头，最后半杯酒下去了。谢书雯从来没喜欢过喝酒，她根本完全不觉得酒好喝，那为什么还要喝呢？她也说不清。就像自己和父母之间明明没有爱，自己心里明明有那么多愤懑，那么多意难平，却还长久地维持着一种表面上的父慈女孝。干吗要粉饰太平呢？因为面子？因为惯性？因为道义？呸，去他的道义。

手机响，是爸爸。谢书雯一凛，除非生病，否则父亲母亲加起来一年也难得给她打一个电话。她赶紧站起来开了灯，努力让声音显得柔和、阳光："爸，是有什么事吗？""也没什么正事。就是昨天，南山镇你余叔叔的大女儿费了老大劲儿联系到我，问了你的电话和单位，说要来省城找你。我想她不是，至少不单纯是为了找你叙旧吧？怎么样，她来过了吗？"谢书雯笑着："她白天来过了。还真没什么事，就是叙旧。""哦，"父亲想了想，"好的，那你早点休息，再见。""嗯。您和妈妈也早点休息，再见。"

原　点

一

　　在这个火锅店包间里，一桌子人都是读书时清如不熟、不一个圈子的同学。大家互相之间并不都清楚现状，于是先来一番自我陈述。轮到清如时，她坦然、平静地说："我在咱们县南山里的一所镇中心小学当语文老师。"空气有几秒钟的凝滞。清如是这里唯一没有上大学的人。

　　很快有人打破沉默："你去做语文老师？那你的学生太幸

福了！你是咱们全班，不，全年级语文最好的人。""是啊，初中时每次作文课你的作文都被当范文，后来我都在心里说：'能不能换个人啊，又是何清如的。'"大家笑了起来。清如也笑着说："不好意思啊，过去年少无知，净给大家添麻烦了。"同学们又笑。

考上了省城211的宋同学说："清如岂止是语文学得好啊，她哪科不好啊。我记得很清楚，她三年下来就没出过年级前三名。她要上了高中，那怎么也得是清北交复啊。"同学们一片附和，清如连忙说："谬赞了，谬赞了。"这个话题就滑过去了。

聊天聊下去，大部分人各有优越感，却又只肯藏着掖着地炫。毕竟虽然学校都很一般，但能走出县城去上大学，已经实现人生跨越了。考到上海某普通院校的孙同学谦虚道："如果我毕业后能有上海的企业愿意要我，只要给我一个月三千块钱，我屁颠儿屁颠儿地就去了。"一位姓徐的女同学说："上海啊，能留很不错。我们那个内陆八线省会城市，根本没法跟上海比，买个房子也要好几十万，将来贷款要还十几年，想想就觉得压力山大啊。"坐在清如旁边的宋同学这时忍不住小声说："嫌压力大可以回县城买啊，几十万买一单元！"清如了解他是替自己不平，于是给他一个微笑，那意思是"没关系，我不介意"。

红油火锅煮得欢快、羊肉卷、茼蒿、豆皮、鳕鱼、虾滑、山药……放进去，再捞出来时就有了麻辣尖鲜的口感，滋味刺激而绵长，空气中净是浓郁的香辣味道。聊天的气氛也称得上是热烈，清如没什么谈资，便静静听他们说话，发现他们似乎很有默契地，不怎么提起当时班里最耀眼的几个名字，比如王晓蕾和一个男生，就算有人无意中提起，也会迅速被旁人岔开话头；但他们对清如却相当客气，反复称赞她当年学业的"辉煌"，清如知道，这仅仅是因为自己现如今"落魄"了，刻意恭维自己，和有意遗忘大学上了TOP5的那几个，都会让他们感觉舒服。看清这一点，清如只觉得人性有趣。

清如想想自己是怎么会莫名其妙来参加这么个人完全不熟的初中同学聚会的？对了，是因为觉得不能再这么继续躲着了。整整三年了，一到寒暑假，她的出租屋就成了她的壳，她这只蜗牛从早到晚、连头到脚都缩在里面。好友王晓蕾在QQ上留言，表情和语气都是咆哮着的："何清如你死掉了吗？""何清如你给我滚出来！"另外两个要好的女生也是到处打听她的行踪。当然后者清如是听说的。

清如是不敢见她们，怕受不了。当时一起玩的几个小伙伴，人家都去了大城市、读了名牌大学，清如想象中进了名牌大学的她们衣着、气质都不一样了；而自己呢，在县城读完中师就去深山里做小学老师，三年下来只怕是变得更土了，怎么见面呢。王晓蕾是清如最好的朋友，小学、初中的同班同学，即使当初晓蕾上高中，清如读中师，晓蕾也趁每周四晚自习老师们开会，溜到师范学校来找清如说话。清如从那时就在做心理准备：总有一天她要面对因为没上大学与晓蕾拉开的巨大人生差距，可当那差距变成现实，她才发现自己仍然无法面对。

快开学了，估计晓蕾这帮人应该都返校了，不会在县城里满街乱转了，清如才敢去超市买食物。没想到遇见宋同学，宋同学看见她很激动，说老同学多年不见了。两人寒暄了几句，宋同学就告诉她有这么一个初中同学聚会，邀请她参加。清如见他那样盛情，就问他都有谁，结果说出来的都是一些当时不太熟的同学，一个关系密切的也没有。清如当场就答应下来——不熟悉，对比就不会太伤人。她准备从难度小的开始，一点点破冰。

饶是这样，当他们真的在她面前谈起留上海、大城市买房这些事的时候——或许人家并没有炫耀的意思，这就是人家真实的今天和明天；但清如却不能不觉得：自己和他们之间隔着山隔着海，他们能抵达的地方，自己永远也到不了了。自己的人生轨迹，不出意外的话是不会超出本县的范围了。在满屋笑语中，她的眼睛不受控制地湿润了。唉，火锅腾起的水汽真大呀。

二

周日下午，清如坐最后一班车回到学校，太阳已西斜，在干净的水泥地面上投下长长的树影。同事们都已经到了，连同他们各自的孩子，大人小孩都围坐在一起，每人手里一袋花花绿绿的零食，中间地上一个大塑料袋，里面还有一堆零食。看见清如，大家都冲她笑。清如一看这情景就知道是怎么回事，果然，自己宿舍的门把手上也挂着一只大塑料袋，一眼看上去就有蛋糕、饼干、巧克力、牛肉条、果冻，比地上那袋还多。清如索性把这个袋子也摘下来，拿给离她最近的徐老师的女儿，那孩子喜出望外地接过和她差不多高的大塑料袋，高高地举着，颠儿颠儿地朝她爸爸走去，徐老师站起来，口中连说"谢谢"。清如冲同事们笑了笑，进宿舍关上了门。

清如坐在桌前，打开一本博尔赫斯的小说，却烦闷得有点读不下去。又是胡大勇！要怎么说他才能明白，她何清如与他绝无可能？又全无品位，就知道送零食！零食！为什么追求自己的都是这种货色呢？

其实胡大勇称得上高大帅气，可是在清如的逻辑里，一个男人如果只有"帅气"而没有思想的话，那"帅气"基本是一种缺点，因为这只会提醒别人——他与外表不匹配的内在。

中师毕业被分配到南山里的这所小学时，何清如和同事们才只有十八岁。小地方人特别重视所谓"正式工作"，全县有正式在编工作的人就那么些，其中未婚女性就更稀有了。于是不管贤愚美丑，清如和她的同事们每个人都发现自己突然有了一群追求者。胡大勇也是那个时候出现在清如身边的。唯一不同的是，他和清如认识很多年了。他是清如的初中同学，读书时成绩相当一般，以致清如对他根本没有留下什么印象。他和清如一样上了一所中专，毕业后凭家里的关系分配到县里一个要害部门，很快当上了副科长，听说居然"吃香"起来。

时间飞快流逝，一起来这所小学的女孩子们很快谈起了恋爱，披上婚纱成为人妇，怀孕、当上了母亲。二十五岁那年，随着同事中最后一位办了婚礼，清如知道，只有自己被"剩下"了。

与此同时，追求她的人渐渐转移、各自结婚，后来仍常在她身边出现的，便只剩胡大勇一人。清如和胡大勇严肃地说过"我和你绝无可能"，之后就再不理他，他打电话不接，发短信不回；他来学校找她，她便给他冷脸；他送的鲜花及别的礼物，她永远拒收。但他仍然锲而不舍，开动脑筋变着花样送东西，清如爱的书，一般女孩子爱的小工艺品、饰品，全都被当面退回。

市里刚有了第一家进口食品超市，有一次，胡大勇去买了一大包零食，送来学校时清如还在县城没有回来，他临走前把袋子挂在清如的宿舍门把手上。等清如到了学校，看见几个同事的孩子眼巴巴地围着那个袋子看，她心一软，当场拿过塑料袋把里面的东西分给孩子们，孩子们捧着抱着乐呵呵地回去了。

从那以后，胡大勇只要来，必带进口零食，因为这是唯一不会被清如退回的东西。而且他很快发现，这类东西很受清如同事们欢迎，便一次带两份，一份当场分给大家，一份留给清如。就这样，胡大勇在南山镇中心小学的人缘越来越好，清如的同事们都乐意给他当眼线，清如什么时候回县城、什么时候在学校，生病了，得奖了，都有人报告给他，以便让他在正确的时间出现在清如面前。可是无论他出现的时间再怎么正确，都改变不了一个事实：对清如来说，他不是正确的人。

只有一次，寒假的一天，清如在自己县城的出租屋里辗转呼号——例假头一天，肚子疼得她全身大汗、贴身衣物都被冷汗浸透。每个月的这一天，清如都靠止疼药续命，但是这一天，吃了药也不管用。把药盒够过来一看，怪不得，都过期一年了。恐惧瞬间笼罩了她——以她现在的情况，是绝对走不到最近的药店去买一粒止疼药的，这疼痛的酷刑自己还要承受多久，难道就要这样悄无声息地疼死在出租屋里吗？冰凉的泪水滑过脸颊。这时手机突然响起，清如像看见救命稻草一样，用疼到痉挛的手将手机拨过来，胡大勇！清如疼得感觉视线都模糊了，她担心自己下一秒就要晕厥——过去确实有疼晕过去的时候。她抖着手摁了接听键，吸着气说："胡大勇，麻烦你个事，马上去药店买一板布洛芬胶囊，送到我住处，我住在小东关48号顶楼。"胡大勇在那边愣了几秒，回答："好的，我尽快。"

二十分钟后，敲门声响起，清如脚踩在棉花上一般，挪到门边打开了门。门外胡大勇赶紧一把扶住她，轻声说："躺回床上去。"

清如靠在床头，闭着眼睛喘气。胡大勇在这间一室一厅的小屋子里找暖瓶、杯子，服侍清如吃了药，又端来一大杯热热的东西，拿了小汤匙喂清如喝，清如顺从地喝下，很甜，很辣，睁开眼睛一看，黑红、半透明的液体，是胡大勇带的姜汁红糖。清如心里一暖，不知是疼的还是怎么的，眼泪突然滚落下来。胡大勇见了忙放下杯子，从随身带的公文包里翻出面巾纸，抽出一张展开来，笨拙地替清如抹泪。清如的泪极不争气地继续涌出来，越涌越多，她索性从胡大勇手中夺过面巾纸盖在脸上，好一会儿才平静下来。

喝完红糖水，又过了二十分钟左右，药开始起效，清如的疼痛减缓了很多，有力气睁开眼了。胡大勇吁了口气："刚才进来第一眼看你脸煞白，疼得一头汗，吓得我。这会儿嘴唇好歹有点血色了。怎么会这么疼，看过医生吗？"清如疲倦地摇头："看过，胎里带的，没治。谢谢你了。"神情语气都是送客的意思。

胡大勇有点手足无措地指着厅里说："给你带了鸽子汤，等没那么疼了，好好睡一觉，起来把鸽子汤放在锅里热热，再吃。滋补的，对你这种情况有好处。"清如点点头："谢谢你了。再见。"她拒绝了胡大勇搀扶的手，慢慢躺下去，闭上眼睛。半晌，听见胡大勇出去、带上门的声音。

即使在那样狼狈、虚弱的时刻，何清如也清楚地知道，自己绝对没办法接受胡大勇。

身边的人都说清如眼光太高了，清如自己也如此觉得。这个高不是要对方有多少钱，多高官位——当然，小县城也不会有多大的官。清如希望，对方是一个好的谈话对手，聊天的时候，自己的话对方能接得住；对方的阅读量，能够与自己大致相当；最好，能够上过大学本科，因为清如本人没有上过大学，这也是她一生最大的遗憾。清如知道，用这个标准找对象，在这个小县城里符合标准的就算不是完全没有吧，反正悬得很。同时她也知道，在这个每个人都很现实的时代，还坚持这样虚无缥缈的标准，在别人眼里就是匪夷所思，就是脑子坏了。所以，当有人问她"你找对象的标准到底是什么"的时候，清如一般都是笑而不语，于是人们更加觉得她标准高且莫测了。

最近几个月，同事们隐约觉得，清如许是谈恋爱了，她的行踪，她打电话时的娇柔表情，无不表明这一点。但是由于某种原因，那人从未在清如的朋友、同事面前出现过，而清如本人也从未承认。

三

清如中师毕业的时候，已经拿到了自学考试大专毕业证；工作三年后，在她二十一岁那年，又拿到了自考本科学历，此时她那些正常上大学的同学还有一年才能本科毕业。在县里，清如的学历算是已经到顶了。中心小学甚至没法采用清如的本科学历，因为大专学历对应小学一级教师职称，再往上就是小学高级教师，而高级职称一般与学历无关，只和校长、副校长、教务主任这些职务有关。所以在县里，一般来说，当小学老师大专学历就到顶了，清如也是这个学校有史以来第一个有本科学历的教师。

自学似乎已经走到了尽头，接下来，清如该做些什么呢？她打小的梦想是当作家，中师时在校报上发表了不少文章。拿到本科学历又无人可以谈恋爱的清如重新开始写文章、投稿。散文很快在县报、市报上发表了，然后，她写了第一篇小说，故事是讲一个师范大学毕业的县城女教师的奇葩相亲经历，她遇上形形色色的男人，有的是官迷，有的是大男子主义者，有的是财迷加吝啬鬼，有的是不学无术的伪文青，有的甚至是以上几种类型的混合杂交品种。最后女教师对县城的男人绝望了，她决定辞掉公职，去省城的私立中学。这篇一万多字的小说，很快在市文联的刊物上发表了。

受到鼓励的清如接着写了第二篇小说，讲一个读初中的女孩，她的母亲在她很小的时候就去世了，后妈又给她生了一个妹妹，虽然生活在后妈的精神虐待和物质苛待之下，但她一直保持着精神上的独立和骄傲。因为她爱阅读，阅读让她看到外面的世界，她相信她是属于那个世界的，而后妈只能存在于当下的世界中。直到爸爸和后妈一道做出了不让她上高中而是上中专的决定，她终于崩溃了，因为那意味着现实中她永远也去不了远方了。崩溃之后，她发现阅读仍然是她隐形的翅膀，可以承载着她在精神的世界中漫游。在经历了四个月的漫长等待后，这篇小说在省作协的刊物上发表了。这更加坚定了清如写作的信心，她觉得自己终于找到了精神上的出路——看见小说发表，就是她生活中最大的意义和安慰。

一转眼清如已经二十五岁了，有一天下午，学生放学了，学校的晚饭还早，老师们围坐在院子里聊天，话题不知怎么就转到了清如这里，一位刚刚结婚的女老师嘴角带笑说："清如真是咱们的才女啊。可是你的文章发表在杂志上，现在也没有人看那些杂志。如果不是经常看见你收稿费和样刊，我们也不知道啊。还不如那些发表在市报、县报上的，那些报纸是从校长到县长都会看的，你说是不是？"清如听了，微微一笑。

清如当天晚上就写了一篇三千字的散文，记述了她与山里小学生之间的几件温暖小事，写得很轻松，写完又觉得好笑，都这么大人了，怎么还经不起别人两句奚落，但既然已经写了，清如第二天还是把它投出去了，这次是寄给省报。

结果给省报的投稿遇到了一些波折。在一个将雨未雨、气压低沉的下午，清如烦躁地把刚写了个开头的稿纸团成一团扔进字纸篓，拿起手机打了省报副刊部的电话。电话响了很久都无人接听。清如不甘心，重拨，这次有人接听了："您好，副刊部。"清如定了定神，尽可能克制地说："副刊部是吧。我是给你们投过稿的作者。我先后投了五篇，通过邮局寄信、直接发邮箱的都有。快半年过去了，没有一篇有回应。我不是说你们就该用我的文章，而是如果你们不用的话，能否通知作者一声，以示最起码的尊重？不要多，就回复'退稿'二字就行，可以吗？比如我写了一篇影评，如果能及时知道不合适你们，我就可以投给别的刊物，不用等到电影下线后无处可投。这样可以吗？业余写作不易，每一篇文章都有成本，希望你们能体谅。谢谢！"

对方很有耐心地听清如发泄完，柔和而沉着地说："对不起，首先我为我们的疏忽抱歉。我们的来稿量很大，可能有时没能做到及时退稿。请问您的姓名？您的稿件是什么时候发出的？我们马上处理一下。"他的声音低沉而有磁性，有如夏日林间的风，又有水一样的柔韧力量，清如的火气、烦躁下去了大半。她回答了对方的问题，还是有点不放心，下意识地问了对方"贵姓"，那边非常有礼地回答"免贵，姓浦"，清如这才满意地挂了电话。姓浦——清如心念一动，找出省报，在副刊版面上看见"主编　浦志修"几个字。

到了傍晚，清如就收到了对方的邮件。是浦志修用私人邮箱发出的，全文是：

何清如老师：

　　您好。对于我们在处理您稿件上的延误，再次对您说抱歉。五篇稿件我全部看过，除了其中的影评因为电影早已下线失去了时效性以外，其他都很好，也适合我们版面的风格，将间隔着采用（因为不能连续刊

用同一作者的文章），请您放心。很高兴又发现了一位
有才华有灵气的新作者，以后再向我刊投稿，发到投
稿邮箱的同时可通知我，我请同事们及时查看、采用。
这是我的私人邮箱，此外留下我的手机号，可发短信、
打电话给我。

祝好

浦志修
即日

清如看着看着，嘴角上翘，笑容一点点溢上来。

如浦志修邮件里说的那样，何清如的四篇文章以一个月一篇的频率发表在省报副刊上，接下来是第五篇、第六篇……在这个过程中，她与浦志修的私交也越来越密切。第一次，她只是在发送过文稿之后发个短信给浦志修，浦志修简短回复"知"。后来浦志修会告诉清如他在外地开会，已通知同事查收；出于礼貌，清如会回复："多保重。"浦志修很快回复："出短差，明天就回来了。"清如便回复一个笑脸。

后来两人加了QQ，南山小学没有网络，清如只有周五晚上回县城到网吧才能上QQ，然后她发现浦志修给她留言了，说的是刚到她所在的那个市出差了，想给她打电话的，想了想还是没好意思。后面配了个害羞的表情。清如马上回复：为什么呀？怎么就不给我一个做东道主的机会呀。下次再来一定要告诉我

啊，不然生气了。配上一个"哼"的表情。

到了下一周的周五晚上，回到县城，清如便去网吧，上QQ，浦志修果然已经回复了：好的，一定。又以离线文件发来十多张照片，拍的是他刚刚发表在全国最高文学刊物上的一篇小说，封面、目录以及正文。何清如保存了图片，放大，一页页细细地看过去，讲的是一个大学教授与自己女学生的婚外恋故事，结局是教授无奈离开了女学生。俗套的故事，却被以小说家的敏锐、非凡的写实功力写得情真意切，哀感动人，看得清如落下泪来。她擦去眼泪，细细地写了两千字的读后感，发了离线文件给他，又将那些图片拷进自己的 U 盘，删掉网吧电脑上的，离开。

又一个周五晚上，何清如来到网吧，QQ 一上线，小企鹅就叫个不停，浦志修的头像闪动，清如发现发给浦志修的读后感已经被接收了，与此同时对方发来一句：你来啦，以及一个调皮吐舌头的表情。一看时间居然就是此刻。他在线！清如喜出望外，发出两个字：嗯哪。浦志修发来一段话：感谢你那样细致地读我的小说，且领会得那样透彻，有你这样的读者是写作者的幸运。清如说：是你写得好，没想到男性作家写情感，也能写得这样细腻、深刻。浦志修说：故事是有原型的，是我的一个朋友……

两人就这么聊着，从各自的作品聊到了各自的生活。清如第一次发现，自己似乎天生适合网聊，她把从书里看来的那些有趣的句子、情节，平时无人可以分享的内容，无人可以接得住的梗，全都抛给浦志修，而浦志修不但全部妥妥地接住了，往往还抛回更有趣、更有回味的料。清如从未与一个人聊得这样开心过。

时间过得惊人地快，仿佛才在网吧坐下一刻钟，墙上的钟却已经指向了十点。清如刚有点踟蹰，对方发来一句：对了，你在哪里上网？清如回复：网吧。对方说：那么赶紧回家吧，安全要紧。清如慢慢地打出一个"嗯"。对方发来一个再见的表情。清如退出QQ，结账，出了网吧。

夜晚十点多的县城街道几乎空无一人，路灯昏黄，夜风吹得人全身发凉，清如裹紧风衣小跑了起来。

回到一个人的家，打开灯，一室暖黄色的灯光下，是清如的书桌和书、墙角婆娑的绿植，里间是卧室，墙上挂着清如喜爱的无名画家的画。这间五十平米的出租屋是清如的壳，只要回到这间屋子里，清如就由衷地感到安全、安心。

短信响起，是浦志修："到家了吗？没被妈妈骂吧？"笑容爬上清如的脸："刚到家。没有啊，我一个人住一套房。"浦志修的电话立刻打进来，声音带着笑："不会吧？你个小丫头，父母怎么舍得你一个人住？"清如笑而不答。浦志修转移了话题，提醒清如要锁好门窗，注意安全。清如一一答应了，又问浦志修为什么还在办公室，他说："加班啊。"清如就笑了。浦志修也笑："以加班的名义聊天啊。你到家了，我也该回家了。"清如就说：

"早点回去，注意安全。""那么，晚安。""晚安。"挂了电话，清如保持那个嘴角上翘的表情，坐在书桌前发了好一会儿呆。

从第二天起，浦志修随时给清如发短信，内容不过是"吃饭了没？""明天出差到上海，好烦出差。"清如一条条回复，感觉沉闷的生活打开了一扇窗，窗外蓝天高远，和风习习。

四

半年以来，何清如这个名字和她的文章每月一次出现在省报副刊上，这在小县城是一件不寻常的事。县一中、二中很快通过教育局了解了何清如的情况，得知她有本科文凭后便想借调她。与此同时，县委宣传部也动了借调她的心思。有两位干事专门到南山镇中心小学来，在见了何清如本人，当面确认了省报、市报上那些署名"何清如"的文章真是眼前这个人写的之后，又给她出了一道考题，要求她在一个小时内以"变"为题，写一篇文章。清如抱着玩笑的心态接受了考试。

在学校的会议室，监考的两位干事一边抽烟、一边低声聊天，一旁的何清如用四十分钟就交了卷。两位干事阅了卷，赞叹不已，拿着她的考卷回去向领导复命。过了一周，县教育局就通知中心小学，说收到了县委宣传部的借调函，要求何清如老师尽快到宣传部报到。

校长和同事们看清如的眼光充满了羡慕、嫉妒。谁不想调回县城工作啊，同事中有的人托了无数的关系、花了大把的钱，最终还是调不回去；而何清如就这样轻易地拿到了回县城的船票，并且貌似还踏上了"仕途"，这再次印证了他们平时对她的印象——这人不是一般人，有才。而何清如同时面对去县委宣传部、一中和二中的机会，有点举棋不定。

校长知道了激动得嘶哑着嗓子说："当然是去宣传部啊，何老师。"一位男同事也讪笑着说："你傻啊，去一中、二中，干得再好也就是个兵；去宣传部，那可就走仕途了呀。"更有懂行的说："宣传部是常委部门，级别比教育局要高，等于去了直接就是领导啊。"何清如对所谓仕途不仕途的完全没有兴趣，她喜欢做老师，语文老师，因为可以和文字打交道。她的第一梦想是当作家，第二梦想就是当大学老师。现在看来，第二梦想比起第一梦想更像天上的月亮，根本无由触及。

既然三个选择都与理想无关，而大家又都这么看好宣传部，清如就有一点动心。而且她私下里还有一个想法：她是写小说的人，写小说就要尽可能多地接触不同的环境、不同的人，一中、二中和目前的中心小学应该相似的地方比较多；而政府机关是个全新的环境，自己从未接触过，不妨去看看，如果不适合、不想留下来，那时再去一中或者二中好了。

就这样，何清如借调到了县委宣传部。

在宣传部，清如有了自己的专属办公电脑，随时可以上网，就一直挂着QQ，随时回答浦志修突然发过来的"在干吗？"清如的新工作任务很重，主要是学着写各种公文、领导讲话、宣传文稿，白天她总是很忙，除了被动回复，她实在腾不出更多时间来聊天了。于是下班以后，她便一个人留在办公室里，和浦志修聊天。因为有了下班后聊天这个盼头，清如一整天都沉浸在快乐里，这快乐似一层能量保护层，哪怕工作氛围再压抑，要写的文稿再枯燥艰涩、再令人不适，都伤害不了她分毫。

他们彼此已经对对方的生活比较了解了。清如知道他比自己大十六岁，妻子是省城一所著名大学的副教授，女儿快小学毕业，知道他每天工作的大致内容、作息时间；而浦志修也知道了她的年龄，家庭情况，求学、工作经历。两人就差还不知道对方长什么样子，其实只要视频一下就真相大白了，可是两人都是执拗的人，心照不宣地想要守着这份神秘和"纯洁"，因为一视频就搞得类似时下流行的网友见面了，似乎亵渎了什么。

该来的终究会来。浦志修来清如所在的市开笔会，他提前一个月就跟清如说，到时他要从会上溜出来，与清如见面。

这是一个周六。大清早，空气中弥漫着不寻常的气氛，连路边鸟儿的叫声听上去都和平时不大一样。清如坐了首班车从县城来到市里。这城市并不大，时间还早，清如决定步行到浦志修开会的宾馆。一路上见到的市里姑娘打扮得明显要比县城姑娘时髦、洋气得多，清如想，省城的姑娘只会更精致时髦，再低头看看自己，清汤挂面式长发，白衬衫、卡其色棉布长裙套在瘦削的身材上，黑色圆头平底鞋，白色的布包——为了见他，她已经刻意打扮过了，不然不会穿起长裙。然而仍然太过素净。她只能自嘲："咱腹有诗书气自华啊。"

到了浦志修说的宾馆，远远地就看见一个男人站在宾馆门口，身姿笔挺地，白衬衫、卡其裤穿在他身上居然有几分飘逸。他看见她了，远远地朝她挥了挥手。清如也扬起手挥了挥。两人各自往前走了几步，四目相对，都有些不好意思地笑起来。

然后清如问："你怎么就能知道是我？不怕认错人吗？"浦志修说："不会认错的。""为什么？""因为你和我想象的一模一样。"清如低头笑。浦志修问："我和你想象的一样吗？""一样，也不一样。""怎么解？""和我想象中一样的一身书卷气，比我想象的更年轻，和，英俊。"浦志修笑起来。

浦志修只有大半天的时间，清如带他去了翠湖。翠湖离市里四十分钟车程，群山青翠，在群山谷底，幽幽的一泓碧水，就是翠湖了。由于山高路难走，这里游人稀少，两人租了一条小船，面对面坐着慢慢划。也许是平时线上聊天已经说了太多的话，此刻两人都只想静静地。静默中有默契在流淌，好像彼此已经认识了几十年。这是一个阴天，远处的群山半掩在云雾中，影影绰绰的。湖面也氤氲着一层水汽，不时有白色的水鸟飞过。两人都不说话，静得只听见木桨划水的声音。

划到湖心时，浦志修示意回岸边去，两人便往回划。上了岸，差不多已经到了中午时分。湖边一家饭馆，挂着"翠湖鲜鱼"的巨大招牌。浦志修便说："我请你吃翠湖的鱼。"清如说：

"我请你。"两人便进了饭馆。老板是个多话的中年人，看着他俩点菜，老板笑笑地说："两位来我们店算来对了，我们店可吉利了。学生来了考北京，情侣来了准能成。嘿嘿。"浦志修和清如对看一眼，笑了。

"翠湖鲜鱼"应该是鲜的，但两人都没有吃出味道来。浦志修忙着照顾清如，给她夹菜、剔鱼刺，像兄长。清如忙着看浦志修。他真好看啊，那种好看不只是皮相的英俊，虽然他的确是英俊的，但更多的是经过书香熏陶、岁月沉淀后的一种恬淡得宜；离得这样近看他，已经不算年轻了，但每一条细纹看着都那么自然、那么本真。刚才在船上还不好意思看，这会儿知道能看的时间不多了，清如便忍不住要把这点时间用足了，有一眼没一眼地看，浦志修发觉了，脸上竟掠过一丝红潮，这样一来，清如觉得自己的面颊也发起烧来。

吃完"翠湖鲜鱼"，两人沿着长长的湖堤往车站走。路两边是春末夏初的林子，新鲜而湿润，像随时有露水要从叶尖滴下来。两人走得很慢很慢，浦志修问："今后有什么打算？""你说我自己么？写字，其余不知道。""好，你继续写，我继续给你发表。你若写小说、诗歌，我给你推荐给刊物。""嗯哪。"

慢慢地走，终究还是走到了翠湖车站，在这里，两人要各自坐车回县里和市里。清如想先送浦志修回市里，他不肯，一定要看着清如坐的车先走。于是清如坐上靠窗的位置，回头看见浦志修站在若有若无的阳光下，静默地看着自己，眼神不舍又哀伤。清如的泪一下子涌上来。这时车开了，浦志修高高地举起手用力挥，清如只敢轻轻地挥手，可还是把眼泪挥下来了，她任眼泪滚落，没有抬手去擦，以为这样浦志修就看不到她的泪。水雾朦胧中，浦志修一直伫立在原地不曾离去，立成一个白色的影子。直到车子拐弯，再也看不到了，清如才敢抬手拭泪。

清如不知道浦志修是何时抵达省城的，事实上，接下来几天她都没敢上QQ，而浦志修也没有发信息或打电话给她。

一星期过去，周六加班写了一天材料，周日，在一个浑浑噩噩的白天之后，黄昏时分清如终于忍不住回宣传部的办公室打开电脑，如同马上要揭晓一个吉凶未卜的答案，她抖着手输入密码，登上了QQ。

过去一星期的每一天，浦志修都有留言给她，"我到家了。你在做什么？""上班，想念翠湖了。""你为什么不上线？或者隐身不说话？你是对我见光死了吗？（吐舌头的表情）"……直到前一天，浦志修仍留言："告诉我你的详细地址，我要寄给你一样东西。"清如感觉过去一周自己的心脏被一根看不见的绳索提着，要到这一刻才回到原来的位置。她长长舒了一口气，忍住眼中的泪，键入宣传部的地址发送过去，然而那头却没有回复，他的QQ头像是灰色的。他不在线。清如关了电脑，在夜风中慢慢地走回去，内心是从未有过的喜悦宁静。

隔了一天，清如收到一个包裹，居然是一台全新的笔记本电脑。清如打电话给浦志修，电话通了，他的声音轻快如昔："收到了？""嗯。"清如本来想问他为什么突然送礼物给她，可是那一刻居然觉得嗓子哑得说不出话来。浦志修继续说："你的住处有网线吧，以后就不用在外面上完网才回家了，不安全。"清如只能继续"嗯"，连个"谢谢"都说不出来。

　　当天下班后，清如就请房东来弄好了房间里的网线，晚上，她就真的靠在床头跟浦志修聊天了。很快就是五一假期，清如便跟浦志修说：我还没有去过省会，想这个五一去看看，初步准备去投奔在省会工作的初中同学，如果你有时间，就出来见见。过了好一会儿，浦志修才回复：不要投奔同学了，多不方便啊。我提前给你订好宾馆，届时你就住在宾馆，白天我来给你当导游，我应该比你的同学对这个城市更了解和熟悉。清如按捺住心跳敲了一个字发送出去：好。

五

　　从踏入宣传部的第一天起，清如就知道那里不适合她。她原来所在的中心小学，除了校长、副校长和教务主任是领导，同事们都是老师，整体气氛比较平等；又因为每个人的职称、收入只与自己的学历有关，教学之外大家都埋头弄函授、自考，相互之间竞争很弱，所以相处很和谐。离县城四十分钟车程的南山镇中心小学更像是一个世外桃源，这里学生、老师都相对单纯，起码在清如眼里是这样。而宣传部是一个等级森严的世界，部长、常务副部长、副部长，科长、副科长，科员以及何清如这样的借调人员，每个层级的人地位是截然不同的，说话的方式、分量也是截然不同的。同事间的竞争、算计、防备，一切都在机关大楼安静的空气中涌动。

同样让她不喜欢的是工作内容。写小说、写散文讲究的是自由的思想、鲜活的形式，而公文讲究的是"规范"，一切按套路来，你所谓的"灵活"那叫不入流。公文的措辞也完全是另一套话语体系，与清如从小读的书的文风完全不同。如果说这些还可以学，那么领导讲话稿的分寸把握简直是一门学问，比如同样是部署工作，部长怎样说，副部长怎样说；讲话怎样说，主持会议又是怎样说，其间的微妙你就细品吧。你有文采又怎样，公文最不需要的就是诗情画意，而那点文采要想恰如其分地运用到领导讲话稿里，难呢。总之，写小说、散文是我手写我心；写公文、领导讲话是要猜度别人需要你怎么写。

还有一点，清如在中心小学时，老师们工作在校园、生活也在校园，校园是"单位"，更是老师们的"家"，每天除上课之外，老师们是完全自由的。不上课的时候，清如可以在宿舍批改作业、读自己的书，也可以洗头、洗衣服，还可以到学校外面的镇上去买东西，心理上完全没有"上班"的束缚感。但在宣传部就不是这样，每人一个工位，从早坐到晚，上班时间活动范围基本不超出办公楼，离开自己的办公室到隔壁办公室就算串门，那感觉岂不与坐牢无异，当然这是清如来宣传部之前的担心。真正来了以后这倒不是大问题，因为太多的材料要看、要写，往往是忙着忙着一抬头，发现同事已经在收拾公文包——到下班时间了，太忙了，根本没时间去想自己是不是在"坐牢"。

这一切的一切，加在一起就是三个字：不自由。她想起一句话：当官不自在，自在不当官。她一点也不爱当官，却那么爱自由，那么何苦委屈自己呢？想清楚这些，清如之所以没有很快就提出要回去，是因为她觉得，第一，她是一个写小说的人，哪怕为了增加人生阅历、为以后的写作积累素材也应该多待一段时间；第二，公文也是一种"文章"，只要是文章她就想学习。就这样，清如在宣传部待了半年。最后让清如决定要尽快回去，是因为她受到了领导的表扬。

是的，表扬。这半年来，清如勤勤恳恳地工作，她的文字功底本来就扎实，上手非常快，半年下来已经成了文稿主力，科长、副科长已经习惯把越来越多的文稿派给她写。时间长了，分管他们科的常务副部长就知道有她这个人的存在了。日前一篇讲话稿让部长很满意，表扬了分管部长，分管部长就直接把清如叫到办公室，满面笑容地赞赏、鼓励了她。

清如听得暗暗心惊。大半年的公文写下来，每写一篇清如都觉得，公文从思维模式到表达方式完全与自己所受的文学教育背道而驰，自己读了那么多小说、散文，好容易让自己的思维变得灵性轻扬，语言变得丰润多汁，而公文却要把她的语言重新压平、风干、造型、塑封。她经常一边写公文一边痛苦地想，自己的语言正在遭受降维打击，从三维坍塌成二维。其实她把领导讲话写到今天这种水平，是付出了比一般人更多的努力、更大的代价的，因为她要不停地纠正自己的思维习惯，完全是无谓的好胜心才让她坚持到了今天。此刻常务副部长的赞许如一桶冰水，一下子浇醒了她：原来我的讲话稿已经写得这么溜了吗？我这么快就适应了这种思维方式和写作套路？这样下去我以后还能写好小说和散文吗？如果不能，活着还有什么意思呢？常务副部长说："小何啊，你只管好好写材料，其他的事情交给部里。我会跟部长汇报，下次县编委会议，争取把你的工作关系正式调过来。"清如如梦方醒般地说："不，部长。我还是想回南山镇小学。"常务副部长没反应过来："啊？""我想回南山镇中心小学。我觉得自己更适合教书。"常务副部长手中的不锈钢保温杯重重地搁在桌子上。

宣传部的同事们听说了简直要惊呆了，谁不知县委宣传部是核心部门、是出干部的地方，然而居然有人要放弃宣传部回南山里那个破小学教书？震惊、不以为然、冷笑之后，对于何清如的自请离开，居然是几家欢乐几家愁。愁的是清如所在综合科的科长、副科长。他俩虽然只是科长、副科长，但因为何清如的存在，这几个月已经差不多有了副部长的待遇，可以跷起腿来不用自己写了。她要一走，他俩又要亲自写了，简直损失惨重。就算另有新人进来，重新培养也需要时间，何况去哪里找何清如这种语文基础的呢。欢乐的是科员、办事员们，少了一个强劲的竞争对手，他们在这个单位的位次可以往前移一位。其实不过少了一个何清如而已，却有十多个人都觉得自己可以早两三年当上副科长，然后再早两三年当上科长……

这一切都在清如眼里，却又不在她心上，包括常务副部长最后跟她说的那句话："你要想清楚，从宣传部回去的人，在全县也基本很难有别的单位肯要了。"她以最快的速度交接好工作，离开了县委宣传部。

回到学校的那天，中午的太阳照着一点变化也没有的南山镇和镇中心小学，照得人们都懒洋洋的。清如背着一个小小的双肩包走进校园，从校长到同事，大家和她打招呼的语气和笑容里都充满了惋惜和同情。只有她原先带的五年级一班的同学听说了，像一群小鸟儿一样地飞过来看何老师，围着何老师热切而害羞地笑，眼睛里透着真真切切的开心。校长无比和蔼地说："小何啊，不要难过，还有其他机会。"清如只好点点头，感觉不表现出点难过都对不起校长亲切的安慰。

那时候清如还不确切地知道，没有其他机会了。因为她主动请辞而大动肝火的常务副部长亲自致电县教育局长："何清如这个人事业心有问题，以后能不动就不动吧。"清如本来想着后面可以去县一中呢，然而一中和二中都像是忘了曾向清如发过邀请一样，再也没提这茬儿。何清如便继续在南山镇做小学教师，好在，她也并不真的在乎能不能回县城工作。她想要的一直是读名校、去远方，既然这个愿望不能实现，那么在南山镇还是在县城工作，在她看来没有明显区别，都是走不出这个小小的县。尤其是当下，有更重要的人和事占据了她的注意力。

六

五一假期，清如提前买好了火车票，到了放假前一天，又提前到了火车站，在候车室看了两个小时的书，晚上七点多，车来了，清如随人流一起上了车，火车一声长鸣离开了县城。清如给浦志修发短信："车开了。"浦志修回复："等你。"

这是清如长这么大第一次离开家乡。

车里人不多，很多座位空着，人们表情漠然。昏黄的日光灯下，整个车厢有种梦境般的氛围。坐在座位上，窗外一片漆黑，窗玻璃便成了一面巨大而清晰的镜子，倒映着车里的情景，像有两辆火车、两个平行世界在同时运行。清如想，终于要出去看看县城以外的世界了。自己的许多小伙伴、同班同学和自己一样在小县城里长大，然而在十八岁那年的高考之后，他们纷纷走出去，走入外面更广大的世界，只有自己像潮水过后沙滩上的贝壳，被孤零零地留下来了。而今二十六岁的自己终于也要出去看看了，然而也只是去看看而已，很快还要回来。能长久收留自己的，始终只能是那个小县城，是南山里那所小学。

夜渐深，原本吃东西、看书报、围坐打扑克的人渐渐在座位上和衣睡去，有人睡在一排三个座位上，大概是经常乘火车的人。连列车员都不见了，只偶尔偶尔，有人穿过过道走向车厢连接处的洗手间或打开水处。火车前进、撞击铁轨的声音单调，听得久了，清如也在座位上沉沉睡去。

　　再睁开眼时，天已经亮了。窗外晨曦中的景观是清如从来没有看到过的。她的家乡是丘陵地带，无论站在哪里往远处看，目力所及的地方都是山。但这里是几百公里外的平原，省会的周边，放眼望去沃野千里，太阳在地平线上露出小半个脸，分外夺目，华光万丈。火车再向前，越发靠近省会，高大的建筑多起来，大都市的气象一点点逼近眼前。又走了四十分钟，火车进站了。

　　随着人流出站，接站的人群中清如一眼看见浦志修，依然是白衬衫、卡其裤，在黑压压的人群中显得格外干净、夺目。他也看见竹青，远远地挥手，一脸阳光灿烂的笑。她走到他面前，仰脸看着他，调皮地说："你也在这里呀，好巧。"浦志修也狡黠地冲她眨眨眼："是啊，好巧。"清如大乐。浦志修接过她的行李说："累不累？先回宾馆放下行李吧。"清如点点头，紧跟着他往外走。

　　清如坐在浦志修的黑色别克里，看这城市的繁华万丈、车水马龙，身边是沉稳开车的英俊男人，一时她的心里五味杂陈。眼前的街景熟悉如梦中曾见：她曾透过张爱玲、白先勇、李碧华、亦舒们，见识过城市的千种旖旎；而曹雪芹、荷马、但丁、莎士比亚、托尔斯泰、雨果们则带她看过更加广袤无垠的世界；但现实中她却只能偏居于深山里的小镇，入夜黑漆漆一片，连灯光都没有几星，所谓"心在明月，身在沟渠"不过如此。以为此生也不可能遇到喜欢的人了，谁知居然遇到了，然而——

在清如的思绪游离中，浦志修已经把车开到了预定好的酒店、停好。两人进了房间，放下清如的行李，浦志修又问："累不累？"清如原地蹦了蹦："不累！""那我们这就出门去游逛？""好！"

他带她坐城市观光巴士，绕城半圈看这城市的全貌；带她吃藏在巷子深处、只有真正的本地人才知道的、好吃得要命的小吃；用大半天的时间泡在省博物馆，看本省的历史文化变迁；华灯初上，两人从博物馆出来，打车去步行街，看这城市在夜色中最温柔繁华的样子，挤在人群里吃路边摊小吃，相视而笑。吃完东西，两人在人群中穿行，去看各种流光溢彩的民俗店铺，拥挤的人流中为了防止被挤散，他牵起了她的手。

夜深了，两人打车回酒店，街道两边的高楼、霓虹灯、广告牌飞快后退，他俩在出租车后排的座位上对视一眼，两双眼睛里都是满溢的快乐。浦志修叹了口气："好久没这么疯过了。"

到了酒店，暖橘色的灯光下，浦志修在沙发上坐了片刻便站起身说："你早点休息，我一早再来接你，明天咱们去江上坐船。"清如站起来走在他身后，像是要送他出门。待他走到门边，手已经触到了门把手，她突然从背后一把抱住他，用尽全身力气抱紧他，像要长在他身上。

他滞在那里，心脏疯狂跳动，身体内进行着有史以来感情与理智最惨烈的战争。交锋了无数回合，一万年那么久，几乎把整个战场蒸发掉，才分出了胜负。然而从外表看，他不过是呆立了几秒钟。他迅速转过身来，更紧更热烈地拥抱她。她仰起头，他的吻便像一座山一样地压下来。

不知道夜里几点。窗帘严丝合缝地低垂着，房间里只有一盏小夜灯开着，像一只清醒的眼睛。清如有些蒙眬地想，刚才怎么不记得把它给关了呢。酒店棉麻的被子包裹着她，有种陌生而奇异的触感。她听见他在洗手间低声给一个叫永明的打电话，然后又给妻子打电话，说自己在陈永明家，和几个诗人通宵谈诗……

清如自诩有一张娃娃脸，二十出头的时候看着还像十七八，工作很多年走在省城街头还被认为是大学生。可是过了三十岁，终于开始被问路大学生叫姐姐，被小朋友叫阿姨了。

一个姑娘到了三十岁还没有结婚，这在小县城是一件惊世骇俗的事情。清如不确定同事们是否知道自己和浦志修的事，但有一点很明显，无论亲戚还是同事、领导，现在已经没有人再催她谈恋爱、结婚了。既然这个问题无法解决已成定局，大家便集体假装看不见。

与浦志修在一起四年了。这四年中，很多事发生了。首先是清如的工作还是调到了县一中。随着清如在报纸杂志发表了越来越多的作品，成了省作协会员，在县文宣、教育系统越来越有名气，当然关键是那位对她离开宣传部万分恼火的常务副部长退休，于是就这么顺理成章地调动成功了。

然后，清如在市里买了一套小房子。这套房子和浦志修有关。因为清如发现，在这个到处是熟人的县城里，浦志修来看自己实在是太不方便了。两人哪怕只是从房间里走到露台上看看天空，都要经受左右邻居好奇的目光。想出去吃个饭吧，出了大门不出两百步就会遇见清如的熟人，鉴于浦志修的已婚身份，她不能说"这是我男朋友"，因为浦志修和自己明显的年龄差，她又不知该怎么向别人撒谎，朋友？暧昧。亲戚？不像。老师？不像话。所以她基本上只能把他藏在自己那五十平米的出租屋里，两人哪儿都不敢去。

所以从浦志修第三次来看清如开始，她就让他住在市里的宾馆里。可是这样一来，还不如清如去省城看他。可是总有一些时候，她就想让他来看自己，但这就又要面对住哪里的问题。然后，清如盘点了自己工作这些年的积蓄，工资、稿费以及住房公积金，咬咬牙，在市里付了一套精装小公寓的首付，然后每月工资的一大半用来还贷。公寓只有四十八平米，一室一厅，和她之前在县城租住的房子很像。这个价格，在县城可以买一套一百四十平米以上的大房子。同事们讪笑着，都觉得清如脑子进水了——一个老姑娘，不赶紧琢磨嫁人，自己买什么房子；何况房子买在市里，又贵，使用价值还低，平时还得住在学校宿舍，这又是何苦。只有清如自己知道，那个房子，是自己和浦志修两个人的洞穴，似乎只要两个人躲在里面，就可以不用管外面一世界的风雨。

清如完成了一部长篇。这些年，她写过不少虚构的故事，也零星写过一点自己的故事。她决定，彻底地写一次自己的故事，写写自己是怎样长成今天这个样子的，写写她和浦志修。这部长篇是她给自己的一个交待，之后她就再也不写自己了。用了一年的时间，中间穿插着写各种中篇和短篇，因为她现在只要一段时间没有作品发表就会恐慌；一年后，她完成了长篇。第一个读者自然是浦志修。有了浦志修的肯定和支持，她就像穿上了无形的铠甲，什么也不怕。

七

然而该来的总会来。

那是寒假，小城漫天呼啸的烟花提醒清如年还没有过完。初中二年级住校起，因为没有了家人，过年就和清如没有了关系。她站在落地窗的窗帘后看了一会儿烟花，想着浦志修此刻不知在做什么，多半是陪着他那教授妻子走亲会友吧，所以很少见地连续两天都没有一丁点儿消息，清如也默契地不给他捣乱。这时手机响了，显示浦志修的名字。手机响得突兀而生硬，以寒冬的锐利划破宁静的室内空气，和平时浦志修来电的感觉很不一样。清如接了电话，试探地"喂"了一声，对方不说话，清如心里一凛，更加确定，那边并不是他。清如也不说话，脑子里飞快浮现在他的手机相册里看到过的他妻子的样子：清秀面庞、纤细身材，眼中自有一种大气和自信，衣着不动声色地讲究，典型的高知女性形象。清如想象电话那端的她此刻会是怎样的表情，那双相册里常含笑意的眼睛，此刻的眼神是犀利机警如竖着毛的母兽，还是忧郁愁苦如遭遇背叛的普通妇人？

就这样静默了有两三分钟，清如清晰地听见自己的心脏狂跳，然后，对方默默地挂了电话。

这一夜，清如几乎没能入睡。

第二天黄昏，清如清晰地记得是掌灯时分，小城的烟花刚刚开始呼啸，有一声没一声地，浦志修的电话来了，声音嘶哑而疲惫。清如等待着。果然，电话那端艰难地说："对不起，清如。她发现了。你知道的，我不可能离婚。所以，我们只能分手了。我知道，我无论如何也补偿不了你……"虽然过去的二十多个小时做了很多心理准备，这一刻清如还是如遭雷击，窗外的烟花突然变得密集，如同末日世界的残骸，挟着硫火，铺天盖地地向她涌来。她软软地倒在床上，手机什么时候挂断的也不记得了。

清如病了。发烧。到了第二天，手机短信响，是银行卡余额变动提醒，卡里多了十万块钱。这大概就是浦志修说的"补偿"了，清如冷笑——她何清如缺的是钱吗，是爱呀。她笑着笑着大哭起来——他是真的不会回来了。

清如病了整整半个月。她几乎不怎么吃东西，也没有吃药，就是躺在被子里发抖，忽冷忽热。日与夜对她都没有了意义，她有时流着泪睡去，醒来接着流泪、发抖。

睡着的时候，一个梦接着一个梦。梦里清如回到了十几岁的时候，在她的哭闹、跪求下，爸爸终于松口让她上高中，只是对她说："你将来报志愿必须报师范类大学，因为这类学校国家有补贴，学费低。"梦里清如愉快地答应了，只要能上大学，读什么都可以，何况清如的理想之一是做大学老师，读师范大学离这个梦想已经近了一步了。想到不用跟一起长大的同学、朋友拉开差距，而是可以和他们一起正常地升入大学，有一个正常的人生，她觉得浑身轻松，简直要飘起来，然后就开心得醒来了。这是唯一一个也是最后一个开心的梦。

再睡着时，清如梦见后妈。是的，自从读初中二年级被从家里赶出来，她就没见过几次的后妈。后妈像她小时候那样貌似公允地训诫她："你爸和我年龄一天天大了，你妹妹现在离家远，想照顾父母也照顾不上，将来我们身体有个什么不好，你当老大的就多尽点心。有需要花钱的地方，你们姊妹商量着办，当然了，你当姐姐的如果愿意多承担一点，那是最好。"妹妹坐在一旁，像小时候看清如挨打一样，饶有兴趣地看她的反应。

爸爸像过去的无数次那样附和着:"你妈说得没错,你妹妹远在北京,照顾父母确实有心无力,你当姐姐的要发扬点风格。"在他们一家齐心协力形成的强大气场笼罩之下,清如又像小时候一样嗫嚅着说:"好的。"然而到底憋屈得透不过气,在严重的窒息感中憋醒。

又一次睡着时,梦见王晓蕾打电话来,说与爱人过年回父母家来了,问清如是不是有了男朋友,带出来四个人一起吃个饭。王晓蕾的丈夫是她的硕士同学,两人毕业后一起留在上海的金融行业工作,数年深耕下来,早已是百分百的金领。不过清如心里倒也不怯,想着让浦志修过年期间抽空来一趟,陪她去见发小。猛然想起浦志修不会再来了,他刚刚提出了分手。清如一念及此,梦里清楚地感觉世界在她眼前消失不见,她倒在地上痛得心都缩成一团,大汗淋漓地醒来了。

就这样梦魂颠倒,有的梦里有浦志修,有的没有,但几乎每一个梦都是痛的、窒息的。有的时候没有梦,就那样昏昏沉沉地睡着,半睡半醒间仍是痛的、窒息的。

有一天,昏昏沉沉中手机响,清如一把抓过来,她多希望是浦志修啊,然而不,是胡大勇。清如摁掉电话,闭上眼。过了五秒,手机又响,还是胡大勇,再摁掉,过了三秒又打来。这人一定是疯了。清如只好接了。胡大勇在那头说:"清如,我要结婚了。"清如听见自己的声音清晰地说:"恭喜你。"胡大勇突然毫无征兆地哭起来:"清如,我可以不结婚的。我等你,多久都行。那个男人，他不会娶你的，你面对现实吧……"

清如彻底醒了。其实在遇见浦志修之前，她曾经想过，假如法律规定每个人必须结婚，自己就选择胡大勇，并非因为所有追求者中他坚持最久、条件最好，而是因为，他是她的中学同学，他了解她的那一点才华，知道她是因为外部原因才沦落到山里做小学教师、一生走不出这个县的，而不是她的智商、才华只能使她成为现实中的她。就这一点知根知底，就让他比别人强上一光年那么远了。可是既然法律没有规定每个人都必须结婚，清如就绝对不会选择一个自己不喜欢的人。

此刻她安静地听着，仿佛透过手机电波看见胡大勇泪雨滂沱的脸。她觉得自己应该有所触动才是，毕竟这个男人等了自己十多年，可是她却像看屏幕上八点档的国产剧一样，只觉得那一切与自己毫无关系，完全、一点都无法代入剧情。她听见自己十多天没怎么吃东西的声音居然冷静而稳定："你与我同龄，也整三十岁了，早该结婚了。真的恭喜你。"胡大勇竟然号啕起来，像受伤的野兽一般。号啕中他一声声喊："清如……清如……"那声音颇有几分凄厉，清如下意识把听筒拿远了点，胡大勇哭着问："你为什么就不能给我一个机会呢，为什么呢？"清如安静地听着，内心凄楚，为这个痛哭的三十岁男人，也为自己。她觉得自己和他颇有点同病相怜的意思，虽然他可能并没有意识到这一点——都是得不到自己爱的人。最后的最后，胡大勇停止了哭泣，两人平静地互道了"再见"。一番折腾，清如只觉得累和厌烦，她闭上眼睛，沉沉地睡了。无梦。

　　将清如唤醒的，是快递。她的一篇小说在顶级期刊上发表了，快递送来样刊，不出意外的话，两个月之后邮局还会送来稿费汇款单。这是继清如的长篇即将出版之后的又一个小小的好消息。清如记得很久以前看到一位著名编辑家的话，大意是在报纸副刊上发表不算作家，而能在这本文学"国刊"上发表，才代表你已经是一位作家啦。曾几何时，清如仰慕地看着浦志修在"国刊"上发表小说，终于，她自己的小说也能发在这里了。

　　快递小哥走了，清如关上门，十多天来第一次拉开窗帘，落地窗的窗帘完全拉开，强烈的阳光一下子照进来，几乎令她睁不开眼。这里是六楼，清如自己买的公寓。站在窗前往外看，这小城热闹忙碌依旧。等她的眼睛适应了阳光，才发现不知什么时候起，楼下街道两旁的法国梧桐都泛青了，是树梢上冒出了新叶的芽，一片蓬勃的生机，完全看不出在寒冬里，它们曾经历怎样严酷的风霜。

犹恐相逢是梦中

　　洪武初年在金陵建官妓十六楼，到我的时代已只剩下旧院、珠市、南市这几处了。南市成了下等娼寮，珠市房舍简陋、鲜有丽姝，唯有我秦淮旧院世代繁华不歇。美人们的家依河而筑、次第排列。贡院也在河边，士子们应过试，往往在秦淮河畔盘桓多日、流连不去。书生面嫩，极少从正门进，而是趁夜泛舟而来、从水门进。是的，姑娘们的绣楼都留着一个水门。每到夜里，秦淮河灯市如昼，笙箫盈耳，花影参差，香风阵阵。佛云有彼岸极乐世界，我想那应该像夜晚秦淮河的样子才名不虚传。

一

　　我从小便知道，在这秦淮河畔，美貌是最不稀罕的东西。举目望去，姐妹们谁不是雪肤花貌、柳腰蛾眉，那些声名最高的姑娘，也许不见得最貌美，可是或具才华、或禀技艺，胸襟见识远非徒具颜色的庸俗脂粉可比。比如名满天下的柳如是，其诗文也是冠绝天下女子、愧死儒巾男子，故能先得复社宗主陈子龙的青目，终嫁天下文宗钱牧斋；又比如陈圆圆，不独色甲天下，亦兼擅梨园之胜，据说其身姿楚楚、唱腔绕梁，直令人欲罢不能。就是眼前秦淮河边的这些姐妹们，顾横波善酬对、善画兰，卞玉京文章满腹、谈笑起来满座生春，董小宛"针神曲圣"，通音律，一曲唱罢，中人欲醉。蒙妈妈悉心栽培，请了各路名师教我技艺，我亦勤加练习，指望有朝一日成为一代名姬。

　　平康里的姐妹有一项最重要的赛事，那便是每年春日里的盒子会，姐妹们以锦盒携自己手做的针黹女红、点心肴馔参与，除比赛盒子里的物事以外，还要当场比试琴、棋、书、画、歌、舞等各类技艺，由当时声名最高的名姬及往届盒子会花魁任评家，综合各项比赛结果，分出位次，推选出状元、榜眼、探花来。赛会时紧锁楼门，前来观看的子弟们只能隔窗一聆琴音、歌声，给自己属意的姑娘送上彩头。赛前已经过了初筛，不必说最后榜上有名的姑娘，便是有幸能参加盒子会的，都能一夜间扬名金陵、身价倍增。

这一年，秦淮葛嫩点了花魁。葛嫩便是我，那年我十六岁。这之前已经薄有声名，之后更是"五陵少年争缠头，一曲红绡不知数"。我知道，我该趁着盛景，放出手眼来，挑选一位良人，带我脱离这风尘苦海。

时光荏苒，又过了三年，我声名越盛，遇见的纨绔子弟无数，那个让我甘愿托付终身的人却始终没有出现。手帕交李湘真与我同气相求，她已得遇良人，一日向我力荐良人的好友。她说那人是几社清流，世家出身，文能下笔千言、倚马可待，武能开五石弓，善左右射，深通兵法，有鸿鹄志。我这姐妹是成名已久的花魁娘子，眼光奇高，从未见她对什么人如此推重，我听了不由得郑重起来。所以当有一天，妈妈拿来一个名帖，上书"桐城孙临"时，我心内一动，面上却如同古井无波，让他等了比寻常略长两盏茶的时间。他出现在我的闺房门口时，我正兀自梳头，一任一头青丝如缎般流泻在地上。我一梳一梳慢慢地梳，却借着菱花铜镜把他端详了个仔细：一袭茶白儒衫，身姿挺拔如涧底青松，神情磊落如春阳绽雪，初看眉目平和，再看却有英气流转，是挽弓杀敌的男儿本色。待看清了，我慢慢转过脸正对着他，与他目光相接，我的心居然猛地跳了一下，听见自己掩饰一般地朗声说："请坐。"他对我揖了一揖，坐在了那把鸡翅木交椅上。

我起身推开瑶琴，弹了一曲《梅花三弄》，我看似没有看他，心神意念却都在他身上，在他眼里，我看到了满满的欣赏与怜惜，心下于是被巨大的喜悦涨满。一曲弹罢，他鼓掌叫好。丫鬟送上香茗鲜果，我便和他闲聊。开始不过说些平康见闻、文坛趣事；渐渐说到如今世态浇漓、内忧外患、国事堪忧，他的神情严峻起来，剑眉拧成了"川"字，言语间满是愤懑压抑。在这风尘中，最不缺的就是浮夸子弟、轻薄儿男，可贵的却是这等有见识、胸怀天下、有心报国的血性男儿。我于是起身缓缓道："小女子虽然身在风尘，却也读过几章圣人书、有家国之念，虽蒲柳弱质，不能像前代名姬梁红玉那样亲身上阵，但若遇报国时机，也不惜肝脑涂地。"他的眼里满是惊奇诧异之色，道："姑娘能如此深明大义，已强过许多须眉男子也。"

不知不觉，天色已经暗下来，窗外下起了小雨，檐前的雨滴慢慢连成一线，"滴沥"个不住，天然是留客天气。虽然我在他的眼里看到那样多的眷恋，我自己心中也有十二万分的不舍，但仍然微笑着起身送他出门。

二

过了整整十一天，他又来了。这次不再听我弹琴，而是径直走到我面前道："孙临不才，流连欢场多年，见惯浅薄脂粉，不意遇到姑娘这样的红颜知己。不知姑娘是否也视孙某为知己？"我凝视他，他的神情无比郑重坚定，甚或还有一丝紧张。

我心中有喜悦慢慢漾开，拨云见日般地。强忍下眼中盈盈的泪意，我轻轻点头。

十二箱财礼抬进来，金珠财帛映得妈妈欢喜的脸像一朵开得过分卖力的丽春花。院子里一连三天张灯结彩、大宴宾客，整一条秦淮河都知道清倌人葛嫩归了桐城孙临。

在接下来的三十多个日日夜夜里，我和他根本没有迈出我的闺房一步。我们也吟诗作对，也度曲填词，也弹琴，也下棋，真是洞中一日、世上千年。只是每次谈起国事，他的脸色都会阴沉下来。我知道了他幼习骑射、惯熟兵马，志在御辱杀敌，然而如今世道黄钟毁弃、瓦釜雷鸣，他岳父方孔熠巡抚湖广，正直敢言，却遭谗下狱；长兄孙明卿为兵部尚书，督师北疆，边事不利，致函严嘱他"万勿从军从政，勿妄谈兵事"。长兄如父，他不敢不从。我听了暗暗叹息：这样一个人，难怪会在这秦淮河边盘桓风月、纵情声色，却原来是有心报国，无路请缨。再看到他写字、作画，便忍不住想：这原本该是一只挽缰射箭的手啊。

有一天，他家童仆又送了银子和换洗衣物来，我试探着对他说："这些时日颇多靡费，郎君也该家去看看夫人……"说到后半句已声如蚊蚋，头也不敢抬起，怕眼底泪光给他看见。他似乎犹豫了一下说："娘子说得有理，老母在桐城老家，我确有一些时日没有回去尽孝了。"我听得胸口滞痛，暗暗扶了梨花木书桌才站稳。他走近携了我手，一起走到窗前："我俩心心相印，我怎会不知你所想。此去也是为了禀报母亲，为我二人谋个长远。你放心，我往返一月即回，届时为你赎身、落籍，随我去过寻常人的日子，从此你我二人长相厮守。只是有一件，内子是大家女子、十分贤惠，孙某万无停妻再娶之理，只能委屈你做如夫人，你可愿意？"

他这番话，听到前一半我已泪如雨下——终于等到这一天，他愿意给我一个结果，我没有看错他。听到后一半忍不住破涕为笑——青楼女子，何尝都有柳如是、顾横波那样的好命，能做得夫人的？即使风华绝代如董小宛、寇白门，也不过做个侧室；更有芳名远播如马湘兰、卞玉京，却连做个侧室也不可得的。

当下里我看着他的眼睛道："三郎，你只道我嫌委屈，却不知只要是你，我连个侧室名分不要亦可的。今生今世，我是只跟着你了。你我相知相守一月，你让我等你一月，我愿等你两月，你若两月不来，"我拔下头上羊脂玉白兰簪，在青砖地上一跌做两段，"我便如这根玉簪了。"他急得也要拔簪立誓，我握住他手，深深看进他眼睛里："我不要你诅咒自己。我，信你。"

三

他不是儿女情长、英雄气短的人，两下里议定，当天他就打点了行装离开了。我没有下楼去送他，从窗户看出去，他的车马终于消失在东边的街角，我全身的力气像被抽空了，倒在床上、用绣被蒙住泪脸，再也起不来。

他走时正是仲春时节，院子里的杏花开得云蒸霞蔚。夜里一场大雨过后，清晨的枝头只剩下少许残红，而院中落花满地，一半掩在泥里，惨淡凄清、难以收拾如我的心绪。我勉力支撑着下床，每日里照常梳洗、装扮了，或弹琴、看书，或临习卫夫人法帖，然琴谱、书卷、法帖上都是他的面影，我只好努力收敛心神、装作一切如常。

杏花谢尽，枝头长出一簇簇小青杏。他已经去了一个月了。湘真来看我，见我这般瘦骨嶙峋、脚步虚浮，不由得又心疼又生气："他这不过是回家看望老母亲，你便这般作践自己，若他日他果真负心，你又当如何呢？"我凄然一笑："若有那一日，我还留着这命做什么？"湘真又惊又气，可是知我如她，明白已不可箴，终于只是叹了口气道："愿孙君也这般心肠待你才好。"

眼看着院子里杏树渐已成荫，青杏也长到大樱桃般大小。他去了五十天了。见我茶饭不思、日渐憔悴，妈妈有些着慌了，竭力引荐王孙公子给我。这天又拿上两个名帖来，我无意中扫了一眼：保国公朱国弼、中山王公子徐青君。我正色道："妈妈已将我许嫁孙君，我与他且有两月之约，约期尚未满，如此是何道理？"她诌笑道："我这不是怕姑娘独自闷得慌，想请他们来给你解解闷……"她还要啰唆，见我面罩严霜，这才讪笑着出去了。

那夜是十五，后半夜万籁俱寂后，北窗下的秦淮河流深水静，天上水中两轮明月照着，深碧的河面反射着幽冷的光，看得久了未免眩晕。再过两天，两月之期将届了。

十七日清晨，空气中便弥漫着不寻常的气氛，仿佛将有大事发生。日将过午，一直在自己房中窗下看着远处东边路口的我，听到一阵喧嚣进了院子，我出得房门凭栏往下一看，强烈的日光突然刺得我睁不开眼睛、刺得泪水都流下来：那人箭袖皂袍，骑在一匹高头青骢马上，身后七八个童仆抬着箱笼，刚刚进得院门。

黄金千两列于堂上，把妈妈的脸都映黄了。她神情别别扭扭，想是后悔了：早知这样容易，当初不如将价码再开高些，让他出不起，将这摇钱树再多留几年。她几次犹豫着要说什么，眼睛瞟见孙君一直按着剑柄的右手，终于把话咽了下去，点了点头。

一乘四人抬的绿油布小轿将我抬出了假母的院子，春日明媚的阳光下，克咸（孙临的字）骑马走在轿前，此情此景如在梦中。一顿饭的工夫，轿子停下来，轿帘掀开，克咸微笑着朝我伸出一只手，扶着那只手站定了，才发觉我们置身一座四合小院中，大门外就是桃叶渡。克咸道："嫩儿，以后这里就是你我二人的家了。"我呆笑无语：只要是和你，怎么，都好。

四

许久之后，我仍然一遍遍恓惶着追问：那天为什么会出人意外从西边的路口来？为什么要到两个月的最后一天才来？克咸呵呵大笑：家去老母高兴非常，多吃了两口，又家宴睡晚了、着了寒，上了年纪的人，第二天还欢喜地强撑着，第三天就上吐下泻、不支倒下。请了大夫来，只说是外感内滞，吃了药却又不见好。于是换大夫、换方子。母亲有恙，做儿子的即使不必亲自端汤侍药，但也再无拔脚走的道理。母亲的病症反反复复，等慢慢地好了，已经近一个月。和母亲说了想纳个房里人之事，老人家宠爱小儿子到十分，又兼渴望子孙满堂，再无不允之理。回到金陵，托朋友代为周旋脱乐籍之事，又是找房子、买房子、布置房子，不觉日子飞逝，险些失期。

我听着，眼眶悄悄湿了，为掩饰只得笑出来。有两件他没提，可是我知道：大宅方夫人那里，是要费心思慢慢说通的；赎身的千两黄金，也是要花工夫腾挪筹措的。

昔日要好的姐妹们知我落籍从良，八九个人约齐了来新居贺我。我支了克咸回大宅，在院中设席宴请她们，小院一时衣香鬓影、光华耀目。席间姐妹们喝酒、行令，玩得十分欢畅，湘真还嚷着"无曲不成欢"，撺掇着让姐妹们唱曲子，于是玉京唱了一支晏几道的《鹧鸪天》，香君唱了《墙头马上》里的《金盏儿》，婉容唱了《牡丹亭》中的《离魂》，都唱得响遏行云、荡气回肠。

席散后，姐妹们各有表礼相赠，或字画、或古玩，然而暗地里，湘真、媚祖、沙才、尹文几位还带了首饰、银票给我，是我这些年寄存在她们处的。她们都是亲生女儿，只因身在乐籍才涉风尘，不比我被假母防备、搜刮，放在她们处比放在我处安心。克咸以千金赎我，我虽比不上杜十娘富有百宝，然亦有一份嫁妆随身。

小院的日子宁静悠长，孙郎隔天来，一月总有半月在我处，另外半月在大宅陪夫人方氏，再也不曾涉足平康风月地。我也曾佯装不解，问他为何要置别院安顿我，若接回大宅岂不方便。他轻抚我长发，只笑不答。其实他不说我也知道，他既不愿我执妾室礼受委屈，也不愿方夫人看见我与他两情缱绻寒心。

他来时，若舞刀弄剑，我便在一旁看他身姿矫健、剑气如虹。他若读书，我便在一旁闲拈针线、做女红陪伴。快到饭时，我亲自带着厨娘下厨。克咸爱吃我做的食物，常说我做的熏肉有松柏味，全不肥腻；风鱼有麋鹿味，口齿留香；豆豉一颗颗历历可数，醇香沁人心脾。他不知我的厨艺得自董小宛姐姐真传，仅仅是做豆豉，就要一颗颗挑出亮而黄、大而圆的豆子，九晒九洗，手剥去豆瓣上的膜衣，在文火上细细地酿出豉汁来，再佐以生姜、桂皮、茴香、八角，最后盛在官窑骨瓷净白盘里，自然不是寻常市面上的滋味。

克咸爱菊，我便在院中遍植菊花，菊花开时，一院清香。月亮好的夜晚，我便在花丛深处置一几一壶，陪克咸品茶赏月，他爱皓月清波，我爱山高月小，总是流连到更深露重才回房睡去。

他不来时，我便读书、习字、弹琴，带着丫鬟仆人莳弄院中花木，研习食经，试验糕点、菜肴做法。我的生活如此充实安闲，门外的繁华喧嚣再也与我无关了。虽然听闻世道很不太平，北边盗寇蜂起，满人在关外虎视眈眈，我只暗暗祈祷：愿天佑百姓，岁月一直这样恬静美好下去。

五

甲申年春的一天，一大早有人叩门，仆人开了院门，原来是香君，神色惨淡，不似寻常。我忙迎进内室，不待坐下，她便嘤嘤啜泣起来，我越发着急，只道她与候公子闹了别扭，一边安抚一边探问究竟。许久，她才略平静下来，一开口就把我震呆了："候公子从复社得来的消息：闯军攻入北京，万岁爷崩了，朝廷没了。"我跌坐在椅子上，半天才回过味来，复社的消息，那是千真万确了，不禁口中喃喃道："老天爷啊。"

不想我葛嫩居然生逢末世，就要眼看着万姓流离、黎庶蒙难了。自己这安定下来才没多久的小日子显是过不成了；乱世中，人命如草芥，克咸又是那样的铁血男儿，我们这些人都不知将来会怎样……一时心事如麻，滴下泪来，香君本已止泪，见我这样，不禁拉着我手又哭了，两人于是抱着哭成一团。

送走香君，见门外依然车水马龙，金陵旧都繁华不减，浑然不觉大变故已然发生，显是还没有得到消息。想着日后的颠沛流离、哀鸿遍野，心下越发凄惶。

午后时分，克咸回来，一脸严峻，直入内室，坐定后竟伏案号啕大哭起来。男人的号哭分外撕心裂肺，我何曾见过他这样，只能轻抚他背，陪他一同落泪。半晌，他收泪问我："莫非你已经知道了？"我含泪点头，告知香君一早来告诉了。他一拳擂在案上："不想你我都做了亡国之民。"他执了我手郑重道："嫩儿，这一生，本拟相守到老。然国家有难，男儿不能只求一己安宁。若真到了那一刻，孙三要舍生取义、为国尽忠，便不能护得你周全，你须自寻活路，莫怪我才好。"我决然笑道："你我二人相知一场，三郎是知道我的，虽出身勾栏，但并非商女不知亡国恨，三郎有报国之志，这也是我敬佩你的地方。他日你若为国尽忠，我决计相随就是了，葛嫩岂是惜死之人，说什么自寻活路的话。"

克咸看向我的目光又是惊讶、又是感佩，想说什么却没有说，只是将我揽入怀中。在这前途未卜的时刻，我们只能用体温温暖彼此。

京城陷落、天子殉国、贼寇即将南下的消息渐渐传开，金陵城里有了人心惶惶的味道。一时流言蜂起，市肆关门的很多，王孙公子、富商巨贾纷纷携家眷、细软逃往城外乡下。五月初三，福王在南京监国，十五日登基，民心少定，然未几又闻满人军队已大败闯军，正挥师南进，金陵城重又陷入惶惶不安中。有盗贼趁机作乱，至强抢民宅、越货杀人，城内气氛越发诡异不安。克咸从大宅增派了家丁来，又嘱咐我千万小心门户。

此后孙家又发生一件大事，之前明卿兄长因腿疾已从外任上调回，并从桐城原籍迎养母亲太夫人至金陵。弘光新朝，一帮宵小之辈攀附权臣马士英，他们各怀私心、蝇营狗苟，原东林党清流与之不共戴天。兄长因德高望重、素有清名，被目为桐城左光斗公之后第一人，清流诸君子遇事常常寻求荫蔽，兄长一次次以身犯险、有求必应，惹怒了众小人，扬言必除之而后快。兄长考虑上有老母、下有幼子，且明枪易躲、暗箭难防，何况国事如此、难有作为，索性挂冠归去，携老母往浙江避居。克咸担心世道动荡、母兄路途安全，我只能时时好言安慰。

两个月后的一天，克咸来，说有事与我商量，将我叫到内室道："昨日得兄长捎书，道已在浙江仙居安顿下来，诸事顺遂，唯母亲年事已高，整日忧心在金陵的小儿子，逢此乱世，更盼望骨肉团圆。言下之意望我们一家也一起去往仙居。我已与夫人商量，夫人言一切听从我安排。现不知嫩儿你意下如何？"我想了想道："嫩儿自然与夫人一般，一切悉听三郎安排，嫩儿誓死跟随、服侍便是。且嫩儿觉得太夫人所虑不无道理，看如今局势，保不定满人南下，金陵旧都首当其冲；与其那时仓皇避难，不如现如今从容去往仙居乡下，且又能合家团圆、大慰母怀，三郎以为如何？"克咸拊掌道："嫩儿真真是我解语花也。与我心下所想一模一样。"于是即日知会家下人等打点行李，准备与户部街大宅一起迁向浙江。

三日后的清晨克咸来接，我们主仆一行出了大门，这座承载我一生最好时光的院子已卖掉，临行前我看了它最后一眼，便登上了雇来的小轿。到了大宅，只见四辆青油车在大门前一字排开，看来是等我们来便要启程。在克咸指引下，我先去头一辆车前拜见夫人。丫鬟打起车帘，我朝里面的人跪了，五体投地叩伏下去，口称："嫩娘见过夫人。夫人万福安康。"一个柔和的女声从车里传来："起来吧。"我谢过，依言站起，垂头看自己裙脚。那个柔和的声音说："抬起头来。"我这才抬头，第一次看到方夫人。大约三十来岁年纪，脸庞秀丽端庄，穿着大红缎子袄，端坐在车中。方夫人将我从头到脚打量了，笑得有一丝怅然："果然生得天仙一般。"又问了我年纪、籍贯、可曾读过书，我一一答了。克咸便在一旁道："启程吧。来日方长，夫人以后慢慢问嫩娘。"方夫人对我点点头道："上车来。此行仓促，你与我同车。"我便福了一福，上车坐在夫人旁边。

六

孙家两所宅子、三十多人口，只留了一房家人看着户部街大宅，其余全部随行。我与夫人一辆车，家中丫鬟婆子十多口共乘一辆大车，又有两辆大车装着衣物箱笼，笨重家什全部留在金陵，克咸骑马带着罗盘，十多口家人壮丁各自骑乘骡马，一大家人浩浩荡荡离了金陵，向南而去。

我于方夫人面前本来拘谨小心，但旅途漫长、镇日无聊，夫人便主动问我一些话，渐渐便闲谈起来。方夫人是大家闺秀，温柔敦厚，并不拿正室的架子。我也始终保持谦恭有礼的侧室本分。整日同行同卧，两个尊卑不同的女子很快熟悉起来。

我们一行晓行夜宿，为周全只走阳关大道，绝不为抄捷径走小路。有时遇到路窄路险，马车难以通过的，家丁们就一起拉车，甚至于抬着车前行，克咸两手一左一右搀着夫人与我，我俩俱是三寸金莲，行走缓慢，克咸总是很有耐心，从不出声催促。竟不很觉得行路之苦，倒是一路上看见兵荒马乱、民生凋敝，很是令人沉重。

一日路过一村庄，一个五六岁模样的总角孩童，白皙清秀，鹑衣百结；已经是深秋了，他却光着一双脚，睁着大而黑的眼睛，几乎是欢乐地跟着我们的车马走。我指给夫人看，夫人忙吩咐丫鬟拿了两百钱去给他，才不亦步亦趋了，站在路边目送我们远去。像这样的布施，这一路上夫人不知做了多少。

所见一般百姓固然衣不蔽体，缙绅之家则多是像我们这样逃难的，路上遇见了，互相看一眼，都是一样的仓皇。有一天天色已暮，却前不着村后不着店，路旁只有一座关帝庙，无奈之下夫人与我就歇在庙里。小小的庙中还住着另一家人，那家夫人带着一名小姐、一名姬妾。两家各自占据庙宇的一头，席地坐卧，互相点头致意。满屋都是丫鬟婆子，将各自主人围在中间，小小关帝庙内水泄不通。门外，克咸和这家老爷也相互见礼、寒暄，各自带着家丁护卫着小庙，夜里各留两名家丁点着火把上夜，其余人等就裹着厚衣在车内、廊檐下胡乱歇息。

整整走了二十多天，终于到了仙居县城。兄长得信骑马出城迎接，他们兄弟见面自是十分亲热。县城很小，很快到了孙家新居，克咸、夫人与我见过太夫人、大嫂。大嫂是左光斗公侄女，名门之女、雍容和气。太夫人十分慈爱，夸赞了方夫人，又拉了我手，戴上眼镜，上上下下看了半天，末了点头道："好个十全孩子，以后好好伺候你家爷和太太。"我忙点头称是。

孙家仙居的房子是买的在杭州府做官的人家的旧宅，一共三进，老夫人住着头一进，兄长家住了第二进，最里边一进空着给我们。我们三十余口忙打开行李，布置铺陈起来。傍晚，一家子其乐融融地领了太夫人的接风宴。是日人困马乏，大家早早歇息了。我住东厢房，克咸当夜歇在正房。第二天整理、铺陈行李，一切妥当，克咸自去打赏一路跋山涉水的家丁们，方夫人打赏家下丫鬟婆子。

仙居偏僻小镇，民风尚未开化，朝廷的巨变似乎全没有影响到这里，县城的人们照常作息，仿佛世外桃源。我每天跟着方夫人与大嫂左夫人去太夫人处晨昏定省，太夫人和蔼，不要我们立规矩，多是坐着陪她说一会儿话就让我们散了，然后方夫人也不要我伺候，我便回我的东厢房读书、写字、刺绣。克咸或练武，或与大哥一起讲谈时事、兵法，也有许多时候在我处，只有听他说到大哥又收到东林党人传递来的邸报，清军又陷了哪里哪里，我才切身体会到身处乱世。看他中夜起长叹，我唯有陪着他而已。

冬去春来，清军已一路南下攻至扬州，兵部尚书史可法率兵奋力抵抗，然将士血肉之躯终不敌红夷大炮，扬州城陷，史尚书不屈殉国，清军亦损失惨重，于是在扬州城大肆报复、屠杀十日，百姓死难八十万，尸骨成山、血流成海。随后，清军渡过长江，京口军民亦惨烈抵抗，最终不敌，京口亦沦陷，弘光帝从金陵出逃。五月十五日，金陵众大臣献城降清，二十二日弘光帝在芜湖被俘，送往顺天，大明弘光朝没了。生灵涂炭，噩耗连连，克咸男儿泪干，唯有起坐徘徊、拔剑击柱而已。

又岁尽春来，这一天，孙宅来了两位客人，家人送上名帖，大哥和克咸在前厅有请，来的是一身戎装的武官。相谈了几盏茶工夫客人才离去，克咸与大哥又在厅中商议许久，然后克咸就往夫人上房去了。我听克咸贴身小厮说了这等情形，正狐疑间，帘子一挑，克咸已进了内室。我忙迎上去道："客人走了？"克咸将我扶在椅子上坐好，自己也坐下，方徐徐说："来人是苏松巡抚杨龙友的副使。龙友本是复社中人，与我们兄弟素有旧交。去年六月，唐王在福州登基，国号隆武，龙友兄在新朝效力。现清军一路南下，不日将至浙，龙友兄原本镇守衢州，现奉上谕移师助仙霞关守将郑鸿逵将军。仙霞关是入闽必经之途，守住仙霞关就是保住了福建，就是保住了朝廷。故杨巡抚特意派了副使来，希望我们兄弟能出山助他一臂之力。"听到这一句，我全身血液已凝住，果然，克咸接着道："国家有难，大丈夫决不能龟缩不前。我与兄长商议，兄长有腿疾，孙氏也不能不留男丁，更兼有老母在堂，故只孙三一人去上阵杀敌可矣。"
听到这里，我感觉一阵虚脱、几乎在椅子上坐不住，克咸看见
忙扶住我。

　　我示意我没事，克咸才接着说道："嫩儿，保家卫国男儿
事，万一孙三不幸殉国……""守关非一时一日，军中应可带得
家眷？"我绝无仅有地打断克咸，声音中有种不顾一切的沙哑。
克咸大概没想到我会一下子想到这上头，想了想说："承杨兄高
谊，孙三此去任参将，高阶军官带家眷分属当然，但阵前刀箭
无情，嫩儿不必身履险地，只与夫人一起，在家替我服侍好堂
上老母为是。"我扑通跪倒他面前，攥着他袍子前襟，仰脸嘶声
道："当初发誓一生相守，生则同衾、死则同穴，说什么阵前险
地，就是水里火里也要一起，今日三郎为何弃我？"他还欲说
服我，我只膝行一步，死死抱紧他双腿，整个上半身都贴上去，
再也不肯松开半分。

　　我泪湿了他前襟，三郎见此也流下泪来，他长叹一声道：
"好，咱们生同衾死同穴，水里火里总在一起。"说罢，扶起我
来，两人紧紧搂作一团。

　　当天，克咸便去上房禀告了太夫人，不想太夫人虽足不出
户，却见识高远，将年迈之人的舐犊之情置诸脑后，慨然应允。
想到清军不日将陷浙，克咸又忧心家人，但全家已从金陵避至
仙居，还能再避向何处？好在仙居穷乡僻壤、绝非要塞，清军
应不至祸害这里。大哥一再让克咸放心，道家中诸事有他。事

到如今，克咸也只能听兄长的、不放心也得放心了。于是立即着手打点行装准备向仙霞关而去。

启程那日，我们在前厅拜别家人，好个太夫人，居然未露伤感，且一再让克咸不要挂念家里。方夫人在旁悄悄拭泪，低头不忍看克咸，大嫂搂着她肩以示安慰。克咸和我对着太夫人重重磕下头去。太夫人再也忍不住，当下老泪纵横。大嫂和方夫人上前安慰，克咸忍泪站起往外就走，我急忙跟上。

大哥已将他的大宛宝马送与克咸。我不大会骑马，便与克咸同乘一骑。大哥送我们到城外，兄弟俩不免洒泪而别。我们一路向西，日夜兼程，五天后到了仙霞关。

七

克咸向守关兵士报上姓名，不等递名帖，兵士便行礼如仪，十分恭谨道："杨大人已等候多时，孙参将有请。"兵士带路，很快到了巡抚大营，杨巡抚亲自迎出来，与克咸十分亲厚。两人不及阔叙寒温，便说到清军已逼近浙江境、军情紧急上来。杨巡抚眼风扫过一直在旁低头垂目的我，道："孙贤弟还带了内眷来，那么先安顿下来再谈军务不迟。"杨巡抚安排给克咸的营房就在他自己的大营旁边，以便往来议事。我们稍事修整，克咸便去了巡抚大营，临出门时嘱我好生歇息。

我一人在这陌生的地界，免不了四处探看。我们住的营房建在半山腰隐蔽处，俯瞰正好看见关门顶。这仙霞关位于闽浙交界处的保泉山中，保泉山南北绵延百里、俱是崇山峻岭。唐末黄巢开辟的七百里浙闽官道穿山经过，仙霞关就建在官道之上，共有五关，每一关都在两峰夹峙的隘口之中，故有"两浙之锁钥，入闽之咽喉"之称。我们的营房在东北第一关关内，关墙以条石砌成，长不过百步，厚丈余，高两丈，若两层关门紧闭，确实万夫莫开。

傍晚，营外守卫军士来报："孙参将有请夫人移步巡抚营中。"我便随着引路将士来至旁边杨营。克咸正与杨大人对坐小酌，克咸见了我笑道："今夜杨兄为我们接风，此间有你旧相识，你且去内室看看。"我一时茫然，忽见屏风后一女子对我嫣然招手，竟是昔日秦淮姐妹马婉容。我惊喜交集，随她进了后院花厅。厅内另有一女子款款站起，语笑晏晏，是秦淮姐妹朱玉耶。原来我早年嫁克咸，她俩是知道的；然她们归了杨巡抚，乱世之中，我却并不知道。今日她们听说克咸来投军带着内眷，就疑惑是不是我，于是杨巡抚问了克咸，才知果然是我。

他乡遇故知，都十分欢喜。内室设了一桌小席，三人说些旧人旧事、存亡兴废。她二人久在金陵，熟知旧人的去处：道是钱牧斋到底做了清人的礼部侍郎，柳如是苦劝无果，坚拒同夫君一同赴京上任。钱侍郎出门那天，柳夫人着一身朱红，钱侍郎一见脸色惨变，知夫人这是在提醒他：他们原是朱明的人。顾横波的夫君龚芝麓也出仕清朝，顾横波性喜繁华热闹，自然安之若素，倒是原配童夫人在老家持节，坚持不受清朝封诰，都让了顾夫人。最意外的是香君的良人侯朝宗居然也应清朝试，令香君失望不浅，抑郁难平。大家说一回感叹一回，都有世事无常、白云苍狗之感。菜未多吃，不知不觉坛子里的花雕酒却下去不少。

第二天，克咸跟着杨大人去第三关内见郑将军，回来便有些郁悒之色。我一边温柔开解，一边引他将心事说出来，却原来是那郑鸿逵将军有些古怪傲慢，杨大人与他商议攻防准备之事，他竟漫不经心。对杨兄特意举荐的参将克咸，他也只是敷衍。克咸绝非在意上司荣宠之人，但他担心主帅若是这样的态度，恐将对日后战事不利。我也只能好言相劝："也许那郑将军只是身体不适，或者另有心事而已。还好有杨巡抚，一看便知是赤胆忠心之人，只要他与你同心，加上仙霞关天险，定能安保无虞。只要守住了仙霞关，咱也算是上对得起国家社稷，下对得起福建百姓了。"克咸听了点头，脸色稍霁。

不久探马来报，清朝贝勒博洛已率军进入杭州，仙霞关一战近在眼前了，关里的气氛越发凝重起来。克咸白天都与杨大人一起操练兵士，查看、巩固防御工事，深挖壕堑，厚备弓矢箭簇、礌石滚木。杨巡抚不知从何处请来能工巧匠，做了一种无人机括，演练一次，将士只需在关内操作，机括发动，木石自关内由滚轮传送，再如雨般从关顶向外滚落下去，当此际，除非神仙，否则再也休想闯关。克咸回来，兴奋得转着圈子走，道："本来担心清人善挽强弓，一旦打起来我军要伤亡不小。如此这样好了，他们根本看不见我们，便被阻于关外。"但只一点，机括到底不比人工准头好，一旦开启，滚石漫天，于是杨巡抚与克咸天天带着将士开山采石、砍伐巨木。可是不久克咸回来又犯愁："将士采石劳累，朝廷补给却迟迟不到，眼看粮草堪虞……"

于是第二天与杨巡抚一道去郑将军大营，请他迅速筹措军费。回来克咸便又郁郁出神，我小心翼翼问："可是军饷的事不顺利？"克咸叹气道："那姓郑的直接回'朝廷补给一直未到，郑某有什么办法？'竟是一点口风也没有。气得杨兄当场道'我已是连内人的头面、首饰都变卖了。你郑家富甲西南，资可敌国，就不能出一点吗？'那姓郑的只是装聋作哑。我看这小子其心有异。"我沉吟道："原来杨大人这样无私。怪不得这些天婉容和玉耶两位都衣饰简素，那婉容从前最喜富丽装饰的，还以为是跟了杨大人、爱雅静了，又在这边陲之地，懒于修饰的缘故呢。"于是，我回身从壁橱中取出一只檀香木匣，捧至三郎面前道："这是我全副陪嫁了，原指望家人逃难时用作不时之需，现如今国事为重，用于军费，更得其所哉。"克咸疑惑接过，打开看时，却是厚厚一叠银票，共有两万余两，汇通天下的大号，即便清军占了杭州，仍能支取。克咸握着我手，感动得凝噎："嫩儿，这大恩我替福建百姓、仙霞关将士记着你的。"我娇嗔道："你我之间，说什么恩不恩的。便是用于军费，也是嫩儿一点报国赤诚。难道只许你们男儿有报国之心不成？"克咸忍不住揽我入怀，轻吻我鬓角，我合目享受这风雨欲来前的静好瞬间。片刻后，克咸便捧着木匣往杨营去了，那边杨大人自会着人快马加鞭去往杭州汇兑。

白银两万两，解了军费燃眉之急。据克咸说，杨巡抚对我赞叹不绝，说我明大义、有报国心，怪不得克咸视我为如意珠。

此时博洛已盘踞杭州多日。五月二十九日夜，监国鲁王弃绍兴，经台州逃往海上。六月初一，博洛陷绍兴……此后更如入无人之境般，飞速直扑向仙霞关。探马隔天来报：三百三十里、两百一十里、一百一十里……这一天终于来了。

八

我从北窗向东北望去，黑压压一片全是清军。仙霞关顶上却看似一个人也没有，死寂的对峙。清军发起了总攻，一队轻骑兵先出，数骑并行，踏着浙闽古道向关门掠过来。前面十多骑在离关门还有一箭之地时，突然连人带马掉入陷坑。克咸他们之前在陷坑里密密竖了矛头、利刃，这一掉下，即便不死，也不可能再有余力作战了。可惜古道狭窄，敌人队列亦很窄，杀伤力有限罢了。骑兵队列稍滞，立即向两旁闪开，后面有一组骑兵扛着长长的云梯和木板冲出来，到了陷坑前翻身下马，也不管陷在陷坑里的同袍，将云梯架在坑上，横向铺上木板，后面的骑兵便能通过了，但势头已减。走不远，前面骑兵又掉入陷坑，这次他们有了经验，迅速架好云梯和木板，鱼贯通过，势头更缓了。

关顶看似没有人。清军主将在关下犹豫了片刻便下令攻城。于是先头队兵士开始架云梯，大队人马弓箭上弦，向着空无一人的关顶严阵以待。待他们架好云梯、最前面的士兵几乎快要爬上关顶时，礌石和滚木突然如潮水般从关顶泻下来，云梯上的士兵被裹挟着滚落下地，非死即伤。清军大部队被逼着退了数丈，礌石、滚木才停下来。手持弓箭的清军将士在马上极力仰望，关顶还是没有一个人，刚才那阵木石雨竟有如天降。清军大概是恐惧了，主将下令撤兵，兵士迅速回撤。这时背后突然杀声震天，伴随而来的是一阵箭雨，明军天兵天将一般出现在关顶，弓箭手箭矢连发射向清军，清军迅速分层，走在最后面的掉转头用盾牌、刀剑格挡，紧贴着的一层向关顶射箭反击，但毕竟不占地利，很难射到城垛后的明军，只能虚张声势而已。有不少清军中箭滚落下马，被自己的人马踩死，但大部队在掩护下飞快后撤，很快就撤得远了。我军也并未打算追出关去，待清军去得远了，打开关门清理敌尸、俘虏伤员而已。

初次交锋，我军小胜，歼敌近百。是夜郑将军与杨巡抚吩咐各处严加防范，并不敢掉以轻心。杨大人与克咸在营中置下酒菜对饮，庆贺初战告捷。杨巡抚微醺道："只要清军一日不出动红夷大炮，仙霞关天险我们便能守得一日。若是动了大炮，五道关门也够他们攻一阵的，我们便是粉身碎骨，也要他们血流成河才是。"克咸亦笑道："虽无成功之把握，确有成仁之决心。"是夜中天月明，表里澄澈，远处青黛色群山巍峨迤逦，我与婉容、玉耶在屏风后听了，都默默无语，心下悲慨。

次日，清军仍是在二里外安营扎寨，并不急着进攻，却派了几名将士来关外骂阵。只听他们大声说的是：郑鸿逵、杨文骢，今天下已属我大清，尔等逆天悖运，负隅顽抗，做困兽之斗，实非明智之举。有道是识时务者为俊杰，相时投诚的，大清许你们封妻荫子、富贵绵长；顽抗到底的，袁崇焕、史可法便是你们的下场……"克咸正陪着杨巡抚巡关，听了这番混账话，克咸犹可忍耐，杨大人早已悲愤填膺，弯弓搭箭就朝中间那个将士模样的人射去，那人应声落马。杨大人怒道："回去告诉博洛，杨某人只可杀，不可降。要取仙霞关就得拿命来换，舍此别无他途。"

见主官落马，旁边几个清兵立刻噤声，跳下马背将人抬起，又翻身上马一阵风似的逃了。回到营房，克咸告诉我："杨兄生平最敬袁公、史公，尤其一提起袁公因他们离间被先帝冤死就悲愤难抑。偏偏今天他们犯了他的大忌，便顾不得两国交兵不斩来使了。"

第二天，有探马来报：骂阵被杀之人是博洛的胞弟，抬回清营后已不治身亡。博洛发誓要为弟弟报仇，血洗仙霞关，活捉杨文骢。杨大人听了抚须大笑道："我等他来活捉。"接下来的几天，清军按兵不动，连骂阵的也不曾再来。杨大人与克咸商议，很可能是清军前面吃了小亏，去请援兵或者就是去调红夷大炮了，于是又加强了关防。

九

这日清晨，克咸照例天不亮便与杨大人去巡关，走时为我掖好锦被，嘱咐我多睡会儿。我闭着眼握了他的手好一会儿才松开、放他去。又接着睡到日影透过窗棂照进来，明晃晃地刺眼，早该起床了，却仍觉身子困倦，索性翻身把脸埋进克咸的枕头里继续赖着不起。想着今晚就告诉他这喜讯，他一定很欢喜吧：自来关上，月信一直不来。初以为水土不服，因嫁了之后求子不得、把心灰了，此番就不敢往有孕上想。后来渐至晨起呕吐，便背着克咸请营中的军医来把脉，居然说是喜脉。不敢相信，换了随军的其他郎中来，仍说是喜脉，这下确凿无疑了，忍不住喜极而泣。想要寻个好时机告诉克咸，让他乐一乐，他近来为战事忧心太重了。

又赖了一会儿，想着如今不能由着性子来了，要起床吃点东西，不然会饿着肚子里的孩子，便勉力起了床。梳洗毕，还没来得及用兵士送到外间的早膳，忽听外面一阵脚步嘈杂，竟仿佛有万人之众似的。从窗前往外一看，这一惊非同小可：只见关门洞开，关内外全是清军服色、手持兵刃的兵士。东北边目之所及黑压压一片，无数清兵仍经过官道自天际源源不断涌来。我吓得一时呆在原地动弹不得，几疑身在噩梦中。

忽见克咸从外回来，向我急道："郑鸿逵突然撤军，弃关逃了，仙霞关已破，我们快走。"这下我知不是梦了，于是跟着他快步出了门。门外便是克咸的大宛马，他抱着我一跃上了马背，双腿一夹，大宛马箭一般冲了出去。克咸一路高喊："大明监军参将孙临在此。"清兵立刻围上来，刀剑一齐朝我们砍过来，克咸招架还手，只见剑光闪闪，剑影很快织成一张剑网，将我俩笼罩其中，清兵的兵器近不得我们的身，不时有血花溅起，清兵惨叫、倒地。清兵渐渐怯阵、后退。克咸瞅准机会，纵马冲出重围。身后箭矢如雨，克咸拥着我俯下身紧贴马背，用他的身体将我整个包住，耳边是嗖嗖的箭簇破空声。大宛马几个腾跃，便在清军的弓箭射程之外了。我们重新从马背上直起身子，回头一看，远处大批清兵追来，然而他们的马匹哪里及得上我们。大宛马奋起四蹄一路向南。

待追兵看不见了，克咸才在我耳边说："杨兄誓死抗清，又射死博洛的弟弟，博洛恨他入骨，若被俘定无生还之理。杨兄已向西边撤了，我们此番引追兵向南，也许杨兄便有机会逃生。"我连连点头，这才明白克咸为何要自报家门引来清兵。

我们两人一骑奔走在仙霞山麓的树丛里，林间苍苍莽莽，耳边风声呼啸，不知走了多久，人和马都忘了乏累。突然马儿一个颠踬、摔倒在地，我和克咸被狠狠摔下，克咸双臂从身后紧紧抱着我，两人沿着斜坡滚了两滚，停下时有两把尖刀分别抵上了我们的咽喉，我暗道声"不好"，心知是中了清军的埋伏。

周围脚步杂沓，更多清兵围上来，兵刃纷纷架上我们的脖子，很快在我们的脖颈周围形成一片刀剑丛林。因为我被控制，克咸不能反抗，剑被缴没，粗壮的绳索将我俩五花大绑，直直地塞入一辆车中。车帘放下，车内一片昏暗。车子颠簸前行，颠得后脑、身上的每一寸骨骼都疼。克咸虽不能动弹，却利用车子的每一次颠簸努力一寸寸挪向我、紧挨着我，柔声道："嫩儿，你怕不怕？"我也努力挨着他，在周围的昏暗中给他一个温柔笑颜："和三郎在一起，不怕。"两人更近地靠在一起。

小腹内有冷冷钝钝的疼，如钝刀子搅动。疼痛迅速积攒，很快便难以忍受。我死死咬住下唇，不让自己呻吟出声。有热流从身下喷涌而出。幸好克咸倦极，此刻已昏昏睡去，不曾闻见血腥味，才不至生疑。黑暗中泪水盈满眼眶，又无声滑落。克咸与我盼了那么久的孩子，就这样离开了我。不过也好，很快连我与克咸都要不在了，这个孩子不过是先父母一步而已。既这样，克咸不知道也罢，免得徒然伤心。

颠簸了好久，终于平稳了，大概是上了官道。完全看不见了，天黑了。车子吱呀前行，黑暗中有骑兵大部队的马蹄敲打大地的声音。随着血液从身体里流出，体内那撕裂般的痛渐渐平缓，最后只剩下冷冷的一线。过了很久很久，有曦光从车帘的缝隙射入，天又亮了。又过了很久，车子停下来，车帘挑起，上来两个清兵给我们下肢松了绑，押着我们出来。克咸疑惑地看着我血污渗透的月白绫子湘绣裙幅，关切道："嫩儿，你还好吗？"我给他一个鼓励微笑："放心。"血红的夕阳下，我们身在一所官衙之内，牌匾上有"浦城"二字，原来到了浦城县衙，离开仙霞关已经一百多里了。

十

我们被押入县衙后堂，只听克咸惊呼一声："龙友兄！"我也一眼看见杨大人和婉容、玉耶已经在里面，都被绑着，身侧是手握兵刃、神情警惕的清兵。杨大人脸容疲惫，婉容和玉耶面无人色。看到克咸和我，杨大人大惊道："克咸，你本不必来此的，这又是何苦。"克咸笑道："你我兄弟一心，赴死自然也一起。"杨大人长叹一声，看向克咸的目光里满是感激、酸楚。克咸又笑："龙友兄一向是洒脱之人，为何作儿女之态呀？"杨大人这才爽朗道："也罢，大丈夫生天地间，如你我总算俯仰无愧。且我有你这般同生共死、肝胆相照的兄弟，九泉下也该含笑瞑目了。"说罢，与克咸相视大笑。

"你们还真是不通得很，死到临头居然还能笑得出来。"随着这一声，一个鹰钩鼻的清军将领慢悠悠踱进来，身后跟着一群执兵刃的武士，厅堂里气氛更加紧张肃杀。那将领目光巡视一圈，婉容、玉耶和我都拼命低着头。他走到杨大人面前，逼近了脸仔细看他，眼中闪着摄人的寒光。杨大人毫无惧色，目光冷冷迎上去与他对视。旁边的婉容、玉耶不安地看着他们。许久，那将领才收回目光，一字一顿地说："果然是条好汉。虽然你射杀了我幼弟，使我大军在仙霞关损兵折将，但如愿为我所用，我大清可网开一面、既往不咎，仍然许你巡抚之职，决计强如做亡明小朝廷的官。"他有意停了停，突然目露凶光，"如若不识抬举，明年今日便是你的祭日不说，你的姬妾也便要没入军中为妓，受万千人荼毒了。"说罢一手一个、猛地抬起玉耶和婉容的下巴，鹰鸷一般的目光在她们脸上巡睃。婉容极力镇定，目光不与博洛相接，玉耶的眼里满是惊惶无措，几近哭出来。杨大人只看了一眼，便转过脸、闭上眼不忍再看。克咸也是一脸愤慨，无奈被反绑双臂，虽近在咫尺却相助不得。

博洛收手看着杨大人道："给你时间考虑一下？"杨大人并不看他，眼望着虚空淡然道："不用考虑了。杀我可以，要我投降万万不能。"博洛似乎没有想到杨大人居然如此决绝，探究地看了他一会儿，喃喃道："可惜了两位绝色佳人。"于是向身后使个眼色，立刻上来两名大汉，拖拽着婉容和玉耶就要带走。婉容、玉耶一齐哭喊，杨大人只双目紧闭、充耳不闻。婉容哭着被带离，玉耶几乎瘫软不能行走，被清兵抬出。杨大人始终闭着眼，脸色灰败已极。

博洛又走到克咸面前，我将头垂得更低，心知这一刻终于来了。我早有打算，绝不活着受辱、令克咸蒙羞，听说咬舌能自尽，于今之计，也只有这一条路可走了。于是牙齿默默咬住舌头，猛一使劲，一阵钻心的疼，有腥咸的汁液涌出，口中多了一团活动的血肉。我一口一口将血液咽下，将那一小团舌尖含在口中。博洛看着克咸道："孙临，我佩服你对朋友肝胆相照。为朋友尽义，你做到如今已经很够了，不用定要陪他去死。以你文武全才，杨文骢不过让你做一个小小参将，也非真心爱重。如投靠我，即日便可做大将，其中分别，你自己权衡。"克咸哪会理会他的挑拨，冷笑道："孙临岂是贪慕权势富贵之人。不必多费口舌了，动手吧。"博洛狠狠看了克咸两眼，将目光转向我。

这是我第一次与博洛对视。我看着他，神色冷漠如雪。他的眼中有光焰腾起，是我过去常在无数男人眼中看见过的。那张线条冷酷的脸瞬间柔和下来，语声也骤然带了炽热的温度，仿佛喃喃自语："这才是绝世佳人啊。"说着竟亲手来解我身上的绳索，一时哪里解得开，旁边的亲兵先是看呆了，过了会儿才反应过来一齐上前帮他解。

克咸暴怒跳起、眼睛血红，嘶吼道："不许碰她！"却被一群清兵奋力按住。而我面前这群人像聋了一般，连解绳索的动作也没有滞一下。杨大人向着他道："克咸……"便说不下去，眼中是深深的哀苦绝望。我含着一口腥咸的血，看着眼前这一幕流水般发生，心里只有一个念头：我很快就要离开这个世界了，不会令克咸和自己受辱。博洛眼中带着淫邪的笑，右手轻抚上我面颊，黏腻的手如同肉虫蠕动一般，我一阵反胃，牵动这两个月晨吐般的恶心，本能地往后就退，背后却是墙，根本无路可退。想要掌掴他，双手仍被反绑着，大急之下，口中一团血肉向他脸上喷去。博洛不防，被我端直喷了一脸。我看见那一小截舌尖如同弹弓射出的弹子，射向博洛少肉多骨的脸，在他突出的颧骨上弹了弹，才不甘心地顺着他的领口、衣襟滑落地上。

满屋的人都呆住了，空气有瞬间的凝结。博洛半张脸猩红得刺目，另半张脸却又青又白，形如恶鬼，诡异而狰狞。鲜血从他脸上淋漓滴下，他死死盯着我，眼神冰冷似铁，猛然抽出腰间长刀刺向我左胸，我只觉肋间一凉，有薄而锐利的痛猛然弥散开来。我听见克咸凄厉如狂的吼叫："嫩儿！"

热血从胸前衣衫破洞中汨汨涌出，跌落在裙幅上、地上，盛开出大朵大朵鲜红的牡丹。在巨痛的眩晕中，我眼前浮现起十多岁时，在秦淮河畔曾见柳如是的情景：容颜如朗月出云的她，身旁是玉树临风的他。他们走在众人仰慕的目光中，素衣胜雪，不染凡尘。她停下来拈起枝头的梅花轻嗅，他在旁边负手驻足，微笑地看着她，渊渟岳峙，气度高华得难以言表。那一刻，金陵城所有的梅花都失了颜色。我知道，他是陈子龙，复社清流，词坛盟主。人人都羡柳如是艳名满天下，十三岁的葛嫩独羡她得遇良人。似这般文韬武略、胸怀天下、心系苍生的男儿才是女子的良人啊。后来，金陵失陷，陈子龙果然矢志抗清、慷慨殉国。自秦淮河畔初见柳、陈，我从此勤习琴棋书画，只为了那样的良人出现时能配得上他。而我竟真的遇到了，克咸他胸怀家国、有义有节，我没有看错他。这样想着，笑意浮上唇边，我最后看了一眼我那如痴如狂的良人，意识渐渐模糊。三郎，嫩儿先走一步了。

《明史》卷二百七十七 列传第一百六十五载：

　　七月，大清兵至，文聪不能御，退至浦城，为追
　　骑所获，与监纪孙临俱不降被戮。

雕栏玉砌应犹在

一

十六岁之前，我不曾识得真正的人间疾苦。

我生下来便是中山公子，是魏国公唯一的嫡亲弟弟。我的祖上是"开国六王"之首中山王。记忆中那些年，我最大的忧愁不过是见落花掉泪、见残月伤心。父亲去世早，母亲对我百般慈爱；虽亦有长兄如父，可是哥哥怜我幼年失怙，又身子单弱，竟比母亲还顺着我。经常一处玩乐的世家子中，数我手头最宽绰，无他，无人拘束我，母兄将一份家私都尽着我也。

那时候，我家在金陵有八九处园子，我每常居处的是白鹭洲上、大功坊旁边的东园。此坊、此园由太祖皇帝为我先祖徐达所建，园子经我高祖姑奶奶、成祖仁孝皇后扩建，此后历代祖先均在旧制上踵事增华，到了我这一代，亭台之精、花石之胜、林泉之幽，已经不让石崇的金谷园了。我也曾游过皇家园林，私以为其天家气象固是恢弘壮阔、无人能及，可是若论精致，我东园倒也不输；逛过北京、南京名公巨卿们各家的花园，更是逊于东园多也。

金陵是帝王州、佳丽地，后来的人大都只知道柳如是、顾横波、卞玉京、陈圆圆这几个名字，其实那时候金陵真是佳丽如云，且大都工诗善画、兼擅梨园、各有胜场。南曲、珠市中哪怕是寂寂无名的姑娘，搁别处都能独自撑起一个院子。我那时尚未成年，加之打小儿家中有姿色的女孩儿也多，于风月之事并无十分兴致。怎奈一处玩耍的朋友亲戚，乃至清客相公们皆乐此不疲，故连我也成了平康常客。

去姑娘们香闺里打茶围是常有的，金陵夏天炎热，一到夏天我就懒怠动，何况论清凉避暑，哪里能比得上我东园临水，凉风习习。于是在园子里攒局，朋友们聚在荷风轩纳凉品茗，请名姬八九人，隔着五六丈宽的碧水清荷，令其中两三人在对面的羽仙阁按筝拨弦、婉转吟唱。那歌声、弦乐穿林渡水而来，格外细致清幽、情怀脉脉。当此时，眼前是名姬、老友、菡萏、清漪，耳边是名曲、仙乐，鼻端是木瓜、佛手的清香，茉莉、珠兰的馥郁，即便是我，也觉如此富贵与闲适兼得，神仙日子也不能超过，浮生实不应有憾了。

即使在甲申年，先帝在煤山龙驭宾天，弘光帝在南京登基，那样撼山震岳的大变动，于我似乎也只与说书人的故事相仿佛。魏国公府依旧。东园依旧。我，依旧。也曾在金陵城内看见饿殍、饥民、乞丐，我命贴身小厮莳花、培木带着散钱，随时周济，饿晕的，给治粥饭；冻僵的，给办寒衣棉被；饥寒致死的，赏烧埋银子给其家人。也曾风闻清军南下，但听上去总是离我的世界太远太远，虚幻得像真实世界倒映在水中的一个模糊的影子。我还来不及去想，这将给我的生活带来怎样的影响。仿佛万事都有我那强大的哥哥替我挡着，管他谁南下，我还不是在东园里听我的曲、赏我的花。我做梦也没有想过，有一天我也会成为那群面黄肌瘦、衣不蔽体的人当中的一个。

一切改变皆发生在乙酉年。五月十五，初夏的滂沱大雨中，金陵城城门洞开，文武大臣在雨中分列左右，文官由礼部尚书、一代文宗钱牧斋领衔，武官则以我的哥哥魏国公为首，雨水顺着他们的纱帽、脸、官服往下流，一直流进朝靴里。这些金陵城往日的权贵们，此刻全都垂着头，静默、颓丧。他们在等待，等待清军将领多铎来接收这座城市，接收他们的忠心，据说这忠心以前是献给大明的。大雨一直下，他们在雨中站成雕像，淋得透湿。天边似有雷声由远而近，远处起了水雾，隔着厚厚的雨帘更加看不分明，但每一个人都悚然而惊，头垂得更低了。

那是清军的马蹄。多铎终于来了。

在东园最高处的佛光阁用西洋"千里镜"看着这一切的我，第一次真真切切地打了一个寒战。

一夜之间，我的哥哥魏国公被拘，我仰赖的大树倒了。紧接着家产、家奴全部没入官中，我与母亲两人搬入长乐坊一座过去安置家仆的小小院落。噩耗接二连三，长兄受到拷打，从狱中递出消息，母亲赶忙把最后一点度日的体己也交了出去。但夏去秋来，哥哥还是死了，凶讯传来，老母当场晕死过去，我只会抱着老人家哀哀地哭。母亲好半天才醒转来，叫一声"我那苦命的儿啊"，仍是捶胸顿足哭个不住。

母亲为金陵世勋之女，后又嫁入侯门，一生仆从如云，从未住过这样逼仄腌臜的居所，更不用说如今一个仆人也无、一衣一食都须她亲力亲为；但老人家一直淡然处之，令我不胜感佩。唯有狱中的哥哥令她日夜悬心，哪知终于还是有今日。想到哥哥待我亲厚，又想他从小习武，那样健壮的一个人，定是受了极大的苦楚才去了。我心如刀绞、泪如雨下，完全无法劝慰母亲，只能抱在一起痛哭。

官府许我们领回哥哥尸首、自行安葬。母亲已经病倒，水米不进、气若游丝，只能由我去领回。狱卒带着我走过昏暗、气味混浊的地牢走廊，两边的栅栏后都是蓬头垢面、披枷戴锁的犯人。我一眼看见两个故人，便不敢再多看，眼观鼻鼻观心，但还是被人认出来，扒着栅栏狂叫我的名字。这地牢里关的全是明朝公卿，新朝拷打他们，不过是要多榨出钱财来，他们最终的下场多半如我哥哥一样，被拷打致死。

终于，两名狱卒停下来，打开一扇栅栏，朝里头的地面努了努嘴。我看到一具尸体，可那不是我的哥哥。他虽然像我哥哥一样身长六尺，可是论体格胖瘦只有我哥哥的三分之一。枯瘦的、芦柴棒一样的尸首。狱吏不耐烦地说"不会错"，我于是俯下身，举起火镰凑近那尸体侧向一边的脸照了照。火镰差点掉在地上，真是我的哥哥。虽然他的脸已经不能称之为脸，只是骷髅上蒙着一张薄薄的皮，瘦得连上唇都变短了，露出森森的牙齿，可我还是一眼就认出那就是我的哥哥魏国公。

揭开盖在哥哥身上的布，我看见了人生中最可怖的一幕：那具嶙峋的身体从上到下布满瘀紫、溃烂，各种各样的伤痕，生生记录着这身体生前遭受的巨大痛苦。狱吏已经在催我，我机械地往后让一让，他俩抬起那具身体，我跟在他们后面往外走。一路上，我感觉两边栅栏后有无数双眼睛在看着我们。

哥哥的丧事是我操办的。说是我操办，可我哪懂得这些，幸亏隔壁邻居、皮条客王虎出主意，让我悄悄从母亲的箱子里拿出来这个小小院落的房契，由他帮忙去当铺折变了三十两银子，去棺材铺买来一副柏木寿材，寿衣铺买来寿衣、纸扎，请了出殡队伍来唱孝歌。停灵三日后，我将哥哥——大明的魏国公殡在了城南安德门外——已经无力将他葬回祖茔了。

寿材抬入墓道，龙口也封上了，雇来殡葬的人一铲铲将黄土扬起、盖在隆起的墓上，我跪在哥哥的坟前化起了纸钱。火的热度将纸灰腾起，在半空打着旋儿。我眼眶干涩不见泪意，胸中却悲凉充塞，我觉得我不止在为我的哥哥焚化纸钱，也为我自己，为我的家族，为我们的王朝。

自从哥哥离世，母亲的身体和精神彻底垮了，我才知道之前她是强撑着一口气在等大儿子回来。现在大部分时候她都昏昏沉沉地睡着，醒着的时候就用混沌而哀戚的眼神看着我。我忍不住想，她要是不这样多寿就好了，现在活着的每一天对她都是折辱。一个月后的一个黄昏，母亲终于走了，我用典当房子剩余的几两银子买了一口薄棺，将母亲——曾经的明朝国公夫人葬在哥哥的身旁。当最后一片纸钱在火中化为黑色的蝴蝶，又被风吹得四散飘舞，我抬起头来，天空灰茫茫的，一只孤雁发出长长的悲鸣。从此世间只剩我一个人了。

二

街上的人都换上了新朝的服色和发式。有些名士、读书人不肯改服易发——那真的太丑了，他们受到了严酷的对待。我不是名士，现在只是一介贱民，服色、发式本无所谓，当然没必要惹麻烦，易就易吧。

母亲去世后，我搜罗了她最后残存的一点簪环卖了，所得的钱非常少，远远不够赎回我典当的房子。我肩不能挑、手不能提，所幸从小先生教导还算严格，翰墨诗书总是学了一些的。我开始在街上摆摊，帮人写信、写对联、给人画像，可是很少有人光顾，有时一整天都开不了张。大部分时候，我自己随意在纸上作画，我爱山水、花鸟，临过宋徽宗的全部画作，也曾得名师指点，十岁之前的画作便被老师赞"天分高"，此时虽然时时觉得自己画得满纸光辉，可是连人像都乏人买，这样的画就更不会有人问津了，我只能一张张卷起，带回去丢在屋角，很快便积上一层灰尘。

摆摊的时候，有时我会在街上遇到故人。比如，我曾遇见熟识的歌伎张元。张元过去常常出入我家。

犹记得初见张元是初夏，那天在我家攒局，酒阑之后，名姬沙才、董小宛在弹琵琶、唱曲，客人们随处坐立闲谈。我见窗外新月如钩，月下有美人凭栏而立，那背影清逸如一幅画，便轻轻走过去。栏外开着几树芭蕉，在夜色中妖娆无比。我轻嗽一声，美人身影轻颤，却没有回头，似在抬手拭泪。我停在她身后几步："是谁风露立中宵？"那人回过头来，是个生面孔，她唤一声"青君公子"，笑得如春日海棠般明艳妩媚，窗内亮如白昼的烛光映出来，映在她脸上，分明泪痕犹在，眼睛也是红红的。

我走近她，闲闲地问她些话，谁带她来我家，家乡、年纪，几岁到金陵，如今家里有几位姐妹，妈妈待她如何，等等，她也细细地答了，应对得极周到得体。我心中有些怜惜，假装无意地说起："姑娘在这金陵城若遇到什么难事，信得过青君的话，不妨说出来，许能一起商议个办法。"她露出感激的神情，终于忍不住落下泪来，接过我递过的素绢帕子拭了泪，这才哽哽咽咽地说了起来。

原来半年前她家来了一个外省伧夫，目不识丁却出手大方，妈妈很喜欢，张元的性子本就不敢得罪客人，便尽量敷衍。十天前伧夫提出要娶她做小，她自然是不愿意的，连妈妈也觉得她尚未大红过，还想要多留她几年，等声名高些再落籍从良，也好落个好身价，便拒绝了。哪知那人便闹将起来，说张元母女已经收了他的聘礼，此刻依约给他做小便罢，不然就要告官；又说他与金陵知府是总角之交，即刻便能拿了张元全家入狱。本以为他只是狗急跳墙、大言恫吓，谁知前天江宁县突然下了传票，不日就要拘了她和妈妈去过堂。妈妈一听吓坏了，这才对张元说她确已收了这伧夫许多钱财，当时只当求娶是玩笑，没想到这村夫是认真的。如今银子已差人带去扬州买新人，这个时候已经兑付了，力劝张元嫁过去。

张元流泪道："怎么嫁，都知道这村夫家里的老婆是个悍妇，前不久还带着仆妇打上我家来，亏得妈妈是惯会应付这些的，一番话，怼得那悍妇无话可答，才恨恨去了。我又没有妈妈的本事，若在悍妇手中讨饭吃，迟早是个死。"说着，只是呜咽个不住。我听了，料想不是难事，便道："姑娘莫烦愁，且让青君试试，能否与姑娘开交了这人。"当下让蒨花传年长的家人长贵来，命他明日便带了我的名帖去与金陵知府交涉，替张元姑娘了结官司，令那村夫再不得扰攘，长贵诺诺连声去了。张元"扑通"跪倒我面前，我忙躬身扶起，道："姑娘快休如此，上天有好生之德，扶危济困，正是我辈之事。"张元流泪一再称谢，对我福了又福，眼中全是感念。

两日后，长贵来回禀，道是张元的官司已了，那伧夫已带了妻小离开本城，临行前画了押，保证此生不再踏足金陵。晚上，张元来道谢，涕泪交流，又要对我行大礼，被我命丫鬟一左一右搀起。

从此张元便时常出入我家。她极清瘦，即使在一群窈窕女子中也是最轻盈的那一个，而我有与楚灵王一样的癖好，喜爱女子袅袅婷婷的样子。张元善舞，犹善胡旋舞，舞起来如同仙女临风飘举，令人很是难忘。她侑过两次酒之后，我便发觉她极会察言观色，又很会说话，我心下知道，这定是多年混迹欢场、始终未大红、艰难求生的结果，于是心生怜惜，便格外多关照些。众人见我赏识她，也都有意抬举，她于是声名鹊起，很快在金陵城崭露头角。她也深知这一切都是因了我的厚爱，故对我更与对他人不同些，凡我叫局，她从未缺席过，来了也很使力地歌舞、应对。她唤我"青君公子"时，声音里都溢着海棠花一样的柔和娇。

这次我在长乐坊看见她时，她正坐在一顶四人抬的绿油小轿中，用春葱般的手指挑起小窗帘子往外看，露出一张粉脸，头上满满的金珠点翠，很是华丽。我心中感慨，到底是她们商女，换了朝代仍能活得好好的，倒比王孙公子们强。过去在佳丽丛中，并未觉得她有多美，此刻在这市井街头，才觉似她这般在坊间已算是天仙一般的美人。街边行路的、做小生意的人也看见了，都停下来看她。张元对世人的放肆打量视若无睹，她也打量着这街市、人群，眼中有几分漠然，又有几分不耐。她的目光落在我脸上，我看见了她眼中微微的诧异，我顾不得羞耻，脱口而出"元元姑娘"，又不由自主地跟着她的轿子走了几步。后来回想，我不确定当时是怎么想的——是太久没有见到故人了吗？还是下意识希望她能周济我一点，毕竟那时我已经无路可走了。后一种想法回想起来令我觉得羞耻。

然而她的目光很快恢复了木然，甚至变得更加冷傲，她上上下下地端详了我一回。已是初冬，我仍穿着夹袍，拱肩缩背，落魄都写在面上吧。她默默地收回了撩起窗帘的那只手，窗帘垂下，她的小轿走远了。我愣在原地，周围的人都看着我大笑起来，大概以为我是个看见美人流哈喇子的妄人。我默默回到我的书画摊子前。已是见惯世态炎凉的人，我怎么居然还指望一个风尘女子顾念旧德呢？是我错了。

三

这天收摊回到家里，发现我的东西都被扔出了大门，扔在大马路上，东一件衣服西一支秃笔。我的房子早已不是我的房子，早就抵押给当铺且"死当"了。邻居王虎出钱赎了回来，现在是王虎的房子了。之前王虎曾三番五次知会我搬出而我无处可搬，现在人家不过强行来收回人家的房子罢了。我默默地捡拾起东西，收在一个青色哆罗呢包袱皮里，无关衣食饱暖的都弃而不取，背上包袱走进王虎家的院子。我求他仍许我在院子里的柴房居住，我在院子里站了一个时辰，王虎始终没有露面，可我知道他就在里面。最后还是他娘子叹着气，从窗户里扔出半吊钱来，命我出去租个居所容身。我捡起钱，作了个揖。当晚就在我原来的家——现在是王虎家大门门廊下，铺下一条棕毡，抖抖索索地睡下，前半夜冻得睡不着的时候，看见月亮像一张冷冷的脸，又近又远，这还是我东园的月亮吗？东园的月亮或阴或晴，或圆或缺，有时低低挂在柳梢，有时高高照着一池清波，总是温情与诗意的。唉，往事不堪回首月明中啊。

　　天明我拿着那半吊钱，去几百步外的大杂院，赁了一间仅可容膝的小棚屋，摊开包袱打了个地铺。书画摊是不能再摆了，不能糊口不说，自己写字作画的纸墨、颜料也要钱啊。大杂院里住着几十户人家，有抬轿子的，磨豆腐的，箍桶的，替人杀鸡薅毛的，都不是我能做的事。只有一位老于头，他是给人哭灵、举灵幡的，我想着这活儿不需要力气，也不需要技艺，哭不出来只需干号便是，不成还有辣椒面帮忙。于是便去求他收下我这个徒弟。他起初不肯，鼻子里往外呼冷气。经不住我不住求他，最后又将我一件半旧的月白潞绸主腰送他作为束脩。他一见那主腰眼睛便亮了，立即收下我做徒弟，还腆胸凸肚地受了我一个头。

恰好过了几天就有人家出殡，师父便带着我去了，到了主人家，换上素白麻衣，裹上孝布，连棺材在哪儿还没看见呢，我便和师父一起拥入孝子群中，拿手盖着脸干号起来。我是真的在干号，师父却真个流下泪来，一边哭一边念念有词，又哭又唱，唱的是逝者生前如何上敬翁姑、下慈甥侄，中间爱敬夫君、与妯娌友爱和睦，如今仙逝，从至亲到邻里，如何伤痛欲绝，如何深切缅怀。我这才知道死的是个老太太，可见哪个行当都要敬业，师父终究是师父啊。

时辰到了，鞭炮响起，铙钹齐鸣，两个身穿重孝的人打着引路幡先出，孝子手捧孝子盆紧随其后，八条大汉抬起棺木出门，其余孝子孝女一齐大哭着跟上，有人捧着纸扎的童男童女、金山银山。我紧跟在师父后面，悄悄地往脸上抹了唾沫，拿起一枝灵幡，一脸戚容地跟在队伍里。偌大的送殡队伍一路撒着白色的纸钱，一直往南，把逝者送到城南的牛首山上。免不了又是一番号哭，又是种种繁复的仪式，末了将棺材送入墓道，封上龙口，鞭炮炸响中，又痛哭一顿，然后才哭着与众人一起下了山。回到主人家，主人备了筵席，好久没吃过这样的好饭，坐下来狼吞虎咽地饱餐一顿，临出门前去主人处领了工钱——一百大钱，师父是二百。

回到那赁来的小棚屋，天已擦黑，才觉嗓子嘶哑，但所幸肚儿饱饱。摸着滚圆的肚皮和那一百大钱，心满意足地睡了。一觉醒来，已是第二天近午时分，昨天那顿好饭仍在肚腹间饱着。心里想着这生意果然是不错的，来钱算得容易，但差在不能每天都有，还得寻点别的营生方能过活，可想来想去也没想到什么容易吃的饭碗。

　　这天倒马桶回来走在巷子里，身侧一部青油车经过，我没有理会，车内却有人轻唤："青君公子！"真是久违的称呼。我一回头，车中唤我的美人乌发垂肩，衬得雪白面孔十分精致。我手足无措，恨不能突然得道，把手中的马桶变没——这副模样实在太唐突佳人了。美人却不以为意，命车停下，小鬟打起门帘，先露出尖尖的弓鞋、云朵般的裙幅，然后美人出来了，亭亭玉立，白衣胜雪。我下意识将马桶藏在身后。美人和煦地笑："我是秦淮范钰呀。公子不认得我了？"我看着她莲花一般清丽的脸，努力回想，似乎是面善的，但"范钰"这个名字，竟一点痕迹也没有留下。我只得笑笑，歉意地摇头。

　　范钰眼中闪过一丝失望的神色，像晴空中吹来一缕云翳，但她很快复笑道："也是，那时在国公爷家出入的姑娘实在太多了，公子哪能个个都记得。"我拱拱手以示歉意。范钰似陷入回忆："您不记得我们，我们却不会忘了公子。那时公子待我们姐妹们极体贴有礼，酒桌上时时回护，打赏也极丰厚，从不令我等为难。"我再拱手。范钰看看周围杂乱破败的民居："听闻魏国公殁了，未料公子搬到了此间。今日抄近路赶着去唱堂会，不承想在这里遇到公子，可见合该有缘。"我赧然无语。她对丫鬟点点头，丫鬟走近前，手捧一个荷包，范钰接过看了看，双手捧给我："过去多承公子照拂，不想今日有幸回报万一。还望公子不要嫌弃。"我深深作揖，惭愧地接过。范钰也福了福，重新登车，走远了。

回到我的小棚屋，打开荷包，里面是两个小金锞子，足有半两重。搁在过去，这还不够我听完戏打赏一个小伶人的，可如今就是笔大钱了。我欣喜异常，房租已经拖欠下了，房东娘子——一个戾气十足的胖妇人正嚷着要赶我走呢，这回够再住个一半年的。这位我不记得的范钰姑娘，真是个风尘侠女啊。

举灵幡、哭丧的营生时有时无。自从母亲去后，我每天都在为糊口费心费力。从前不知道人活着就要用银子，而银子是这般难挣的。一年后，我终于交不上大杂院的房租，被赶出来了。

那是一个日光昏黄的下午，我背着青色哆罗呢包袱，来到了秦淮河靠近聚宝门的一处桥下。秦淮河水碧沉沉的，到这里水流变窄，两边河滩平而宽，头顶是桥，好歹可以不受雨淋。我在河滩上铺下棕毡，准备以后便以此为家。到傍晚的时候，陆续来了几个蓬首垢面、鹑衣百结的人，是住在这里的乞丐。他们的到来提醒我，虽然我的脸和衣服暂时比他们略整洁干净些，却的的确确是同他们一样的流浪汉、乞丐了。我是乞丐了。这个念头闪过，我的内心竟出奇平静，并没有预想中的疼痛。

那三个乞丐显然是认识的，互相递了个眼色，站起来，三个人呈扇形向我慢慢地包抄过来，我举起了双手。他们仍向我逼来，扇形越缩越小，我举着手慢慢蹲下，捡起青色包袱抛在他们面前，他们接过去撕开来，一通疯抢，连包袱皮都没给我剩下，这下我是彻彻底底一无所有了，换来他们容许我与他们共享这桥下的方寸之地。

我把我的棕毡挪得离他们远些、再远些，远得都快出离桥顶的遮蔽了，不仅仅是因为我怕他们，更因为我受不了他们身上的气味，夹杂着身体油汗味、食物馊味的气味。这气味我在大杂院的空气中就时时嗅到，而他们三个是五十个大杂院，太可怕。我对自己说，即使今天我也成了乞丐，可我绝不允许自己身上有那种味道，绝不。再潦倒穷困，这秦淮河水总是不要钱买的，我每天洗还做不到吗。

天边一轮残月，照得几步之外的秦淮河幽幽的，水面似有一层雾气飘拂。我看着那雾气缥缈地变幻着形状，看得久了就有些眩晕，就这样慢慢地沉入了梦乡。

梦里，我又回到了东园。我在紫檀拔步床上醒来，身上盖着杏子红妆缎面的蚕丝软被。甫一坐起，不等我挑起红绡帐，外间就有小鬟说："公子醒了。"我坐在床边，贴身伺候的紫岚、青霭便一左一右服侍我穿上月白湘绣褂子，外罩雨过天青色云纹宝相花缂丝袍子。我看着多宝槅里那些翡翠壶、缠丝玛瑙盘、蜜蜡佛像、兔毫盏……有些呆呆地出神。透过那槅子，可以看见窗外正下着雾蒙蒙的雨，沾衣欲湿的。新绿叶子得了雨更加绿得盈润，同大片娇艳的杏花、莹白的梨花一起，俱笼罩在这水雾中。

丫鬟绿萼递上青盐，我草草擦了牙，便有小丫鬟用银盆盛了水来，弯腰捧着，绿萼绞了巾帕，服侍我洗脸。洗了脸，梳头的丫鬟红芍已经捧着个黄梨木匣子笑吟吟地站在一旁。我摇摇头说："先用早饭吧。不知怎的，这会儿饿得紧。"紫岚答："公子风寒才愈，夫人吩咐今天仍以净饿为主，早饭只有白粥、腌小黄瓜干……"我不等她说完："我已经大好了，这样清粥小菜的还要闹到几时？照常吃，不，照午饭那样吃。"紫岚笑答："是。"不一会儿，小丫鬟们手捧菜肴鱼贯而入，胭脂鹅脯、清蒸鲈鱼、炭烤鹿肉、芦蒿炒香干、椒油拌马兰头、酸笋小鸡汤、菊花络蛋汤、香稻粳米饭、藕粉桂花糖糕、枣泥栗粉糕、松瓤豆沙卷……摆满一桌。我食指大动，正要举箸，突然鼻端一股强烈的油汗味混杂着酸馊味，中人欲呕，我一激灵就醒了。

借着秦淮河水的反光，我看见那个乞丐的脸就凑在我的鼻尖上，眼中一抹馋痨色鬼样淫邪的笑，他湿冷黏腻的手正往我腰间摸索，蛇一般地。我惊恐地叫一声，大力推开他，同时一跃而起，没命地向河岸上逃，身后是另外两个乞丐淫荡的大笑。

我一路狂奔，远远地逃离那座桥，几乎跑过小半个城，直跑到城墙根下才停下来，一手扶着城墙，一边大口喘气，一边狂呕。月亮在高高的城墙上看着。我的腹中本没有食物，一口口呕出的全是清水。终于呕完了，我颓然靠城墙坐下，两只冰凉的小虫子顺着脸颊爬下来，掉在地上倏忽不见，又有更多的小虫子蜿蜒爬下来。

四

天亮了，我一步一步走回长乐坊的大杂院，走到我师父那里，问他有没有人找我们去哭灵。当然没有。师父见我那个样子，叹了口气，拿出一个长满霉斑的绿馒头给我，我二话不说，接过来两口吞了。

吞完馒头，有人拍我肩膀，一回头，是买了我房子的王虎。他冷冷地说："现有一桩好营生，一下便能赚二两银子，你干不干？"我难以置信地看着他，同时听见我师父哀叹一声，退回他屋里，还关上了门。

在王虎说与我听之前，我从不知道世上还有这一种营生。新朝律法甚严，又推崇杖刑，犯错犯罪，小到捐税逾期、打架斗殴、口角是非，大到入室行窃、作奸犯科，都要用杖刑，就是用板子打屁股和大腿。衙役们下手很重，家境稍微好点的人，怕皮肉受苦，就一边使钱给衙役，一边花钱雇人去冒名领杖。衙役们得了钱，才不管手下打的是谁；代杖的多是乞丐，咬牙以皮肉之苦换来银子，总比饿死强。算来王虎还是给我指了一条活路呢。

王虎见我没有拒绝，便张罗主家来见面，主家来了，是一个魁梧的中年汉子，站在他面前，我算得上赢弱如鸡了，可是稍后我却要代他受杖。主家将我请到就近的酒楼，鸡鸭鱼肉，让我尽情饱餐了一顿。可是想到稍后将要遭遇的，这顿饭，我并没有吃得舒泰。

吃过饭，主家先支了一两银子给我。四十杖，二两银子，事前支付一半，事后再付另一半，王虎做保人。我接过银子贴身收好，就往江宁县衙而去。

午后到了县衙，两名衙役问过话，我照主家交代的一一答了，衙役便吩咐我脱去衣袍，我讷讷地答应了，脱得只剩中衣。一名衙役看着我说："你是头一回吧？听我的，脱光了，好多着呢，不然有你罪受的。"我虽落魄了，羞丑还是知道的，当下愣着不动。衙役也不多话，将我面朝下按倒在一条长凳上，脚被抬起搁在另一条长凳上，手脚都捆牢，嘴里塞上一块松木。他们做这些事的时候，我余光瞥见搁在旁边的刑杖，只比我的小臂略细些，忍不住轻轻发起抖来，渐渐抖得浑身筛糠一般。几个衙役看见了，都狂笑起来。

第一棍落下来的时候，我若不是被捆得结实，几乎整个人弹起来——想过会很疼，没想到这么疼。像被毒蛇猛然咬了一口，又像是被刀子剜下一条肉。第二棍、第三棍落下来，我的身子剧烈扭动，口中呜呜，我想大喊："我不是李长善，我是替他代杖的！这钱我挣不了，你们快放了我，传他自己来！"但我嘴里被塞了松木，什么也喊不出来。棍子接连落下来，越来越痛不可当，眼泪、鼻涕、汗一齐流下来，眼前模糊一片，我绝望地想，今天一定会死在这里了。

随着棍子与肉体撞击的沉闷声响一下下的，疼痛依然锐利，一个声音在脑子里高声说："打得好！打你个富贵不知乐业！打你个贫穷难耐凄凉！打你个天下无能第一！打你个古今不肖无双！打！打！打！打死你这个羞辱祖先的不肖子孙！"我泪如雨下，泪珠"吧嗒吧嗒"掉在地上。我想着这顿打是在替先父，甚至就是替徐氏先祖教训我，我的内心平静了，剧痛中甚至有种重负慢慢卸下的轻松。是啊，活到我这份上的王孙公子，难道还不该被痛打一顿吗？被打死也许是最好的结果。

然而我终究没有死去。不知过了多久，四十杖终于打完了，衙役们解开我的束缚，我像死狗一样趴在地上，他们见怪不怪地拖起我，把我和我的衣服扔出衙外。我就俯卧在墙根下，粗重地喘着气，中衣全被血和汗浸透，这会儿黏在身上。有路过的好心人拾起我的夹衫帮我盖在身上。

我在原地躺了一夜一天。到了第二天下午，勉强扶着墙能站起来了，却不知能去哪里。天下之大，已没有我容身之处。想到我代杖的主家还欠我一两银子，那可是血泪钱，这才一步一挨，慢慢走到长乐坊去。王虎见了我，先是说主家的银子还没送来，我实在撑不住了，就往他家檐下直直一趴，衣衫下露出血污一片的中衣来，他家娘子看了急忙掩面，两口子回屋嘀咕了一会儿，王虎就出来把我的银子给我了。

我拿了银子，爬起来走到巷子里买了两个煎饼，站着吃了一个，拿着另一个到我师父家。我把煎饼给师父，又请他找房东帮我续租我之前住的棚屋。师父点点头，许我俯卧在他的草铺上，他自己去找房东交涉去了。

当晚，我又住回了小棚屋。只是这一回，我连点换洗衣物都没了，身上还新添了棒疮。我躺了一天，自觉得伤口略好些，才敢脱去血污浸透的中衣。结果发现那中衣早已与血肉粘成一片，要揭下来便疼得钻心，我狠着心揭一点，停下来倒吸几口冷气，用了大半天才把中衣剥下来，那中衣后面已被打成一条条的。

过了一夜我发起烧来，昏昏沉沉地烧了一天，黄昏时师父见我一天没开门，便来探视。一看才发现，伤口已经溃脓了。师父叹气，请了郎中来，郎中为我挤去伤口脓水，又取出不少碎布屑来，少不得我又疼出几身大汗。敷了药，又开了丸药，大夫可怜我，只收了我五十个大钱。大夫走了，我这才又昏昏睡去。

棒疮一天好似一天。养伤的时日里，我深觉代杖这营生太过残酷，还是得另觅活路。一个多月过去，棒疮已经痊愈了。二两银子也只剩下不到一两。我自觉已经积攒了些勇气，从此后就做个乞儿，食千家饭，也好过血肉之躯遭这般荼毒。我知道保国公的世子做了城中新贵家的佣人。半年前他跟着他主子出门，穿着短打，走在佣仆队伍中愁眉搭眼、一脸倒霉相，看见我羞得低下头去。我忙也低下头去，怕臊得他更难堪。我还曾路遇定西侯的长孙，他已经做了乞丐，蓬着头跪在贡院门前，身侧放一只破碗，碗中几个铜板、一小颗碎银。路人匆匆而过，无人施舍他。趁他没有看见我，我忙悄悄掉头走了。

昔日轻裘肥马、叱咤金陵的国公世子、侯爷长孙成了佣仆、乞儿，其实我又比他们强在哪里呢？做佣仆好歹不愁衣食住所，做乞丐也算有条来财路，而我那时替人哭灵，已经快要三餐不继了。在我眼中，做佣仆受主人驱使、伺候主人颜色，还不如索性做乞儿，伺候天下人颜色。

可当我来到天桥，面对如织的人流，面对街两边喧闹的市肆，我甚至已经悄悄从袖中掏出藏着的破碗，但膝盖却僵硬着不肯打弯。我跪不下去。怎么跪？我曾是国公爷的弟弟，我高祖是开国功臣之首，就葬在钟山之阴，我现在却要为了半个馒头、一枚铜钱给路人下跪？我冷汗涔涔、发背沾衣，逃也似离了天桥，失魂落魄回到我的棚屋里。

五

最终我还是决定：给人代杖为生。比起做乞丐，这算是自食其力；比起做仆人，可不必受人驱遣。不过就是皮肉受苦，可我活到今天这个地步，这具皮囊还不该受点苦吗？我找了王虎，他答应长期给我介绍生意，但要抽十分之一的佣金，我答应了；要求事前付清所有酬劳，他想了想，也答应了。

我从此成了职业代杖人。饶是如此，我也只能两个月"开张"一次。主要是因为，一次代杖的棒疮，二十杖或四十杖，总要一个多月才能长好，再过半个月才算痊愈。现在我每次去代杖前，都会要求主家上酒，我把自己灌得半醉，受杖时在心里替父母祖宗大骂自己，居然容易挨过些。有了第一次的教训，以后领杖时再也不穿中衣，以天体裸裎，以示自辱；每次受完杖在官衙外俯卧一夜，天明后慢慢挨回长乐坊的棚屋，自己擦些棒疮膏，再没有出现伤口溃脓之事。

我渐渐发现，父母赐的这具皮囊真是得造化之妙。别的不说，中衣、鞋袜之类，破了就是破了，就算拿针线缝上，也永远地有条破缝在那里；但这具皮囊，今天看它皮开肉绽、血肉模糊，一个月后便又重新完好如初，竟如古书上记载的上古神物息壤一般。当时只道父母给我这具皮囊，是供我享受饮食声色之用，到今天才知道，还可供我一日三餐糊口之用。

有一晚，我头天受完杖，黄昏时分才挨回棚屋，半睡半醒间觉有人在旁边啜泣，睁开眼却是母亲，她头戴赤金点翠钿子，身穿香色底蟒缎对襟袄儿，披百鸟朝凤织锦云肩，见我醒了就抱着我大哭："儿啊，你打小儿那样娇养，在屋里怕闷坏了你，着奶娘仆妇抱你出去又怕风扑了你。大些后你身子单弱，我与你父亲更何尝舍得戳你一指头，如今你却吃这样大苦啊。"我心中酸楚，却只能于枕上叩首："儿子不孝。令祖宗蒙羞，令父母不安。儿子不孝。"母亲仍是哭个不住，我再用力叩首，额头吃疼醒来，却是我自己睡梦中拿头在黄泥地上撞，冷风吹进来，房门吱呀作响。借着院中白晃晃的月光，看见关不严的房门不住颤抖，却哪里有母亲的影子。我艰难撑起上半身，摸来半截砖头顶在门后，继续趴着睡下，却许久睡不着。泪水，终于淹没了脸庞。

最后一次代杖是在金陵府衙。我本来不想接这桩生意的，并非只因为这次这个主家犯的事大，判了杖责六十，这一通板子打下来，不知还有没有命拿那三两银子；更重要的是，金陵府衙，那就是过去的魏国公府啊。到我从小长大的我过去的家中去受杖，这让我情何以堪？我也是读过史书的人，懂得"太上不辱先，其次不辱身"的道理，我已经辱先辱身，可也不想回到魏国公府，让列祖列宗的魂灵在半空看着我受这般奇耻大辱啊。但是王虎在旁边看着，面无表情地对我说："做生意呢，最重要的是名声。'一日不开门，百客离你门'，你今天挑主顾，这不肯接那不肯做的，赶明儿名声传了出去，再没人找你了，那时后悔就迟了。毕竟，聚宝门外伸长脖子等着接这个活儿的花子多着呢。"我低头半日，终于点了点头。

翌日便是约定去领杖的日子，主家管饭的时候，我比平时多要了一壶酒，菜没吃多少，酒都喝光了，喝得内里如翻江倒海一般，出了酒家先就忍不住在路边吐了一回，待腹内平复些才向府衙去。远远地看见魏国公府的石狮子了，照旧例是朱漆大门闭锁，门前有几个守门的闲晃。我自报了主家的姓名，只说是来领杖的，守门的抬眼瞅了瞅我，便挥挥手放我从边门进去。

进门一片开阔的青砖地，对面便是气势巍峨的府衙大堂——过去是我家正厅，哥哥在这里接待朝中公卿、朋友往来。若穿过大堂，后面一进是花厅，遇年节喜事，正厅自是接待官客，这花厅便接待堂客。平日里，嫂子在这里起坐问事，处理家中大小事务。嫂子出身河北邯郸赵氏，哥哥系狱后，她娘家来接她归宁，母亲赶紧打发她带着小侄女回娘家了。此刻想起母亲此举，真正英明果决之至，不然我哥哥恐连妻小都要保不住。花厅后又是一进，正房住着母亲，西边耳房住着三位老姨娘。我小时候住东边耳房，晚上常偷偷溜到母亲的正房，非要赖在她的大床上睡觉，母亲也就由着我，直到十岁后挪入东园。最后一进，哥哥成婚后就给了哥哥嫂子住着，两边耳房住着哥哥的姬妾们，家里出事后，这些人都不知去了哪里。

母亲正房东边一扇角门，门外就是东园。东园有湖，烟波浩渺，水上有长堤两条，堤上各有桥数座，令水面似隔还连。洲岛九个，岛上各有楼台轩榭，相互间仅以水路相通。岸边、堤上、岛中遍植花木，四时有花，又饲养孔雀、野鸭、大雁等各类禽鸟。彼时家中女孩子又多，时时来往湖上各处，花招翠带、柳拂香风，曾以为天台、蓬莱不过如此。如今想起来，真如一梦也。

衙役在耳边一声断喝："过来趴下领杖！魂不守舍的，等请呢？"我麻木地除去衣裤、褪下中衣，趴在了府衙大堂前的旧长凳上。手脚都被捆住了，无论第几次受杖，那片皮开肉绽过后又复原如初的皮肤还是会预先发紧、发抖，带得全身都抖。松木塞被塞进嘴里，第一板落下来，像烙铁烙过，我听见自己喉间呜咽一声。府衙的板子比县衙重多了，三板过后，我的泪连同汗一齐涌出来，板子仍在有节奏地落下来，我在心里默默地记着数，同时调动全部意志力一下一下抵御着这疼痛。

板子起落，与肉体相遇时发出沉闷的声响，像海浪拍在岸上。疼痛像海潮，猛然袭来，将我没头没脑地卷入，我在漆黑一片中窒息；有一瞬间，海潮退去，我透出一口气，然而新一轮海潮立刻又涌来，带着千钧的力道，将我深深卷入，我重又窒息……紧闭着眼睛，在窒息与喘息之间，母亲穿着家常半旧的秋香色捻金绣雁衔芦花对襟褙子，坐在正房的鸡翅木圈椅上，笑吟吟朝我伸出手。哥哥魏国公在庭前跃下马，朝着向他含笑请安的弟弟点一点头，急匆匆往内里走，来不及换下皂袍箭袖，就要赶去母亲面前问安。春天里东园开得繁盛的桃花、李花、樱花、海棠、白玉兰、紫玉兰、桐花……烂漫成一片花海。夏天里小鬟们打了井水擦凉席，又凿了窖藏的冰来堆在屋子各处，屋主人便整天贪凉歪在榻上，直到朋友来招呼打茶围。秋天，中秋节、重阳节，让家班唱《西厢》《牡丹》，母亲最爱这两个戏。冬天里女孩子们采集红梅、白梅上的雪，就着风炉烹茶，取梅蕊的一点清香……

心里就这么一半清醒一半糊涂地想着，渐渐忘了数数，只觉那海潮越来越猛，窒息的时间越来越长，中间喘息的时间越来越短。终于一个海潮涌来，将我深深地卷了进去，周围一片漆黑，窒息到胸口发痛，再也出不来……这时口中一松，松木塞子掉落，我用尽最后一丝力气大叫一声："我是中山公子徐青君！"

六

醒来的时候，身子躺在水中，头上、身上都是水，身后有一片却火炙般地疼。身旁有人说话："醒了吗？""回大人话，已经醒了。""他挨了多少板子？够数了吗？""整整六十板，够数了。""真醒了？哎，你刚才说你是谁？""林大人问你话，你叫什么？""徐青君。"我缓缓说。"什么？你不是高圣德吗？你是不是酒后意图强奸良家女的高圣德本人？""我不是，我是中山公子徐青君，这里是魏国公府，我从小在这里长大。""这人疯了。""不见得。你既说你是中山公子徐青君，为何会冒充高圣德来受杖？什么人可以证明你是徐青君？"我沉默，衙役喝问：

"林大人问你话，快说！""我的家已经败落，家产全部没入官中。世交故旧死的死，入狱的入狱，无人可以证明。"我把头转向林大人那一边，看着他，虚弱地说。那林大人也探究地看着我的脸。他着一身玄色葛丝常服，模样举止是个读书人。"那你为什么会来替人受杖？有人胁迫你？"林大人看着我，目光渐渐威严。"无人胁迫。我如今生活无着……"

林大人看着我的眼睛，我平静地与他对视。半晌，林大人对左右说："拿担架来，好生送他到我书房。"林大人的书房就在原先魏国公府花厅旁的耳房，焚着龙涎香，案几上堆满牙轴。他坐在书桌后，着人把我放在他面前的一张美人榻上。林大人移步榻前，蹲着与我说话。

我缓缓地与他说了这魏国公府、东园的形制，以及家道败落后我沉沦至今的一番遭遇。林大人听了叹息："可怜王孙泣路隅，问之不肯道姓名。也罢，在被籍没的产业里，可还有不是公产、是你自己家产业的？如能查实，可奉还与你去度日。"我细细地想，魏国公府和多处园林都是敕建，不能算是我家私产，一应田产、金银珠宝都是皇家所赐，或者从官产上来，也不能算私产。想来想去，我家人不耕不织、不工不商，确实无一点家产是自己挣来，于是绝望地摇摇头。林公仍未气馁，启发我说："你再想想，比如房子、花园，有没有不是前朝赏的、是自家建的？"如果这样就算私产，我家尚有私产不少，于是我说："有，比如东园，前朝初赏时，据说只有如今面积的三分之一大，后来成祖仁孝皇后下旨扩建，当然，这仍算公产。可是在此形制上，历代祖宗都有所开拓、增益，这些是否都可以算是鄙人的私产？"于是一边回忆，一边细细地说与林公，哪代先祖建了哪处，林公命书童一一拿笔墨记了。最后林公道："此需查实，哪些是你家自建的，按照律法，自建部分应可发还给你。此番你先回去等消息，待我一一核实后自会着人告知。"我感激无言，只能在卧榻上顿首而已。

林公着衙役送我回长乐坊，此番打得特别严重些，但得知也许不久后生计将有大转机，心中悲喜交集，辗转难眠，觉得连伤口的疼也容易忍耐些了。

翌日一早，我扬声唤来师父，将吃疼不过、吐露身份的原委讲给他听，临了请他代我将之前主家付的银子还给王虎。师父听了叹着气去了。过了片刻，我的破门被人一脚踹开，王虎的身影逆着天光，凶神一般屹立于我面前。他朝趴在地上的我狠狠踹了几脚，破口大骂："你这贱奴，这回坑杀我也！好好地既已挨了板子，为什么还要供出主家来？高府刚刚递话来，府衙来人当面拘走了高员外，这次再不能找人替杖不说，只怕罪上加罪，还要坐牢呢！你可是坑杀我了。贱人！贱人！早知道你是这样的货色，当初就不该帮你，由着你饿死！如今高员外那里，让我如何开交？"说着，专往我伤了的臀部和大腿处踹，疼得我在小小的棚屋里满地打滚、哀号。师父闻声赶来，从背后抱住狂怒的王虎。院子里的邻居们也都围拢来，你一言我一语地劝王虎"厚道些""莫欺负可怜人"，王虎见再难发挥，这才骂骂咧咧地走了。

过了一月有余，伤口渐渐好转，手边的银钱也已花尽，我重又陷入愁苦中。这一回，连受杖的营生都没有了。世间的道理似乎就是这样，总以为已经跌到最低了，可是永远还能往更低处跌一层。

在这之前，我曾拄着一根柴棍慢慢走到府衙门前探问消息，恰好内中有两个衙役是上次给我行刑的，知道原委，便好心告诉我，林大人正着人查证，让我回去安心等消息。我朝他俩深深作揖，尔后便一瘸一拐地回去了。

这一天我再次来到府衙门前，这次门口没有那两个衙役，我正犹豫时，他两个从边门出来，看见我，忙上来拉手："大人正让我们去传你来呢。听说家产要发还你了。往后过好了，莫忘了兄弟们。"我唯有诺诺连声。

见了林大人，他亲手将一份地契交到我手中，我一眼看见，东园中锁澜堤以东的部分归还我。我跪了下去。林公扶起我说："经细核，祖上零星增建颇多，难以一一发还，最后准折了锁澜堤以东的一角给你，以西仍是公产，如今以栅栏相隔。发还与你的园林可卖与金陵新贵，或是自己种藕养鱼，无论如何生计不愁了。"大恩不言谢，我终是对着林公叩下头去。

不承想此生能再次踏入东园。

亭台楼阁依旧。只是似乎因打理的人不甚上心，如今园中荒草丛生，石桌、石凳、白玉栏杆、长廊、花架、假山全都没在草丛里。草肥花瘦。当年从云南千里移栽来的茶花"十八学士"就种在这一带，如今却不见踪影，想是乏人照管，枯萎死去了。可见于存活本事上，野草与名花判若云泥。

锁澜堤上竖起了一道木栅栏，隔着栅栏，隐约能看见那一边的烟波楼台。初秋天气，紫薇在高处开得正盛，低处颜色缤纷的是绣球。栅栏那一边的东园要大得多、美得多，然而终是再也与我无关了。我开始动手清除脚边的杂草，想着清出一条通向湖畔的烟雨阁的小径，今后就在那里住下。

锁澜堤以东形似初七八的月牙，大小只有整个东园的八分之一。饶是这样，内中也有小岛一座，房舍四五处，当然，原先房舍中陈列的古董，字画，鸡翅木、黄花梨、紫檀家什是全部没有了。倒是园子南墙下有一片四等用人的房舍，里边的粗笨木器全都还在，我便就中挑了一些搬到烟雨阁。烟雨阁的飞檐挑角、雕梁画栋、精致繁复的镂花门窗、"步步生莲"的青砖地，配上那些稚拙朴素的桌椅和床，倒是别有一番谐趣。

自从我知道会将东园的一部分发还给我，我就从未想过要卖掉它。不过眼下要糊口，只能先将园中品种好些的花儿挖些去卖，再不成将太湖石拆几块去卖。长远之计，我想先将杂草全部清除，将这东园的一角恢复旧观，然后就在湖中种藕、种菱、养鱼，想来日子也能过得去了。

师父知道我继承了部分祖业便来东园看我，模样很是替我欢喜。我要将他请入烟雨阁喝茶，他却坐不下来，只管沿着湖边走，眼睛都不够看，嘴里"啧啧"连声。终于坐下来，还没说上几句话，师父便有点扭捏："你如今也阔了。不，应该说你本来就阔，只是中间虎落平阳过一段。现如今我看你什么都不缺，只缺个娘子，替你浆洗缝补，生儿育女。我那侄女儿你见过的……"

师父的侄女我的确见过几次，在大杂院的时候，她曾来给她叔父送过月饼、年糕。模样是周正的，也自有一种小家碧玉的矜持。在师父处见了我眼皮也不抬，眉高眼低间很是瞧不上我的样子。我等师父说完才轻轻开口："师父，青君经了这些事，心也淡了，今后只想一个人清清静静地过。师父的好意我心领了，您的侄女应该许个更好的人家。"师父没想到我会拒绝，脸色难看得很，师徒二人一时相对无言。片刻后，师父起身，我将他送出东园，他生着气，走得带风，一路再也没有理我。

从此，我便在这东园一隅耕作、坐卧。少年时，这园于我是春花秋月，是朝晖夕阴；而今这园子于我仍是春花秋月、朝晖夕阴，但更是蔽身之所，是一粥一饭。几个月后，我渐渐知道，原来不但莲藕、莲蓬、池鱼、果蔬值钱，就连干荷叶、竹叶心都是可以卖钱的。我再不至三餐不继、流离失所了。"东园"之名何其浩大，更有"紫气东来"的富贵气象，如今既失了浩大，更不复富贵，我便给我这一隅更名为"隅园"，取"守一隅偷生"之意。祖宗传下来的园子，曾荫庇过我的前半生，还将继续荫庇我的后半生。然我无家小，百年之后这隅园又将荫庇谁的子孙，那却不是我所能思虑的事了。

世界有时小得很。在往返于集市的路上，我曾不止一次遇见故人，这其中便有张元、范钰。她俩都并没有看见我，也许看见了却没有认出来。也难怪，她们都还是风姿绰约、年华正好的样子，而我已经鬓发斑白了。